De kick

Helen Vreeswijk

De kick

Van Goor

Andere boeken van Helen Vreeswijk:

Chatroom
De stalker
Overdosis
Loverboys
Leugens

Derde druk 2015

De kick is een op waarheid gebaseerd misdaadverhaal. De namen van de betrokkenen zijn veranderd om herkenning te voorkomen. Voor de leesbaarheid zijn enkele gebeurtenissen en details aangepast.

ISBN 978 90 00 34049 1
NUR 285

Uitgeverij Unieboek | Het Spectrum bv, postbus 97, 3990 DB Houten

Dit boek is ook leverbaar als ebook: ISBN 978 90 00 34050 7.

www.unieboekspectrum.nl
www.helenvreeswijk.nl
www.facebook.com/youngadultboeken

tekst Helen Vreeswijk
omslagontwerp Twelph.com
zetwerk binnenwerk Mat-Zet bv, Soest

1

Frits Ouwekerk was een jongen van zestien jaar. Een lange slungel met bruin, krullend haar en donkerbruine heldere ogen. Hij had de hele nacht wakker gelegen en had stilletjes onder de dekens liggen huilen. Zijn lichaam trilde van ellende, zijn hart bonkte en zijn hersenen maakten overuren. Hij dacht aan zijn moeder die waarschijnlijk net als hij op van de zenuwen in bed lag te snikken. Ze zou nu wel op de hoogte zijn van de situatie. Het liefst had hij haar zelf willen bellen en alles willen opbiechten, maar ze hadden zijn telefoon afgepakt. Bij binnenkomst moest hij zijn zakken leegmaken en alles in een plastic krat leggen: zijn telefoon, een pakje kauwgom, zijn portemonnee en wat losse elastiekjes. De portemonnee werd op tafel geleegd en het kleingeld geteld. Twaalf euro en twintig eurocent. Een vrouw met een veel te krap uniform noteerde alles op een kaart die boven op zijn bezittingen werd gelegd. De kist werd daarna in een wandrek geschoven. Ze hadden zelfs de veters uit zijn schoenen gehaald.

Hij zat opgesloten in een ruimte van vier bij drie. Cel nummer zeven, de laatste in de rij. De ijzeren deur had een klein raam waardoor je vanuit de gang de cel in kon kijken. De muren waren groen en de vloer was gecoat in een gele kleur. Tegen de muur stond een brits met daarop een grijze deken en een matras met een groenkleurige plastic hoes. De wc was van roestvrij staal. 'Hufterproof' had de arrestantenwacht hem verteld toen ze samen in de cel stonden. Er klonk een zweem van trots door in haar stem alsof het om een supercoole attractie ging. Aan het plafond hing een camera die Frits de hele tijd in de gaten hield. De Bijbel lag samen met het aanhoudingsformulier op het plankje naast het bed.

Frits had minutenlang op het randje van het bed gezeten, met zijn hoofd in zijn handen, starend naar de grond. Daarna had hij een rondje in de cel gelopen en nerveus omhooggekeken naar de camera. Hij kreeg de kriebels van het ding en uiteindelijk was hij op bed gaan liggen met de deken over zijn hoofd. Daar, in zijn veilige schuilplaats, kwamen de tranen los. 'Het komt goed,' sprak hij zichzelf moed in.

Volgens Peter waren de straffen voor minderjarigen belachelijk laag. De vader van Peter was bevriend met de beste advocaten van Nederland en die hadden hem en de rest binnen no-time op vrije voeten.

Met het puntje van de deken wreef Frits zijn tranen weg. Zijn pa moest wel meewerken, natuurlijk. Advocaten waren duur, maar zijn pa en ma konden het betalen, toch? Ze zouden hem nooit laten stikken... Waarschijnlijk werd de zaak geseponeerd. Dan kwam het niet voor de rechter, omdat er fouten waren gemaakt of omdat er te weinig bewijzen waren. Zo had Peter het tenminste uitgelegd.

En er waren genoeg fouten gemaakt. Als hij de rechter vertelde wat de politie hen had aangedaan, dan stonden hij en zijn maatjes binnen vijf minuten buiten. Ze hadden zich willen overgeven, maar ze kregen niet eens de kans. De kogels vlogen hun om de oren. Zijn maat had zijn handen nog omhooggestoken, maar werd geraakt door een van die schietgrage hufters. Hij zakte als een lappenpop in elkaar. Een beeld dat bij Frits constant door het hoofd bleef spoken. Bloed, sirenes en honden... Door al de stress was Frits verlamd van schrik. Al wilde hij vluchten, hij kon het niet.

In de film zag je zoiets nooit, daar raakte niemand gewond. Het avontuur eindigde meestal op de Bahama's met bloedmooie vrouwen, witte stranden, cocktails en dikke Havana-sigaren.

In de harde werkelijkheid hadden ze hem met drie man tegen de grond gewerkt en in de boeien geslagen. Voorzichtig gleden zijn vingers langs de bult op zijn voorhoofd. Een stille getuige van het geweld.

Na zijn arrestatie had hij zijn vrienden niet meer gezien en hij maakte zich zorgen. De vragen stapelden zich op en wanhopig sloot hij zijn ogen. Hoe laat was het? Hij was het tijdsbesef volledig kwijt. Zou zijn vader vandaag gewoon zijn gaan werken? Elke dag stond hij om kwart voor zeven op en reed om acht uur naar zijn werk. Misschien was hij thuisgebleven na het telefoontje van de politie. Zich afvragend hoe dit in hemelsnaam had kunnen gebeuren.

Frits beet op de binnenkant van zijn wang. Hij wist ook niet hoe het zo uit de hand had kunnen lopen. Het begon zes maanden geleden met een actiefilm. Het leek allemaal kinderlijk eenvoudig, maar toen ging het fout. Ze raakten hun gevoel voor realiteit totaal kwijt.

Het was eind mei. Volgens het weerbericht zouden er vanuit het zuiden wolkenvelden overtrekken en ging het de rest van de middag regenen. Danny had een actiefilm meegebracht en een paar blikjes bier. Maurice gooide drie zakken chips op tafel en Steef zette daar met een theatraal gebaar een doosje naast.

'Het wordt tijd dat we echte mannendingen gaan doen,' had hij gezegd. Langzaam had hij het doosje geopend, alsof hij iets kostbaars ging onthullen. Er zaten vier jointjes in, die hij van een vriend had gekocht. Ze waren allemaal onder de indruk van het spul. Dit voelde zo fout en toch...

Maurice had in eerste instantie geweigerd. Ze hadden erom gelachen. Met veel bravoure had Steef een joint aangestoken en de peuk onder Maurice' neus gezwaaid. Het was puur uit nieuwsgierigheid dat ze het spul hadden gerookt. Ook Maurice. Hij nam een klein trekje en de rook kwam niet verder dan zijn voortanden. Steef moest lachen en keek gespannen toe, hopend dat Maurice een hoestbui zou krijgen. Maar dat gebeurde niet. Veel van hun vrienden op school rookten het spul, tenminste dat beweerden ze. Ze konden niet achterblijven, ze moesten het een keer geprobeerd hebben.

Onder het roken werd de film gedraaid. Het ging over een gezin waarvan de dochter in een steegje werd verkracht door twee mannen. De vader, een oud-marinier, spoorde het tweetal op en nam wraak. Er kwam een brand in voor en het was opwindend om te zien hoe het vuur zich verspreidde. Ze joelden toen het huis met de twee daders erin met veel kabaal instortte.

De afrekening was in hun ogen een gerechtvaardigde actie. Als iemand de grenzen van fatsoen overschreed, mocht je wraak nemen. Sterker nog, je moest wraak nemen. Desnoods met hulp van je vrienden en met alle middelen die je tot je beschikking had.

En zo werd hun plan geboren. Maurice was strijdlustig opgesprongen en had beweerd dat hij door een leraar van school vaak getreiterd werd. De man had hem ook een paar keer flink voor schut gezet in de klas. Maurice dikte de zaak extra aan om indruk te maken.

Dat lukte. Zijn vrienden waren het met hem eens: Nijsen was een enorme klootzak en hij moest gestraft worden. Ze gingen wraak nemen. Het klonk toen zo vanzelfsprekend, maar waarschijnlijk kwam dat door de wiet.

Maurice wist waar hij woonde: in de Leertogstraat op nummer negentien. Sjoerd, een vriend van school, woonde ook in die straat. 'We gooien een brandbom naar binnen,' had Peter geopperd. De anderen vonden dat iets te drastisch. 'We steken de schuur in de fik,' zei Steef, maar dat had niet het juiste effect, er zouden dan hooguit wat onbeduidende tuinspullen vernield worden.

'Heeft hij geen auto?'

Maurice knikte en zijn ogen begonnen te glimmen. 'Een groene Ford Focus. Daar is-ie hartstikke zuinig op. Volgens mij poetst hij dat kreng elke dag voordat hij naar school komt. Hij gaat totaal uit zijn dak als we die pakken. De fik erin.' Hij had nooit gedacht dat ze hem serieus zouden nemen.

Met verhitte gezichten smeedden de jongens het plan. Ze trokken donkere kleding aan, namen een fles dieselolie en oude lappen mee en fietsten naar het centrum, waar Nijsen woonde. Ze parkeerden hun fietsen in een donkere hoek, tegen de gevel van een flat. Niet op slot, zodat ze er weer snel vandoor konden gaan. Het laatste stuk liepen ze.

Frits droeg de spullen op zijn rug. De banden van de rugtas drukten op zijn schouders alsof ze gevuld waren met lood en oud ijzer. Als hij gepakt werd met het spul, dan had hij heel wat uit te leggen. Nerveus en met rubberen benen liep hij achter zijn vrienden aan, die opgewonden het plan voor de zoveelste keer doornamen. Bij een rijtjeswoning met een klein bestraat voortuintje stonden ze stil. De hond van de buren begon te blaffen.

'Hier is het,' fluisterde Maurice. 'Nummer negentien. De auto moet ergens in de buurt staan. Een groene Ford met een sticker van pretpark Walibi Holland op het achterraam.'

Aan beide kanten van de straat stonden auto's geparkeerd en de jongens splitsten zich in twee groepen. Al snel was het voertuig getraceerd.

'Hier...' Peter wenkte zijn vrienden. De Ford Focus stond aan de overkant, schuin tegenover de woning van Nijsen. Maurice inspecteerde de auto en herkende het kinderzitje op de achterbank.

'Ja, dat is hem. Ik weet het voor honderd procent zeker.' Hij had zijn handen in zijn achterzak gestopt en keek toen onzeker zijn vrienden aan. 'Wat doen we nu?'

'Gewoon... Wat we hebben afgesproken.'

Maurice trok met zijn mond.

'Kom... We taaien nu niet af. De klootzak heeft het verdiend,' jutte Peter de boel op. 'We hebben dat hele pokkeneind niet voor niets gefietst.'

Frits was het met hem eens en liet de rugtas tussen zijn benen op de grond zakken. 'Wie gaat het doen?'

'Maurice natuurlijk. Het is zijn wraakactie,' vond Steef die ondertussen het huis van Nijsen in de gaten hield.

'We zouden het samen doen,' sputterde Maurice tegen.

'Doe toch niet zo schijterig.' Peter graaide de rugtas van de grond en ritste die open. 'Hier...' Hij drukte de fles met diesel in zijn handen.

'Doe effe normaal. Iedereen kan ons zien.' Danny liet zich snel naast de auto op zijn hurken zakken en de anderen volgden zijn voorbeeld. Peter spreidde de kussensloop op de grond uit en Maurice doordrenkte de katoenen lap met dieselolie. Danny gluurde over de motorkap van de auto naar het huis. Hij seinde dat alles veilig was. De lap werd over de motorkap gedrapeerd en toen aangestoken. Het vuur likte moeizaam aan de stof, maar doofde na een paar seconden weer uit.

'Het lukt niet,' piepte Maurice en nerveus liet hij zich weer achter de auto op de grond zakken.

'Wat ben je toch een ei. Rot op!' Peter duwde hem opzij en graaide de plastic fles van de grond. Hij klokte de inhoud van de fles over de motorkap leeg en knielde toen weer naast de auto neer. De olie sijpelde langs de rechterwielkast op de grond. 'En nu aansteken.'

Maurice sprong omhoog en wierp een brandende lucifer op de olievlek. Er volgden een tweede en een derde, en uiteindelijk begon de lap te branden. Het vuur verspreidde zich nu razendsnel. Gebiologeerd keken de jongens naar het effect van hun actie. De vlammen weerspiegelden in hun ogen.

'Rennen!' riep er één.

Ze trokken elkaar omhoog en nerveus lachend sprintten ze de straat uit. Frits sleepte de rugtas achter zich aan. De hengsels vlogen alle kanten op en de tas bonkte ritmisch tegen zijn kuiten. Ze waren aan het eind van de straat toen de voet van Frits achter een van de hengsels bleef haken. Hij gaf een schreeuw en kwam met een smak op de grond terecht. Het werd even zwart voor zijn ogen. Twee handen sjorden hem omhoog.

'Lopen, lopen...' brulde Steef in zijn oor en hij gaf Frits een duw.

Frits strompelde de straat uit, achter zijn vrienden aan die zo nu en dan geïrriteerd achteromkeken. Buiten adem kwamen ze bij hun fietsen. Het wachten was op Frits. Ze duwden hem zijn fiets in zijn handen en raceten toen de buurt uit. Via een omweg kwamen ze bij een kruising waar ze goed zicht hadden op de Leertogstraat. Ze stopten. De vlammen verlichtten de straat en triomfantelijk keken de jongens elkaar aan.

'Onwijs.' Steef begon nerveus te giechelen. 'Er valt met ons niet te spotten.'

Hij kreeg joelend bijval van de rest. Peter trok zijn telefoon tevoorschijn en maakte foto's. 'Voor thuis,' riep hij. 'Dan kunnen we alles nog eens goed bekijken.'

Maurice klopte hem prijzend op de schouder. Maar de volgende dag was het triomfgevoel verdwenen en had Maurice spijt van zijn onbezonnen gedrag. Het liefst had hij zich ziek gemeld, zodat hij Nijsen niet onder ogen hoefde te komen. Waarschijnlijk was het juist verdacht als hij uitgerekend op die dag niet op kwam dagen en hij zag van het plan af. Met lood in zijn schoenen ging hij naar school.

Er hing een briefje op het prikbord waarop te lezen was dat de lessen van meneer Nijsen waren uitgevallen. Er werd geen verklaring gegeven, maar Sjoerd wist meer.

Hij had de blusactie vanuit zijn slaapkamerraam kunnen volgen. Krijsend was Nijsen naar buiten gekomen en hij had getracht om met zijn jas het vuur te doven. Uiteindelijk vatte ook zijn jas vlam. Gniffelend stond de klas om Sjoerd heen, ook Maurice, die wat onnozel meelachte. 'Het was aangestoken,' wist Sjoerd. 'Waarschijnlijk door de buurman. Nijsen had zijn auto bij die kerel voor het raam geparkeerd en de buurman beweert altijd dat het zijn plek is. Hij vliegt iedereen aan die zijn parkeerplek inpikt. Die vent is zo gek als een deur. De politie is er in ieder geval bij gehaald.'

Maurice verstijfde. 'Wat kwamen ze doen?'

'Praten, maar dat had weinig zin. De buurman deed niet open.'

'En de auto?' wilde Hetty uit C3 weten.

'Die is totaal uitgebrand.'

2

De brand stond op de voorpagina van de krant, inclusief een foto van het zwaar gehavende voertuig. De moeder van Maurice had hoofdschuddend het artikel gelezen en vroeg zich hardop af waar het met deze wereld heen moest.

Maurice zat weggedoken achter zijn stripboek en deed alsof hij haar opmerking niet had gehoord. Hij voelde zijn wangen gloeien en hij wist dat binnen een paar seconden zijn gezicht knalrood werd. Hij haatte dat. Zijn moeder was fysiotherapeute en had een goedlopende praktijk aan huis. Het merendeel van haar klanten woonde in de buurt en Geranne de Hertog, de moeder van Sjoerd, was een van hen.

Maurice beet wanhopig op zijn lip. Zijn moeder ploos altijd de kranten uit zodat ze genoeg gespreksstof had met haar cliënten. 'Je moet overal een beetje over mee kunnen praten,' zei ze altijd. Natuurlijk ging ze de brand ook met mevrouw De Hertog bespreken en die had dan waarschijnlijk nog meer informatie. Straks had men de groep door de straat zien rennen, of had mevrouw De Hertog hem herkend; Maurice was wel eens bij Sjoerd thuis geweest. Natuurlijk wist mevrouw De Hertog dat het om een leraar van school ging. En daar zou zijn moeder hem weer vragen over stellen. Zijn gezicht zou hem dan meteen verraden. Sommige mensen waren geboren leugenaars, hij dus niet. Het beroerde was dat zijn moeder ook met de ouders van het halve hockeyteam contact had. Met Alies Ouwekerk, en die kende weer Jolanda Vermeer, de moeder van Steef. Als men maar niet een verband zag in het geheel.

Het koude zweet brak bij Maurice uit en hij besloot om zijn vrienden te bellen.

'Waar ga je heen?' Zijn moeder keek op van de krant.

'Ik ga nog even computeren en dan wat aan mijn huiswerk doen,' loog hij wat ongemakkelijk. Hij draaide snel zijn gezicht weg, zodat ze niet de rode zweem zag die vanuit zijn nek omhoogkroop.

'Niet te lang achter dat ding blijven hangen. Van computerspelletjes stomp je af en het lokt alleen maar geweld uit.' Haar hoofd verdween weer achter de krant.

'Dat is helemaal niet waar,' bromde Maurice.

'Wel! Het was laatst nog in het nieuws. De meeste spellen zijn extreem agressief en geven een verkeerd beeld van de werkelijkheid. Ik ben er geen voorstander van.' Zijn moeder liet haar krant zakken, zodat hij aan haar gezicht kon zien dat het ernst was.

'Dat soort spelletjes heb ik niet eens.' En dat was dit keer niet gelogen.

'Neem wat fruit mee naar boven. We gaan over twee uurtjes eten.'

Maurice schoot de trap op, zijn kamer in. Hij schoof een stoel voor zijn kamerdeur en viste zijn mobiel uit zijn broekzak. Hij belde Frits als eerste, maar die kon hij niet bereiken. Daarna toetste hij het nummer van Steef in en die nam tot zijn grote opluchting direct op.

'Moet jij nog niet naar bed?' grapte hij toen Maurice zijn naam had genoemd. 'Dat jij nog zo laat mag bellen...'

Maurice viel hem geïrriteerd in de rede: 'Heb je de krant gelezen?'

'Nee, natuurlijk niet. Doe effe normaal. Ik lees dat soort onzin niet.'

'Hét staat in de krant.' Het was even stil.

'Echt waar? Gaaf!'

'Wat nou gaaf? Straks komen ze erachter dat wij het waren.'

'Hoe dan? Als jij je mond houdt en geen verdachte dingen doet, komt het allemaal goed.'

'Mijn moeder heeft het gelezen. Wat als zij nou met de moeder van Sjoerd gaat praten?'

'Nou, en? Jij maakt je veel te druk. Er gaat niets mis. Is het een groot artikel? In welke krant staat het eigenlijk?'

Maurice zuchtte. 'In de *Regio Totaal*. Ik neem de krant wel mee naar de training.'

'Doe dat. En gewoon blijven ademhalen want over een week is iedereen de brand weer vergeten. Dan is het oud nieuws.'

Maurice had opgehangen. Hij hoorde het grind op de oprijlaan knerpen en stond op. Zijn vader kwam het terrein op rijden en parkeerde de auto naast het huis. Arno Beemster stapte uit, keek omhoog en zwaaide naar zijn zoon. De vader van Maurice werkte als ingenieur bij een bouwkundig adviesbureau in het noorden van Nederland. Hij was drie dagen per week in een huurflat in Groningen en de rest van de week werkte hij vanuit huis. De bovenste verdieping was omgebouwd tot kantoor en was net als de praktijkruimte verboden terrein voor Maurice en zijn twee zussen: Annemarie en Pauline.

Maurice had zijn scooter op het schoolplein geparkeerd en was met pijn in zijn buik naar het rokersafdakje gelopen waar een deel van zijn klasgenoten zich had verzameld. Hij ging naast Sjoerd staan die even naar hem opkeek terwijl hij een sigaret aanstak. Sjoerd knikte en blies de rook omhoog.

'Het stond gisteren in de krant,' zei Maurice, in de hoop dat Sjoerd hem meer informatie kon geven.

'Wat stond er in de krant?'

'Over de brand bij Nijsen. Met een foto van de auto erbij. De auto was helemaal uitgebrand. Hebben ze de buurman nog opgepakt?'

Sjoerd nam zijn sigaret uit zijn mond en wierp een snelle blik op de twee meisjes die tegenover hem op een bankje zaten. Ze leken nu ook geïnteresseerd. 'Nee. De buurman kan het niet gedaan hebben. Hij is met vakantie in Turkije. Maar de politie is een nieuwe dader op het spoor. Het blijkt een afrekening te zijn.'

Maurice' maag kromp samen en zijn hart begon overspannen tegen zijn ribben te bonzen. 'Echt? Door wie dan?' Hij probeerde zijn stem normaal te laten klinken.

'Door zijn maîtresse.' Maurice slikte de gal die zich in zijn keel had verzameld moeizaam weg. 'Hij hield haar al maanden aan het lijntje. Uiteindelijk heeft hij de relatie verbroken en uit frustratie heeft die vrouw zijn auto in de fik gezet.'

'Had Nijsen een ander? Die saaie aardappelzak van economie? Hoe weet je dat?' wilde Mariska, een van de meisjes op het bankje, weten.

'Mijn vader heeft het van een vriend, die weer met Nijsen voetbalt.'

'Net goed,' vond haar vriendin. 'Had hij maar niet buiten de pot moeten piesen. Die ex verdient een lintje. En mevrouw Nijsen? Heeft ze hem het huis uit gezet?'

'Dat weet ik niet. Ik heb het ook maar gehoord.'

'Ik hoop dat ze de stumperd heeft verlaten,' zei Mariska terwijl ze driftig haar sigaret tegen de grijze muur uitdrukte. Er lag boosheid in haar ogen. Een gevoelig onderwerp sinds haar vader het gezin had verlaten voor een andere vrouw.

'Nijsen is met de fiets naar school gekomen,' wist Sjoerd en hij grijnsde. 'Volgens mij heeft hij al een lange tijd niet gefietst, want hij zwalkte over straat.'

'Of hij is gaan drinken van ellende?' De meisjes schoten in de lach en Maurice lachte wat moeilijk mee, terwijl hij zijn tas tegen zijn maag aan drukte. De schoolbel klonk en de massa kwam in beweging. Met tegenzin liep Maurice achter iedereen aan naar binnen. Het derde en het vierde uur had hij les van Nijsen. Hij had het gevoel dat hij elk moment kon overgeven.

Met een minachtend lachje had Steef Vermeer zijn mobiele telefoon op zijn bureau gelegd. Hij was op bed gaan liggen en had de muziek een standje hoger gedraaid. Maurice was echt een mietje. Eerst een grote bek over zijn leraar en de boel opnaaien. En nu ze dan wraak hadden genomen, opeens zielig lopen piepen. Steef mocht Maurice niet. De huilebalk was al jarenlang bevriend met Frits, alleen daarom zat hij in hun groep. Het was een raadsel wat Frits in de loser zag. Maar de chalet was van Frits en hij bepaalde wie er binnenkwam en wie niet. Maar Maurice kon je er beter niet bij hebben. Hij raakte al in paniek van een foto in de krant. Ze moesten oppassen dat hij de boel niet verlinkte.

'Steef!' De deur zwaaide open en zijn vader verscheen met

een nors gezicht in de deuropening. 'Doe die pestherrie zachter. De televisie beneden komt niet boven dat geblèr uit.' Steef kwam van zijn bed overeind en draaide de muziek zacht. Hij mompelde een excuus en ging weer liggen.

'Heb jij niets beters te doen? Huiswerk bijvoorbeeld?'

Steef trok met zijn mond. 'Ik heb alles af.'

Met een cynische blik keek Walter Vermeer zijn jongste telg aan. 'Dat is dan ook voor het eerst.' Hij deed een stap de kamer binnen en bleef staan. Steef wist wat er ging komen: een aaneenschakeling van verwijten en goedbedoelde adviezen. Walter Vermeer was teleurgesteld in zijn kinderen. Hij had een succesvol bouwbedrijf en had zijn imperium opgebouwd door inventiviteit en doorzettingsvermogen. Eigenschappen die hij in zijn twee zoons niet terugzag. Het ontbrak de jongens aan niets en ze vonden het allemaal maar vanzelfsprekend. Walter, zoon van een fabrieksarbeider, wist wel beter.

'Waarom liggen je kleren op de grond? Je hebt toch een kledingkast? Of laat je die troep voor je moeder liggen? Denk je dat ze het leuk vindt om jouw rommel achter je luie kont op te ruimen?' Hij tilde met twee vingers een pizzapunt van een bord en stak die in de lucht. 'Hoe lang ligt dit hier al?'

Steef haalde zijn schouders op en Walter leek te ontploffen. 'De schimmel staat erop, vies varken. Je zorgt dat morgenavond deze tent opgeruimd is, anders zwaait er wat. En ik meen het...'

'Ik heb morgen tot negen uur hockeytraining.'

'Dan zou ik maar snel beginnen als ik jou was. Als het morgenavond niet opgeruimd is, dan krijg je een maand geen zakgeld.'

'En Leander dan? Zijn kamer is niet anders.'

'Hetzelfde geldt voor je broer. En stof je computer af. Die

heeft in geen maanden een doekje gezien. Zwijnenstal...' Walter trok met een dreun de deur achter zich dicht.

Steef hoorde dat hij de kamer van zijn broer binnenging. Hij grinnikte en stak zijn middelvinger op naar de muur waarachter zijn vader stond te bulderen. Morgen was een training, dan was de groep compleet. Misschien kon hij Maurice op een subtiele manier uit de groep werken. Als ze opnieuw iemand te grazen namen en Maurice begon weer te piepen, dan zou hij proberen om de anderen op te stoken. Ze hadden voor hem de nodige risico's genomen, maar deed hij dat óók voor de groep? Steef betwijfelde of Maurice de ballen had om nieuwe wraakacties te ondernemen. Hij in ieder geval wel.

Er was wel iemand die hij graag een hak wilde zetten: Bianca Veugel, de bitch uit de Wallenderstraat. Het wicht vond zichzelf zo geweldig en mooi... Er was een leeftijdsverschil van drie jaar, niet iets wat volgens Steef een probleem hoefde te zijn. Hij had haar twee keer mee uit gevraagd, maar ze had hem uitgelachen, waar zijn vrienden bij stonden. Ze noemde hem een 'peuter' en een 'lefgozertje' en ze zei dat hij moest terugkomen als hij droog achter de oren was.

Vanaf die dag, als hij haar en haar vriendinnen tegenkwam, maakten ze hem belachelijk door allerlei imitaties van babygehuil te produceren. Ze woonde drie straten van hem vandaan dus hij kwam haar vaak tegen. Te vaak.

Zijn verliefdheid sloeg om in een groeiende boosheid en wrok. Hij wilde niets liever dan zijn gekwetste trots wreken en daar kon de groep hem mooi bij helpen. Elke woensdagavond ging ze op de fiets naar de balletschool. Hij zag haar altijd rond zevenen fietsen over het Kruksepad als hij naar de training reed. Ze konden haar opwachten en dan... Steef perste zijn lippen op elkaar. Ja, en dan wat? vroeg een cynisch stemmetje achter in zijn hoofd. Je kunt haar moeilijk met benzine overgieten en aansteken. Steef schrok van zijn bizarre hersenspinsels en kroop tegen zijn kussens omhoog. Met zijn handen wreef hij het zweet van zijn gezicht.

3

Steef had zijn vrienden een sms'je gestuurd waarin stond dat ze een halfuur eerder moesten komen, omdat hij iets belangrijks wilde vertellen. Ze hadden achter de hockeykantine bij de leveranciersingang afgesproken. Er liep een pad omhoog met daarlangs een hoge haag waarachter ze vanaf het parkeerterrein niet te zien waren. Steef had een jointje uit zijn jaszak gevist en aangestoken, terwijl Maurice het krantenartikel liet rondgaan. Alleen Frits reageerde enigszins geschokt op de foto.

'Wat had je dan gedacht?' hinnikte Peter terwijl hij de sigaret overnam en het natte uiteinde in zijn mond stopte. 'Het is jammer dat er geen foto in staat van Nijsen terwijl hij zijn auto probeert te blussen. Dat was pas lachen geweest.'

Stoer had Danny de opmerking van Peter gesteund en Steef had geroepen dat als je iets deed, je het gelijk goed moest doen. Een uitspraak die zijn vader hem vaak genoeg voor de voeten had gegooid.

'Voorlopig heb jij geen last meer van de hufter,' meende Frits. 'Hij heeft zijn verdiende loon gehad.'

'Over verdiende loon gesproken... Ik heb jullie niet voor niets laten komen,' zei Steef op samenzweerderige toon. 'We hebben

Maurice een dienst bewezen, maar ik vind dat...' Hij gluurde over de haag het parkeerterrein over. Nieuwsgierig volgden de jongens zijn blik. 'We hebben allemaal vijanden: Frits, Peter, Danny, ik... Maurice heeft zijn wraak gehad, maar eigenlijk wil ik dat ook. Wat jij Peter?' Hij gaf Peter een por.

'Ik wil er wel meer dan één pakken,' bekende Peter met een grijns. 'We kunnen elkaar helpen. Als groep zijn we onverslaanbaar.'

'Jullie hebben het voor Maurice gedaan, zouden jullie dat ook voor mij doen? Of voor Peter?'

'Ja, waarom niet,' zei Frits. Met één dichtgeknepen oog blies hij de rook omhoog.

'Laten we het dan doen,' zei Steef. 'Als we allemaal een slachtoffer hebben gemaakt, dan staan we quitte. Dat is toch eerlijk?' Uitdagend keek hij Maurice aan, die met een rood gezicht het plan aanhoorde.

'Wou je vijf auto's in de fik steken? Dat is toch absurd? Volgens mij slaan we een beetje door.'

'Jij bent ook een mooie,' viel Peter tegen Maurice uit. 'Jij hebt je wraak gehad en wij kunnen stikken. Ik zie wel wat in het plan van Steef.' Hij stak zijn hand omhoog. 'Handen in de lucht wie het daarmee eens is.' De hand van Steef schoot omhoog, die van Frits en Danny volgden.

'Het was toch spannend, waar of niet?' Peter keek de kring rond en wachtte op bijval.

'Ik geloof dat die piepert het niets vond.' Steef seinde naar Maurice. 'Die deed het bijna in zijn broek.'

'Niet!' snauwde Maurice verontwaardigd. 'Ik wil alleen maar zeggen dat... Ach, stik.' Met tegenzin stak hij zijn hand omhoog. 'Ik doe mee.'

'Moederskindje,' gromde Steef, terwijl hij het laatste trekje van de joint nam. Maurice beet zijn tanden op elkaar.

'Kappen, jongens,' verdedigde Frits zijn vriend. 'Maurice is wel degene geweest die de auto heeft aangestoken. Wij hebben bijna niets gedaan.'

'Dat bedoel ik maar...' snoof Maurice en keek Frits dankbaar aan.

Peter knikte. 'Precies! Wij zijn een stel suftrutten. Wat maken wij nou eigenlijk mee? Vergeleken met de jongens uit mijn klas hebben wij maar een saai leventje. We hebben geen vriendin, we gaan bijna nooit stappen, we hangen elk weekend bij de tv met een biertje en twee keer per week gaan we sporten bij de hockeyclub.'

'We zijn de mietjes van de buurt,' vond Steef nu ook. 'De rijkeluiskids die altijd alles netjes volgens de regels doen.' Hij grijnsde. 'Maar een dergelijke reputatie kan ook in ons voordeel werken. Geen van ons heeft een strafblad. Niemand verdenkt een paar slome suftrutten.'

Frits begon te lachen. 'Dat is waar. Wij doen het niet voor het geld zoals de meeste boeven. Wij komen uit de hogere sociale klasse. Wij doen het voor de kick.'

Ze moesten toegeven dat die adrenalinekick een geweldige ervaring was.

'We moeten het slim aanpakken. We plannen alles zorgvuldig, zodat we geen fouten maken,' besliste Frits. 'Dan komen ze er nooit achter.'

'We kunnen maffiafilms bestuderen,' zei Danny. 'Daar halen we misschien bruikbare tips uit.'

Steef keek op zijn horloge. 'Laten we naar de kleedkamer gaan, de trainer wacht op ons. In het weekend hebben we tijd

genoeg om de plannen goed uit te werken.'
Maurice knipperde nerveus met zijn ogen.

Om te voorkomen dat iemand hun gesprekken zou afluisteren werd de volumeknop van de radio opengedraaid. De knip werd op de deur geschoven en het bier kwam op tafel. Ze waren zichtbaar opgewonden over het idee dat ze de nodige rottigheid gingen uithalen.

'We moeten stemmen wie van ons als eerste zijn wraak krijgt, anders wordt het niks,' meende Peter.

Steef trok met zijn mond. 'Hoezo, stemmen? Het was mijn idee.'

'We kunnen lootjes trekken,' zei Danny en hij keek de groep rond. 'Dat is wel zo eerlijk. Je schrijft je naam op een blaadje en de naam van de persoon van wie jij wil dat die gepakt gaat worden. Je mag zelf een straf bedenken en de groep heeft inspraak. Je hoeft geen dingen te doen tegen je zin.'

'Goed plan!' Frits was opgestaan en zocht in het keukenkastje naar pennen en papier. 'Vangen...' Hij wierp een handje pennen door de lucht en grijnsde toen de jongens opsprongen en de pennen uit de lucht probeerden te maaien. 'Maurice trekt een lootje want hij heeft zijn beurt al gehad.'

Met een nors gezicht kieperde Steef de bus met pinda's op tafel leeg en gooide zijn briefje erin. Nu moest hij waarschijnlijk lang wachten voor hij wraak kon nemen.

'Elke wraakactie moet wel anders zijn, want er is meer dan alleen lucifers en olie.' Frits vouwde zijn briefje dicht en gooide het met een boog in de bus. 'En als er een van ons bezwaar heeft, dan doen we het niet. Het is met zijn allen of helemaal niet.'

Peter schudde de bus en duwde die vervolgens onder de neus van Maurice. Steef trommelde met zijn handen op tafel en Danny volgde zijn voorbeeld. Er werd wat zenuwachtig gelachen toen Maurice een briefje omhoogviste en het openvouwde. Het getrommel viel stil en Maurice schraapte plechtig zijn keel. Met luide stem las hij de tekst op: 'Danny. Prooi: Teun Keyzer van bakkerij De Knip aan de Vaneffeweg.'

Er werd goedkeurend gemompeld bij het woordje: prooi. Danny schoof met rode konen naar het puntje van zijn stoel.

'Teun Keyzer is een klootzak,' begon hij met zijn uitleg. 'Ik heb in de bakkerij stage gelopen en ik heb er geen cent voor gekregen. Ik heb zes weken lang het magazijn opgeruimd, machines schoongemaakt en de winkel aangeveegd. Weet je hoe fucking saai dat is. Als dank kreeg ik een slechte beoordeling, want de hufter vond me niet betrokken genoeg bij de zaak. Ik moest van school twee weken extra stagelopen in een bejaardenhuis. Dat is acht weken ploeteren voor nop.' Strijdlustig stak hij zijn middelvinger omhoog. 'Ze willen alleen maar stagiairs omdat het goedkope arbeidskrachten zijn. Je leert er geen ene moer en je krijgt alleen de kloteklusjes. Daarom nomineer ik Teun Keyzer als winnaar van "Wie is deze week de lul".'

De jongens schoten in de lach en met applaus werd de 'winnaar' aanvaard.

'Wat ligt er in dat magazijn?' Het bier ging rond en Steef wipte de dop van zijn flesje los.

'Meel, rozijnen, vrieskasten, chocolade... Alles wat die knakker in zijn winkel verkoopt.'

'Maar kunnen we daar gemakkelijk binnenkomen?'

Danny begon te stralen terwijl hij een slok bier nam. 'Kinderlijk eenvoudig. Via het wc-raampje, dat staat altijd op een kier voor de ventilatie. Met een koevoet ben je zo binnen.'

'Heeft de winkel geen alarm?' vroeg Maurice.

'Welnee, wat valt daar nou te halen behalve wat croissantjes en koekjes?'

Danny had op papier een schets van de winkel gemaakt en aangegeven in welke ruimte de wc uitkwam. Omdat de stage acht maanden geleden was, werd er besloten om eerst de boel goed te verkennen. Dan kwamen ze niet voor verrassingen te staan als bijvoorbeeld zou blijken dat de winkel plotseling een facelift had gehad en er nu wel bewakingscamera's hingen. Peter was op een middag langsgereden en had foto's van de achterkant van het pand gemaakt. Frits ging zelfs een stapje verder. Hij had bij De Knip een puddingbroodje gekocht en terwijl hij op zijn wisselgeld wachtte had hij de muren en het plafond afgezocht naar camera's of ander verdacht materiaal. Hij had niets gevonden. De winkel zag er nog steeds uit zoals Danny het had omschreven.

Het was vrijdagavond, 22.00 uur. Gekleed in donkere joggingbroek, gymschoenen en trui met capuchon reden ze richting het zwembad waar ze hun scooters stalden en per voet verdergingen. Het was hooguit tien minuten lopen.

Het winkelcentrum had een handjevol winkels met kleurrijke etalages die het pleintje domineerden. Het waren winkels zoals je die bij veel woonwijken tegenkwam: de buurtsuper, een cafetaria, de groenteboer, een slager, de boekhandel. De Knip was de laatste in de rij. Het rolgordijn voor de etalageruit was voor de helft omlaaggetrokken en een zwak schijnsel verlichtte een deel van de muur en de toonbank.

Danny en Frits waren langs de winkels gelopen en hadden hier en daar naar binnen gegluurd. Alles zag er verlaten uit.

Bij het plantsoentje, enkele meters verderop, kwam de groep bijeen. Ze rookten een jointje in de hoop dat het spul hun moed zou geven. Danny knikte uiteindelijk dat hij er klaar voor was en trok een paar handschoenen aan. Met grote stappen liep hij samen met Peter naar de overkant en verdween uiteindelijk in een zijstraat achter de winkelketen. De bakkerij had een achteruitgang, die uitkwam op garageboxen van een appartementencomplex.

Peter stond op de uitkijk terwijl Danny een vuilcontainer onder het wc-raampje rolde. Hij klom behendig omhoog en liet toen een koevoet uit zijn mouw zakken. Hij wrikte die onder het raam en ging er met zijn volle gewicht aan hangen. Krakend begon het houtwerk te protesteren en na een flinke ruk aan de koevoet spatte het glas uiteen. Danny trok wild de koevoet heen en weer en uiteindelijk schoot het raam uit zijn sponning. Het stuiterde met veel kabaal via de container op de grond. Danny keek geschrokken om, maar Peter seinde dat de kust veilig was.

Danny sprong op, schaafde met zijn schoenen langs de gevel en wurmde zich door de nauwe opening naar binnen. Halverwege bleef hij even hangen om de afstand van het raam naar de grond in te kunnen schatten. Hij greep zich aan de uitzetijzers vast, trok zijn lichaam omhoog en gleed langzaam de wc-ruimte in. Uit zijn broekzak haalde hij een zaklampje tevoorschijn en knipte het aan. De deur kwam uit in een smalle hal. Rechts was het magazijn, links de bakkerij en aan het eind van de hal de winkel. Hij liep de winkel binnen en knipte voor het etalageraam zijn zaklamp aan en uit. Daarna trok hij het rolgordijn tot de vensterbank omlaag.

'Hij is binnen,' zei Frits, die vanuit het plantsoen de bakkerij in de gaten hield. Hij kneep nerveus zijn handen dicht. 'Je weet wat je moet doen?'

Maurice knikte en stak zijn telefoon omhoog. 'Ik bel zodra ik iets verdachts zie.'

Frits trok zijn capuchon over zijn hoofd en seinde naar Steef dat hij hem moest volgen.

Maurice ging op het bankje zitten en staarde naar de telefoon in zijn handen. Met een druk op de knop werd de hele actie afgeblazen. Dan stonden zijn vrienden binnen een paar seconden buiten. Ze zouden niet op elkaar wachten maar ieder een kant op vluchten. Maurice haalde diep adem terwijl zijn been nerveus op en neer wiebelde. Hij mocht alleen alarm slaan bij onraad en niet als hij het Spaans benauwd kreeg, zoals nu. Hij vervloekte zichzelf. Was hij dan de enige die misselijk van ellende was? Zijn vrienden zagen er zo relaxt uit, alsof een inbraak de normaalste zaak van de wereld was. Alsof ze niet anders deden.

Hij keek op van zijn telefoon en keek naar de winkels. Er kwam een streepje licht onder het rolgordijn vandaan. De eikels hadden waarschijnlijk het licht aangeknipt. Moest hij bellen en hen waarschuwen? Het was niet echt opvallend, of juist wel? Hij stond op en ijsbeerde onzeker langs het plantsoentje heen en weer. Ze konden...

Stokstijf bleef hij staan en voelde het bloed in zijn aderen bevriezen: een man met een hond stak het pleintje over. Hij stopte om een sigaret uit zijn borstzak te pakken. De hond trok ongeduldig aan de lijn, maar werd mopperend gecorrigeerd. De man stak de sigaret aan, blies een rookwolkje uit, nam de sigaret weer uit zijn mond en liet zich uiteindelijk meetrekken naar de gevel. Snuffelend liep het beest langs de winkels, tilde hier en daar zijn poot op en liet een straal urine tegen de gevel achter.

'O, shit!' De duim van Maurice hing krampachtig boven de alarmknop. De wandelaar stond met zijn rug voor de bakkerij en nam een hijs van zijn sigaret. Verveeld keek hij om zich heen terwijl de rook uit zijn mond omhoog kringelde. Moest hij nu drukken? Loop door, loop dan toch door.

De hond gaf een ruk aan de lijn en ze liepen het centrum uit. Opgelucht liet Maurice zich op de bank zakken. Waarom duurde het zo lang? Ze zouden alleen even het magazijn overhoop halen en dan weer verdwijnen. Zijn been begon weer nerveus te trillen. Ze hadden hem op de uitkijk gezet. Bij de volgende missie stond Danny op de uitkijk en ging hij mee. Zo zouden de taken binnen de groep op een eerlijke wijze rouleren.

Maurice sprong op toen hij twee meisjes op hem af zag komen. Hij probeerde een nonchalante indruk te maken. Moeizaam haalde hij adem en het zweet liep in straaltjes langs zijn rug. De meisjes liepen rakelings langs hem heen, maar waren zo druk in gesprek dat ze hem niet eens zagen staan.

4

Danny schudde meewarig zijn hoofd toen hij de sleutel met het groene labeltje, waar met een schuin handschrift ACHTERDEUR op was geschreven, van het haakje pakte. Teun Keyzer was een enorme sukkel. De sleutel hing al jaren op een vaste plek en elke stagiair, leverancier en misschien zelfs klant wist waar hij zoeken moest. Het was vragen om ellende. Danny had de achterdeur geopend en gluurde door een kier de schemer in om te zien of hij zijn vrienden zag aankomen. Het pand was voor hem bekend terrein. Maar nu, in deze omstandigheden, zag het er toch wat griezeliger uit. De ledverlichting vanuit de koelvitrines zorgde voor een vreemd schaduwspel op de muren. Er brandde een rood licht bij de afbakovens en de ventilatie maakte een brommend geluid. Danny zag een schim op zich af komen en herkende Peter aan zijn loopje. Een paar meter achter hem kwamen Frits en Steef aan sukkelen.

'Loop wat sneller,' snauwde Danny naar de jongens. Ongeduldig wenkte hij met zijn hand. 'Het is geen picknick, schiet op. Straks ziet iemand jullie.'

Steef keek automatisch achterom en trok een sprintje. 'Is alles veilig?'

'Ja, anders stond ik hier niet,' snauwde Danny, op van de zenuwen. Hij hield de deur open en deed een stap opzij, zodat de jongens konden passeren.

'Is er geen licht?' Zonder het antwoord af te wachten knipte Peter het licht in de gang aan.

'Wat doe je nou, lul. Straks zien ze ons,' siste Danny geschrokken. Hij wilde het licht uitdrukken, maar Peter sloeg zijn hand weg.

'Er is niemand die ons kan zien. Je heb het rolgordijn toch laten zakken?'

Danny knikte.

'Doe relaxt. We staan binnen een paar minuten weer buiten.'

'Waar is het magazijn?' Frits nam nieuwsgierig de ruimte in zich op.

'Hier, rechts.' Danny zette de koevoet tegen de muur en knipte de lichten aan.

'Woh…' Peter liep naar de stellage waarin de dozen met chocolade stonden opgestapeld. 'Daar neem ik wat van mee naar huis. Mijn moeder is dinsdag jarig, dat komt mooi uit.' Hij trok een doos open, stak een bonbon in zijn mond en zette vervolgens een stapel dozen op de gang. Kauwend liep hij langs de stellingkasten en inspecteerde de dozen en manden of er nog iets bruikbaars tussen zat. Er hing een foto boven de afbakovens en met een ruk trok hij het kiekje los. 'Zijn dat zijn kinderen?' Hij hield de foto omhoog.

'Ja, hij heeft twee peuters,' herinnerde Danny zich. 'Hun namen ben ik vergeten.'

'En dit is zijn vrouw? Best een lekker wijf.' Een blondine zwaaide vrolijk naar de lens. 'Moet je kijken wat een grote tieten ze heeft.' Peter wreef de foto langs zijn kruis en begon obsceen te kreunen.

'Gaan we nog iets doen?' Danny graaide de foto uit zijn handen en zeilde die als een frisbee de hoek in.

'Waar zullen we beginnen?' vroeg Peter.

Steef haalde een spuitbus uit zijn vest en trok de dop los. 'Laten we in de winkel beginnen. Dan werken we van voor naar achteren.' Hij schudde de bus heen en weer en de knikker in de spuitbus rammelde nerveus tegen de zijkanten.

Frits liep achter hem aan en gluurde langs het rolgordijn naar buiten. 'Ik kan Maurice zien zitten,' riep hij naar de anderen. Hij keek om toen de spuitbus begon te sissen.

KLOOTZAK! spoot Steef met hanenpoten op het vitrineglas. Rode verfdruppels trokken een spoor tot aan de grond waar het zich tot een plasje vormde.

Frits drukte de kassa open en inspecteerde met een beteuterd gezicht de lege lades. 'De krent.' Hij graaide een zak met krakelingen van het schap, scheurde die open en nam een hap. 'Hier, neem een koekje.' Hij drukte een krakeling in Steefs mond. Die was net bezig met een tekening van een enorme doodskop op de mintgroenkleurige muur naast de deur. Van een afstand bekeek hij tevreden zijn creatie.

'Mooi rood is niet lelijk. Het is net bloed.'

Een tweede zak met koek werd opengetrokken en de helft viel op de grond.

'Maak plaats.' Danny sjouwde een zak meel de winkel in en strooide het goedje over de zwart-witgeblokte vloer. Het witte poeder stoof omhoog en creëerde een witte, ondoordringbare mist. Hoestend en proestend liepen Steef en Frits de ruimte uit, hun haren bedekt met een laag meel. Van een afstand keken ze hoe Danny met zijn armen op zijn rug door het meel schaatste. Ze moedigden hem aan terwijl hij in het midden van de zaak een sierlijk pirouetje draaide.

'Mag ik even...' Peter pakte de spuitbus over en spoot met grote halen ZWIJN en LOSER op de muren in de gang. Wit van het meel danste Danny door de gang het magazijn binnen.

'Iemand nog trek in een gevulde koek?' vroeg Steef. Hij hield er twee in zijn handen en toen Frits zich naar hem omdraaide, gooide hij ze naar hem toe. Frits bukte en de koek spatte met een doffe klap tegen de muur uiteen.

'Eikel!' Steef vluchtte het magazijn in en Frits schoot achter hem aan. Lacherig trok Frits een mand naar zich toe en bombardeerde Steef met de saucijzenbroodjes die daarin lagen. Joelend dook Steef weg achter een stapel dozen en zocht naar munitie om in de tegenaanval te gaan. In de vrieskist vond hij een aantal deegballen. Hij smeet ze door de ruimte. Een deegbal trof Danny in zijn maag. Die kromp kreunend ineen. Na de deegballen, volgden rollen spijs en toen...

'Slagroom!'

De witte smurrie spoot in het rond. De grond werd spekglad en al glibberend zochten de jongens dekking achter het meubilair. Danny gleed bijna uit. Hij kon zich nog net vastgrijpen aan een stellingkast die volgestouwd was met verpakkingsmateriaal. Gevaarlijk wankelde het gevaarte heen en weer. De dozen op de bovenste plank vielen met veel kabaal naar beneden. Danny dook opzij, het wandrek kiepte voorover en maakte een enorme deuk in de muur. Een paar seconden lang keken de jongens elkaar geschrokken aan.

'Nu rustig. Straks horen ze ons buiten.'

'Dan had Maurice ons wel gewaarschuwd.' Steef gaf Frits een por. 'We kunnen hem toch wel vertrouwen? Het is jouw vriend.'

'Natuurlijk!' beweerde Frits, maar er was een lichte hapering in zijn stem te horen.

Danny bekeek het resultaat van hun balorige actie en begon nerveus te lachen. De grond lag bezaaid met een dikke laag smurrie: onherkenbaar en vertrapt.

'We hebben volgens mij wel genoeg schade aangericht. Zullen we gaan?' Frits liep al naar de gang, maar Danny leek nog niet tevreden. Zijn ogen fonkelden boosaardig. Hij trok een stapel dozen omver en vertrapte de cacaobonen die naar alle kanten over de grond rolden.

'Kom nou...' gromde Steef met opeengeklemde kaken. Hij trok ongeduldig Danny aan zijn arm het magazijn uit. 'We gaan.'

'Vergeet mijn moeders bonbonnetjes niet.' Peter tilde de stapel doosjes van de grond. Met de gevel als dekking in hun rug liepen ze naar de hoek, waar ze even in het donker bleven staan. Peter nam de omgeving scherp in zich op. De kust leek veilig. Hij wenkte en stak toen met grote passen het plein over richting Maurice, die op het bankje zat en zenuwachtig de telefoon tussen zijn vingers ronddraaide. Hij ging staan toen hij de jongens zag aankomen.

'Lopen,' riep Danny.

'Niet te snel.' Steef probeerde zijn vrienden af te remmen. 'We maken onszelf alleen maar onnodig verdacht als we gaan rennen. We zijn er bijna. Rustig aan.'

'Wat hebben jullie allemaal gedaan? Jullie zijn helemaal wit.' Maurice klopte onder het lopen het meel bij Frits van zijn zwarte trui. 'En jullie bleven zo lang weg.'

'We hebben het magazijn een make-over gegeven,' zei Frits, nog steeds opgewonden van het hele gebeuren.

Peter gniffelde. 'De puddingbroodjes zitten op de muur.'

'En de slagroom aan het plafond,' vulde Danny aan. Hij gaf Steef speels een duw. 'We hebben een voedselgevecht gehouden en Steef is begonnen...'

'Je kunt daar nu van de grond eten,' grapte Peter.

'Wat heb je eigenlijk bij je?' Maurice had met een frons een doosje met chocolade van de stapel gepakt. 'Bonbons? Dat is diefstal,' gromde hij en zijn vrienden schoten in de lach.

'Wat ben jij toch een suf konijn. We hebben de hele boel verbouwd en jij begint over diefstal? Alsof ze die paar doosjes missen in de troep.'

'Hoeveel heb je meegenomen?'

'Zeven.'

'Zeven?'

'Ja, voor allemaal een en voor mijn moeder twee, want die is tenslotte jarig.'

'Jij bent niet wijs.' Frits draaide opgewonden om hem heen en prikte pesterig met zijn vinger in zijn zij.

'Doe nou niet. Straks laat ik de boel vallen. Wil je geen doosje?'

'Tuurlijk wel.' Frits graaide een doos van de stapel. 'Dat heb ik wel verdiend.' Ze kwamen bij het zwembad aan. Het parkeerterrein was op hun scooters na zo goed als leeg.

Steef opende zijn buddyseat en viste zijn helm naar boven. 'Gaat er nog iemand mee bij mij thuis iets drinken?'

'Hoe laat is het?'

Steef keek op zijn horloge. 'Zeven over elf.'

Peter schudde zijn hoofd. 'Dat gaat niet meer lukken want ik moet om halftwaalf binnen zijn.'

Peter Adeler parkeerde zijn scooter in de garage, onder het huis. Hij legde zijn helm op de plank en nam de doosjes onder zijn arm mee naar boven.

'Peter...'

Hij bleef onder aan de trap staan en hield zijn adem in.

'Waarom heb je van die rare kleren aan? Ik kan me niet herinneren dat ik zoiets afzichtelijks voor je heb gekocht.' Zijn moeder stond met een glas sherry en een sigaret in de deuropening van de kamer en keek hem afkeurend aan. Silvia Adeler was als hoofdredactrice van een exclusief mode- en lifestylemagazine erg gevoelig voor alles wat met mode te maken had. Er kwam geen kledingstuk het huis binnen voordat het door haar vakkundig was bekeken en goedgekeurd. Een artistieke uitglijder kon haar carrière onherstelbare schade toebrengen. Men verwachtte van haar dat haar gezin er trendy bij liep.

'Ik heb wat kleren van Danny geleend. We hebben een uurtje in het park gevoetbald en ik wilde mijn broek en shirt netjes houden.'

Ze schudde afkeurend haar hoofd. 'Ik heb liever niet dat je in dat soort lorren op straat loopt. Men zal wel denken...' Ze snoof. 'Ik heb altijd al geweten dat Danny en zijn familie geen smaak hebben. Het ziet er zo goedkoop uit.' Ze nam een trek van haar sigaret en blies de rook omhoog naar het plafond. 'Wat heb je in je hand?'

'Mam, niet kijken.' Hij stopte de bonbons achter zijn rug en liep de trap op. 'Ik heb een cadeautje bij me en dat mag je dinsdag pas zien.'

De trainingsbroek was vergeten en met een twinkeling in haar ogen deed ze een stap in zijn richting. 'Heb je al iets voor mij gekocht? Wat lief... Wat is het?'

'Nee, mam, dinsdag... Ga weg. Ga Fred lastigvallen. Heeft hij al iets voor je gekocht?'

Ze haalde met een pruillip haar schouders op. Zijn ouders waren gescheiden en Fred was, na wat stukgelopen relaties met andere mannen, sinds vier maanden zijn moeders nieuwe aanwinst. Fred had geen kinderen en werkte op een accountantskantoor, driehonderd meter van zijn flat, die hij bewust in de buurt had gekocht. Peter kon redelijk goed met hem opschieten, beter dan met zijn eigen vader. Zijn vader was ondertussen opnieuw getrouwd met zijn tien jaar jongere secretaresse en ze hadden een dochtertje van vier.

'Fred wil ook niet vertellen wat hij gaat kopen. Ik vind het maar flauw dat jullie zo geheimzinnig doen.'

'Dat hoort bij jarig zijn, mam. En niet stiekem in mijn kamer gaan zoeken.'

Ze maakte een wegwerpgebaar en liep lachend de woonkamer weer in. 'Ik zou het maar goed verstoppen,' riep ze luid, waarop hij Fred brommend hoorde reageren. Met twee treden tegelijk rende Peter de trap op naar zijn kamer. De doosjes met chocola belandden met een boog op het bed. Hij schopte zijn schoenen uit en stroopte de broek langs zijn dijbenen omlaag. Natuurlijk herkende zijn moeder de kleren niet. Steef en Danny hadden de vijf identieke setjes voor weinig geld op de markt gekocht. Hij propte de kleding in een plastic zak en verstopte die op de vliering achter een doos met kerstspullen. Daar lag alles voorlopig veilig, tot de volgende klus.

5

De volgende ochtend kwam Peter vroeg zijn bed uit. Hij had bijna niet geslapen. De actie van gisteravond spookte de hele nacht door zijn hoofd. Het was niet omdat hij spijt had, integendeel... Hij hoopte vurig dat zijn opdracht snel getrokken werd. De inbraak had gevoelens in hem losgemaakt die hij nog nooit eerder had ervaren. Het was een mengeling van angst, opwinding en blijheid. Een vreemde tinteling op de huid, het nerveus bonken van het hart, de adem die stokte zodra het even mis leek te gaan. En dan de ontlading, het triomfantelijke gevoel als alles achter de rug was. Hij kon zich niet voorstellen wat het voor een gevoel zou geven als hij zijn wraak zou krijgen. Dat moest bijna wel hemels zijn, net als seks. Niet dat hij daar veel ervaring mee had, maar de keren dat hij het gedaan had, waren onvergetelijk.

Even had hij getwijfeld of het niet beter was om een ander slachtoffer uit te zoeken. Zijn keus was misschien wat bizar, misschien zelfs wat ziekelijk, leek zo voor de hand liggend. Natuurlijk had hij Born van de hockeyclub kunnen kiezen, die zijn scooter in de prak had gereden. Of Gerard van der Pol, die hem had verraden bij Pieterse toen hij het huiswerk van Mekan had overgepend. Maar dit was de ultieme wraakexpeditie. Hoe vaak kreeg hij zo'n kans?

Met een boterham tussen zijn tanden geklemd propte Peter de schoolboeken in zijn rugtas. Met wat geluk stond er de volgende dag een foto in de krant, maar dat was niet hetzelfde als wanneer je het slachtoffer in de ogen kon kijken. De schrik en verbazing op het gezicht, de tranen, de woede, de onmacht. Dat stukje emotie droeg bij aan het ultieme wraakgevoel. Teun Keyzer van De Knip was niet zijn slachtoffer, hij kende de man niet eens. Toch had hij de drang om de emoties van de man te zien, te voelen. Een pyromaan bewondert ook op afstand zijn werk en krijgt daar een kick van. En hij... Peter... Hij kreeg een kick als mensen angst hadden en hun ogen zich vulden met tranen. Het was een sadistisch trekje.

Er moest een manier zijn om de emoties van het slachtoffer te zien. Hij ging het proberen. Het eerste uur had hij geen les. Mocht zijn plan wat uitlopen, dan kon hij nog altijd op tijd op school zijn. Zou het niet vreemd zijn als hij op zo'n vroeg tijdstip bij het winkelcentrum rondreed? De buurtsuper was om acht uur al open. Hij kon wat snoep en een blikje fris kopen voor op school. Bij de ingang van de buurtsuper had hij redelijk zicht op de bakkerij.

Teun Keyzer trommelde met zijn vingers op het stuur en zong zachtjes het liedje op de radio mee. Er woedde een recessie in het land en ook zijn bakkerij was niet gespaard gebleven. De verkoop van gebak en koek was met meer dan dertig procent afgenomen. Gebak of een koekje bij de koffie was niet meer vanzelfsprekend. Hoewel zijn passie bij patisserie lag, had hij zich nu helemaal gefocust op brood. Zo kon hij redelijk het hoofd boven water houden. Gelukkig leek het tij zich plotseling te keren. Hij had een grote order binnengekregen van een meubelbedrijf dat zijn vijftigjarige jubileum vierde. Als pr-stunt kreeg de clientèle een doos zelfgemaakte bonbons. Hij had er met veel plezier aan gewerkt en gisteren had hij de laatste paar dozen gevuld. Die dag kwam er zelfs een nieuwe bestelling binnen: vier dacquoisetaarten met frambozen en drie frisse moelleux van sinaasappel, zijn specialiteit. Zijn vingers jeukten en hij had besloten om een extra moelleux voor thuis te bakken. Het was lang geleden dat hij een taart mee naar huis had genomen. Door de tegenslagen viel er weinig te vieren. Echt gezellig gezelschap was hij niet geweest voor zijn vrouw en kinderen. Tijd om daar verandering in aan te brengen.

Hij parkeerde zijn bestelbus achter de winkel, draaide de muziek uit en stapte uit. Als bevroren bleef hij staan toen zijn blik langs de achterkant van de winkel gleed, langs het wc-raam naar de container en toen weer terug. Plotseling, alsof hij door een wesp werd gestoken, kwam hij vloekend in beweging. Zenuwachtig haalde hij de sleutels uit zijn broekzak en beende op de achterdeur af. Hij voelde aan de klink. De deur was niet afgesloten. Hij vloog naar binnen. In de deuropening van het magazijn bleef hij staan, zijn mond enigszins open van verbazing. Hij inhaleerde diep en zocht ontdaan houvast aan de deursponning. Zijn met zorg bereide bonbons waren vertrapt, er was niets meer van over.

Langzaam schudde hij zijn hoofd, terwijl hij met tranen in zijn ogen de ravage in zich opnam. De verse frambozen, de maisbloem, de kokosrotsjes, de vanillestokjes…

Hij strompelde achteruit, liep de winkel in en staarde naar de tekst op de vitrine. Met zijn sleutels in zijn vuist stond hij daar minutenlang, niet wetend wat hij moest doen.

Verdoofd liep hij uiteindelijk naar het raam en rolde het gordijn omhoog. Het licht danste vrolijk langs de muren naar binnen, zich niet bewust van de tragedie die zich daar had afgespeeld. Er rolde een traan over zijn gezicht en krampachtig probeerde hij zijn emoties te bedwingen. Hij draaide de winkeldeur van het slot, liep naar buiten en keek om zich heen. Hij zocht naar hulp, maar het plein was zo goed als leeg. Zijn vingers gleden door zijn weinige haar en bleven daar liggen. Welke gek had dit gedaan? Hij was geruïneerd, hij moest zijn vrouw Lilly bellen, hij moest...

Mompelend liep hij zijn winkel weer binnen en bleef daar roerloos staan. Tevergeefs probeerde hij na te denken en toen dit niet lukte, zakte hij door zijn knieën. Zijn handen gleden omlaag naar zijn gezicht en hij begon geluidloos te huilen.

Er stonden twee politiewagens op het plein toen Peter zijn scooter voor de buurtsuper op de standaard trok. Nieuwsgierig keek hij naar de bakkerij, waar een handjevol mensen was samengedromd en door de etalageruit naar binnen gluurde. Hij kon er quasinonchalant bij gaan staan en wat vragen stellen. Daar was toch niets verdachts aan? Het zou pas verdacht zijn als hij niet ging kijken. Hij hing zijn helm aan het stuur en voegde zich bij het groepje.

'Wat is er gebeurd?' De man naast hem deed een zuinig stapje opzij, zodat Peter de plaats delict beter kon bekijken. 'Allemachtig, wat een troep.' Het klonk oprecht. Peter had de zijkant van zijn handen op het glas geplaatst en keek de ruimte door. Twee mannen in uniform maakten foto's van de teksten op de muur. Peter kreeg de neiging om foto's te maken met zijn mobieltje, maar had niet de moed om dat tevoorschijn te halen. Er waren te veel getuigen en waarschijnlijk zou het raar overkomen als hij uitgebreid foto's ging nemen. Hij beet op de binnenkant van zijn wang. Jammer... De rug van een politieagent blokkeerde hem het zicht naar de gang. 'Zijn er gewonden?'

'Nee,' antwoordde een jongen van zijn leeftijd. 'Er is ingebroken en ze hebben de hele boel kort en klein geslagen. Ik hoorde de eigenaar huilen van ellende en ben toen naar binnen gegaan om te kijken. Het was een grote koleretroep. Ik heb de politie gebeld. De eigenaar was totaal de weg kwijt.'

'Het is een schande om zo'n hardwerkende man zo veel leed aan te doen,' gromde een oude man. Hij stampte met zijn wandelstok driftig op de grond om zijn woorden extra kracht te geven. 'Dit soort beesten horen niet in onze samenleving thuis.'

'Dat vind ik ook,' beaamde Peter met een strak gezicht. Hij probeerde een glimp van Keyzer op te vangen, die zich achter in de gang had omgedraaid en zijn winkel in keek.

'Wat een tuig.'

'De dader wordt snel gepakt, dat kan niet anders,' meende de jongen wijs. Hij keek op zijn mobiel naar de tijd.

'Hoezo? Hebben ze dat gezegd?' Peter keek de jongen van opzij aan.

'Heb je goed gekeken? Er ligt minstens een miljoen sporen binnen: zweet, vingerafdrukken, speeksel, haren, voetsporen in het meel. Als je als een idioot tekeergaat, laat je altijd sporen achter. Ze hebben zelfs met een spuitbus op de muren gekalkt. Niet echt slim! Nou heeft de politie ook een handschrift.'

Het kostte Peter moeite de grijns van zijn gezicht te halen. Wat een dom gezwam. Een spoor was alleen maar bruikbaar als de dader een bekende van de politie was. Zijn vingerafdrukken stonden niet in het politiebestand, zijn DNA was nooit afgenomen en zijn handschrift was alleen op school bekend.

'Het was een stel amateurs,' meende de buurman.

'Wat hebben ze eigenlijk meegenomen?' wilde de oude man weten. 'Ik weet dat Teun altijd zijn kassa leeghaalt als hij naar huis gaat. Volgens mij is dit puur vandalisme.'

'Of een afrekening,' bemoeide Peter zich met de discussie. 'Misschien heeft meneer een verkeerde tegen de haren ingestreken. Het is wat u zegt: wat valt er te halen bij de bakker? En dan die teksten op de muur... Misschien is het een waarschuwing van een of andere maffiabende?' Peter groeide toen de jongen hem vol bewondering aankeek.

'Denk je...' De jongen ging naast hem staan en gluurde nogmaals de winkel in. 'Er staat iets van "zwijn" op de muur. Een afrekening... het klinkt wel logisch.'

LAFHARTIGE ACTIE IS GENADEKLAP VOOR HARDWERKENDE AMBACHTSMAN kopten de kranten de volgende dag. Peter las het artikel twee keer door. Helaas stond er niets in over het politieonderzoek. Peter knipte het bericht uit en deed het in een plastic hoes voor het plakboek dat hij van plan was om bij te houden. Hij baalde dat er geen foto bij het artikel was geplaatst. Hij nam zich voor om voortaan zelf het een en ander op de gevoelige plaat vast te leggen. Er zou wel commentaar van de anderen komen, maar dat boeide niet. Híj vond het belangrijk om ergens op terug te kijken.

De inbraak gaf hij een vette acht. Ze hadden gelachen en hij had het als onwijs spannend ervaren. De autobrand had niet meer dan een mager zeventje gescoord. Behalve Maurice had niemand eigenlijk echt iets hoeven doen en binnen vijf minuten was het gepiept. Gisteravond was de hele groep betrokken bij de inbraak en in Peters ogen ging het daarom: samen in actie.

Hij had op internet nog gezocht naar meer informatie over een mogelijk onderzoek, maar hij had niets gevonden. Na schooltijd was hij langs de bakkerij gereden. De politiewagens waren weg en er hing een briefje voor het raam met de tekst WEGENS OMSTANDIGHEDEN GESLOTEN. Het rolgordijn was dicht en aan de achterkant was het wc-raam afgetimmerd met een stuk hardboard.

Peter had Steef en Danny gebeld en hen op de hoogte gebracht van wat hij op het plein had gezien. Er viel niet veel te vertellen, maar hij had de boel wat aangedikt. Hij had beweerd dat de politie groots was uitgerukt en dat Teun Keyzer, ondersteund door twee agenten, was meegenomen naar het bureau.

Steef had Frits gebeld en Frits had op zijn beurt Maurice gebeld, die door zijn moeder al was bijgepraat. Mevrouw Cornelis, een van haar klanten die op het plein woonde en contact had met de familie Keyzer, wist te vertellen dat de politie nog geen enkele aanwijzing had. 'Natuurlijk niet,' had Frits beweerd. 'Alles is zorgvuldig gepland.'

De volgende dag waren de jongens naar de chalet gekomen om de zaak nog even grondig door te praten.

'Weet jij wat voor opleiding je nodig hebt om bij de politie te mogen werken?' had Peter gevraagd. 'Zo intelligent is de politie niet. Onze schoolopleiding is veel hoger. Het is een kwestie van je hersens gebruiken en aangezien wij als groep er meer hebben...'

Ze hadden erom gelachen, maar de onrust in hun hoofd werd er niet minder om.

'Het kan geen kwaad als we een paar weken wachten met een

nieuwe actie,' had Maurice voorgesteld. 'Als we te snel achter elkaar toeslaan, wordt er misschien een verband gelegd en dan wordt het alsnog een onderzoek. Dat moeten we niet willen.'

'En waar haal jij die wijsheid vandaan?' bromde Peter geïrriteerd. Hij wilde niet weken wachten totdat zijn wraakactie aan de beurt was.

'Ik heb een documentaire gezien waarin...'

'Hij heeft weer een documentaire gezien,' ging Steef honend in de aanval.

'Wat nou! Het was anders behoorlijk interessant. We zouden toch naar elkaar luisteren en als een van ons het er niet mee eens was... Van een paar weken uitstel gaan we echt niet dood.'

'Ik denk dat Maurice gelijk heeft,' zei Frits, en ook Danny was het daarmee eens. 'We houden ons een tijdje gedeisd.'

6

Het was bijna acht uur. Judith Spaans borg haar leesbril in de plastic koker op en hengelde haar schoudertas van de grond. Over vijf minuten zat haar nachtdienst erop. Ze was van plan om met haar collega's, die een voor een kwamen binnendruppelen, een kopje thee te drinken en moest dan echt op huis aan. Ze had nog een paar kleine klusjes te doen voordat ze haar bed in kroop. Haar verrijdbare ladenblok draaide ze op slot en ze wilde overeind komen, toen de zoemer van de alarmcentrale ging. Met een bijna hoorbare zucht van ergernis liet ze haar tas op de grond vallen en snel zette ze haar hoofdtelefoon op. Ze drukte het gesprek open en nog voordat ze zich kon voorstellen, tetterde een jongensstem overspannen in haar oor. 'Bent u van de politie?' vroeg hij. 'Ik moet iemand van de politie spreken.'

'U bent via het alarmnummer 112 doorgeschakeld naar de meldkamer van politie Gelderland-Zuid. Wat is uw naam?'

Het nummer van de beller kwam in beeld en automatisch sloeg de computer de gegevens op. Afwachtend zweefden de handen van Judith boven het toetsenbord.

'Udo Weber uit de Grachtensingel. Het is hier een koleretroep. Wilt u iemand snel naar hier sturen?'

Rap kwamen de vingers in beweging. 'Kunt u iets meer uitleg geven over uw melding? Over wat voor troep hebt u het?'

'Ik sta bij de bakker in de zaak en alles ligt overhoop. De eigenaar zit hier te janken op de grond.'

'Is meneer gewond?'

'Ik zie geen bloed. Wacht even...'

De stem van de jongen verdween naar de achtergrond. 'Bent u gewond, meneer... gaat het?' Er werd iets gemompeld en Udo richtte zich weer tot de centralist. 'Hij is niet gewond. Waarschijnlijk is hij gewoon doorgedraaid. Komt er nog iemand of niet?'

'Ik stuur mijn collega's naar u toe. Wat is het adres.'

Ze hoorde de jongen de vraag herhalen.

'Vaneffeweg 4. Bakkerij De Knip, op de hoek van het plein,' antwoordde hij uiteindelijk.

Er bonkte een witte bestelbus de stoep op. Hij kwam een meter voor De Knip tot stilstand. Henk de Koning gooide zijn deur open en gleed van zijn stoel. Hij hoopte bij elk onderzoek dat hij zijn collega's in uniform voor was en als eerste bij een melding aankwam. Dit keer had hij misschien geluk. Er was nog geen politieauto te bekennen en met een grijns tilde hij zijn sporenkoffer uit de auto. Hij was net op weg naar het hoofdbureau toen de melding van de centrale over de mobilofoon binnenkwam. Henk de Koning werkte al achttien jaar als technisch rechercheur voor district Gelderland-Zuid. Een afwisselende baan met afwisselende uren. Ondanks zijn onregelmatige en vaak lange uren genoot hij van zijn vak, dat in zijn ogen met de jaren steeds interessanter werd door de technologische verbeteringen. Elk spoor, hoe nietig en klein ook, kon voor een doorbraak zorgen. Het was dan wel van groot belang dat er zo min mogelijk mensen, liefst niemand, de plaats delict hadden betreden. Meestal waren het de onwetende collega's die door goedbedoelde acties de subtiele sporen vertrapten. De grijns verdween al snel van Henks gezicht toen in de verte een politieauto kwam aanrijden. Zuchtend sloot hij zijn auto af en wachtte totdat zijn collega's de auto naast die van hem hadden geparkeerd. Er stapten twee mannen in uniform uit, van wie er een hem nors en onderzoekend aankeek. De Koning viste zijn badge uit het zakje van zijn overhemd en stelde zich voor als technisch rechercheur van Gelderland-Zuid.

'Bent u al binnen geweest?' vroeg de langste van de twee, die zich als Ton Meuler had voorgesteld.

'Ik kom net aan. Misschien handig als een van u de achterkant van de steeg afsluit en de ander de winkeldeur barricadeert voordat het publiek naar binnen stapt. Dan concentreer ik mij op de sporen.'

De Koning hield zijn pas in en onderdrukte een vloek toen Udo in de deuropening verscheen. 'Dat bedoel ik dus...' mompelde de sporenzoeker binnensmonds.

Met een verhit gezicht liep Udo op de politiemannen af. 'Ik heb jullie gebeld,' zei hij trots. 'Het is waarschijnlijk een inbraak.' Hij seinde met zijn hoofd naar de winkel. 'De eigenaar zit binnen en het gaat al wat beter met hem.'

Met een zuur lachje seinde De Koning naar zijn collega's dat hij zijn werk ging doen. Dat was Udo niet ontgaan en nieuwsgierig wilde hij achter De Koning aan het pand binnenlopen. Maar Meuler hield hem tegen. 'Blijf maar buiten. Meneer De Koning is rechercheur en hij gaat de nodige foto's nemen en met sporen aan de slag.'

'Ja, maar ik heb gebeld. Ik mag toch wel kijken wat jullie gaan doen? Als ik nou beloof dat ik niet in de weg loop?'

'Misschien na afloop, als wij de boel afsluiten,' antwoordde de man.

'Doe niet zo lullig, man. Ik moet over een uurtje op school zijn. Kunt u niet een absentiebriefje schrijven? Dat ik nodig ben voor het onderzoek. Ik ben toch een belangrijke getuige?' De jongen maakte een weids gebaar. 'Sterker nog... Ik ben de enige getuige.'

Meuler schoot in de lach en haalde zijn aantekenboekje tevoorschijn. Hij richtte zich tot zijn collega. 'Als jij achterom loopt en de boel daar afzet, dan neem ik de verklaring van deze jongeman op.' Hij wendde zich weer tot Udo. 'Een absentiebriefje moet wel lukken. Vertel mij eens hoe laat je hier bent aangekomen en wat je gezien en gehoord hebt.'

Tevreden deed Udo zijn verhaal, terwijl hij met een schuine blik keek hoe De Koning met een rood-wit lint de deur van de winkel afsloot.

Ondertussen zat de eigenaar op een krukje naast de toonbank te wachten. Met afhangende schouders staarde hij wezenloos de ruimte door.

Henk de Koning legde zijn hand bij Teun Keyzer op zijn rug en de man keek hem met rooddoorlopen ogen aan. Zijn trieste blik lichtte iets op toen De Koning had uitgelegd dat hij sporenonderzoek kwam doen. Teun liet zich meevoeren naar de gang, waar hij op afstand het onderzoek kon volgen.

Uit verschillende hoeken had De Koning de chaos in de winkel gefotografeerd. Het zoeken naar sporen in een winkel was geen gemakkelijke opgave. Een sigarettenpeuk, een vingerafdruk, een haar... Het kon van een klant zijn die de dag ervoor een broodje had gekocht. De rommel op de winkelvloer maakte het er ook niet gemakkelijker op. De rechercheur besloot dat het beter was om zich te concentreren op het achterhuis en de uitgang.

Hij had een rondje door het magazijn gelopen en had zijn conclusie snel getrokken: dit was door een stel kinderen gedaan. Met achttien jaar ervaring had hij daar wel kijk op gekregen. Volwassenen zouden nooit zo huishouden op een plaats delict. Die verspeelden hun energie niet aan het openscheuren van meelzakken. Die spoten de muren niet onder met slagroom en propten geen puddingbroodjes in de ventilatieschacht. Dit was een baldadige actie van een stel pubers geweest die waarschijnlijk dronken of onder invloed van drugs waren.

Het was maar de vraag of het korps hier een onderzoek op ging zetten. Het inbrakenteam was onderbezet en de zaken groeiden hun boven het hoofd. Hij kon er maar beter niet te veel energie in steken. Hij zoemde zijn lens in op de schoenafdrukken die in het meel waren achtergebleven en maakte extra foto's van smurrie op de muur. In de wc had hij met poeder en een kwast de sponning van het raam ingesmeerd, in de hoop dat hij er vingerafdrukken zou vinden. Maar helaas... op wat vegen na vond hij er niets bruikbaars. Hij maakte foto's van de steeg, de container en de achterdeur en liet het daarbij.

'Danny, jij hebt toch stage gelopen bij De Knip aan de Vaneffeweg?'

Danny keek zijn zus donker aan. Waarom moest de trut daar nou over beginnen. 'Hoezo?'

'Ze hebben daar ingebroken.'

'Van wie heb je dat gehoord?'

'Van Ellen Kouwehoven. Die heeft het weer van een vriend van haar broer. Hij heeft de politie gebeld.'

Zijn moeder kwam met de aardappels de kamer binnen en zette de pan op tafel. 'Aan de Vaneffeweg? Ja, joh, daar heb jij stage gelopen. Bij Keyzer, een aardige man.'

'Hij is niet aardig,' bromde Danny. 'Het is een gierige klootzak.'

'Wie is er een gierige klootzak?' Rijk Bisguet kwam binnen, legde zijn telefoon op tafel en keek zijn zoon vragend aan. Langzaam sleepte hij de eetkamerstoel over het parket naar achteren.

'De bakker, die van De Knip.' Luna liet zich op een stoel naast haar vader zakken. 'Inbrekers hebben de hele winkel gesloopt. Zo zielig...'

'En waarom is dat zielig?' wilde Danny weten. 'Hij zal het wel verdiend hebben.'

'Zeg, doe niet zo raar...' Zijn moeder gaf hem bestraffend een tik op zijn arm. 'Niemand verdient zoiets.'

Danny beet zijn tanden op elkaar en wreef met een boos gezicht over zijn arm.

'Ze zeggen dat hij niet verzekerd is en dat hij nu failliet gaat,' ratelde Luna door. 'Dat is toch zielig, pap?'

Danny's ogen vernauwden zich. Failliet? Omdat ze wat rommel hadden gemaakt? Wat een onzin. Binnen een uurtje had je de boel weer brandschoon. Wat wist die trut daar nou van? Ze was pas twaalf.

'Ja, natuurlijk is het triest,' zei zijn vader.

'Ik heb gelijk.' Luna stak haar tong tegen Danny uit.

'En toch is hij een klootzak,' probeerde Danny zijn geweten te sussen. Driftig prakte hij de aardappels op zijn bord tot moes.

'Omdat hij een puntje van kritiek had op je werkhouding?'

wilde zijn moeder weten. 'Is hij daarom een klootzak?'

'Ja! Ik heb me in het zweet gewerkt en dan nog klagen ook... Hij heeft goed aan mij verdiend. En aan al die andere stagiairs die hij heeft versleten... De zakkenvuller.'

Zijn moeder fronste afkeurend haar wenkbrauwen. 'In het zweet gewerkt? Jij? Ik vind je erg raar reageren. Je zou bijna gaan denken dat jij iets met die inbraak te maken hebt.'

Danny keek haar geschrokken aan en ging direct in de tegenaanval. 'Ja, nog effe...' Met gespeelde verontwaardiging gooide hij zijn vork op tafel. 'Waar zie je mij voor aan?'

'Je reageert nogal heftig.'

'Je gaat inderdaad wel erg ver met je beschuldigingen, Thea,' nam zijn vader het voor hem op. 'De jongen mag die vent niet en daar zal hij wel zijn redenen voor hebben. Ik heb van anderen ook gehoord dat het geen gemakkelijke kerel is.'

'Ik ga te ver? Ik vind zijn reactie anders erg ongepast. Hij kwam elke dag te laat op zijn stageplek. Zijn inzet was ronduit belabberd, dan mag die man er toch iets van zeggen? Of niet? Pik jij dat van jouw personeel?'

Rijk trok met zijn mond en voelde een ruzie in de lucht hangen, zoals de laatste maanden elke avond het geval was. Sinds Thea haar ontslag bij de krant had gekregen, was ze niet meer te genieten. Meestal moest hij het ontgelden, zeker nu juist bij hem de zaken goed gingen. Hij was tandtechnicus en maakte implantaten en kunstgebitten op bestelling. Hij had drie man personeel, allemaal boven de veertig en erg gedreven in hun vak. Ze kwamen zelden te laat en als dat wel gebeurde, dan zag hij dat door de vingers.

'Nee, natuurlijk pik ik dat niet,' zei hij om de gemoederen te sussen.

'Ik geloof er niets van,' snoof ze. 'Daar moet je toch wat meer ballen voor in huis hebben.'

'Wat bedoel je daar nou weer mee?'

'Zoals ik het zeg.'

'Gaan jullie weer ruziemaken?' Pruilend keek Luna haar moeder aan.

'Het is allemaal jouw schuld, trut,' beet Danny haar plotseling toe.

'Danny!' Zijn moeder haalde uit, maar Danny wist de klap te ontwijken.

'Jullie maken ruzie en ik krijg de klappen? Ik ben altijd de lul in dit klotehuis!' Hij schoof driftig zijn stoel naar achteren en sprong op. 'Ik heb het uiteindelijk altijd gedaan, altijd ik.' En met deze woorden beende hij boos de kamer uit. Rijk slaakte een diepe zucht en schudde afkeurend zijn hoofd.

'Wat zucht je? Het zou voor de verandering een keer fijn zijn als jij ook eens optrad. Zijn gedrag wordt met de dag erger.'

'Slaan is anders niet de oplossing,' reageerde Rijk brommend.

Natuurlijk was het hem ook opgevallen dat Danny met de dag opstandiger werd. Hij was weinig thuis en als hij thuis was, dan sloot hij zich in zijn kamer op. De spanning in huis had zijn weerslag op het hele gezin. Hij had van alles geprobeerd om de sfeer te verbeteren, maar Thea had tot nu toe al zijn voorstellen van tafel geveegd: het weekendje Parijs, een dagje wellness met haar zuster, een boottocht over de Moezel, een diner bij kaarslicht in de achtertuin... Hij had zelfs een functie bij hem op de zaak voor haar gecreëerd. Niet dat hij een receptioniste nodig had, maar dan was ze onder de mensen. Hij bedoelde het goed, maar ze vatte het totaal verkeerd op. Ze begon over haar universitaire opleiding en was niet van plan om zich te verlagen door voor hem te werken. 'Baliemedewerkster,' had ze honend geroepen. Boos was ze het huis uit gelopen en ze kwam pas tegen de avond thuis.

Eerlijk gezegd vond hij het niet erg, even die rust. Hij was samen met de kinderen naar de pizzeria gereden en ze hadden daar gegeten. Toen ze thuiskwam zei ze niets en hij vroeg niets. Ze was aangeschoten, hij rook het meteen, maar voor de goede vrede had hij niets gezegd.

'Nee, niks doen helpt!' riep zijn vrouw met schelle stem. 'Je ziet toch dat hij niet te genieten is. Hij terroriseert het hele huishouden.'

Rijk had iets kunnen zeggen, maar in plaats daarvan slikte hij zijn cynische opmerking in en roerde hij met zijn vork door het eten.

De slaapkamerdeur dreunde in het slot. Danny snoof door zijn neus en keek met een verbeten gezicht zoekend in het rond. Hij beende naar de kast en haalde uit. Zijn vuisten beukten op de ijzeren deur en hij stopte pas toen zijn knokkels begonnen te bloeden.

7

Frits had de ramen opengezet, in de hoop dat de wind de penetrante wietlucht in de kamer zou neutraliseren. Gelukkig kwamen zijn ouders bijna nooit in de chalet, die achter in de tuin onder de esdoorn verscholen stond. Maar Frits nam liever geen risico. Stel dat zijn moeder het op haar heupen kreeg en het plotseling nodig vond om het huisje te inspecteren? Als extra voorzorgsmaatregel liep hij met een spuitbus met dennengeur door de ruimtes en spoot met de luchtverfrisser in het rond.

De chalet was een verjaardagscadeau voor zijn moeder Alies geweest, die ooit eens kenbaar had gemaakt dat ze wilde gaan schilderen en daarvoor een plek nodig had waar ze ongestoord haar gang kon gaan. Ze zocht een hobby om haar dagen te vullen nu haar kinderen een leeftijd hadden bereikt dat ze hun moeder niet meer zo vaak nodig hadden. Ze had nog nooit gewerkt en buiten het aansturen van de huishoudelijke hulp Mia en de tuinman Joop had ze weinig ervaring op dat gebied.

Bovendien had haar man, Benjamin Ouwekerk, liever niet dat ze ging werken. Zijn opvattingen wat de verdeling van taken tussen man en vrouw betreft waren behoorlijk conservatief. Hij vond dat een vrouw haar tijd moest besteden aan het huishouden en de opvoeding van de kinderen. Kinderen hadden de nodige sturing en aandacht nodig, die hij als drukbezet zakenman niet kon geven. Hij was vastgoedhandelaar en had een indrukwekkend vermogen opgebouwd met het kopen en verkopen van bedrijven die in financiële problemen waren geraakt. Een man die, als het moest, zijn moeder nog zou verkopen aan de hoogste bieder. Hij was getrouwd met de dochter van zijn voormalige zakenpartner, die vier jaar terug overleed aan een hartstilstand. Door de dood van haar vader raakte Alies dusdanig van slag, dat er van haar voorgenomen artistieke wensen nooit iets was gekomen.

De houten chalet werd al snel door Frits en een select groepje vrienden omgetoverd tot een comfortabel jeugdhonk. Dat was ingericht met meubels en apparatuur waar menig bijstandsmoeder jaloers op zou zijn. Het had zelfs een flatscreen en een blu-rayspeler met homecinemaset.

Ze begonnen met een bescheiden clubje van drie: Maurice, Peter en Frits. Ze kenden elkaar van de hockeyclub, waar de jongens in het tweede elftal speelden. Steef sloot zich drie maanden later bij de groep aan en nam Danny mee als introducé.

Frits had nog een zus van negentien: Francien. Ze studeerde Geneeskunde aan de Universiteit van Amsterdam en was het oogappeltje van Benjamin en Alies. Op feesten en bijeenkomsten raakten ze niet uitgesproken over de prestaties van hun hoogbegaafde dochter.

Frits deed het beslist niet slecht op school, maar hij kon niet zo goed leren als zijn zus. Hij was een vriendelijke, behulpzame jongen van wie docenten erg gecharmeerd waren. Nooit agressief, opstandig of irritant bijdehand. Altijd zijn huiswerk af, zijn lessen geleerd en keurig op tijd in de klas. Een jongen van wie je zou willen dat je er een hele klas vol van had.

Het gezin Ouwekerk woonde in een statig herenhuis, even buiten het drukke centrum van de stad. Het huis telde negen kamers, drie badkamers en een fitnessruimte, waar zijn moeder een groot deel van de dag doorbracht. De woning werd omringd door moeders trots: een indrukwekkende, architectonisch aangelegde tuin. Met helemaal achterin dus de chalet waar Frits en zijn vrienden in het weekend een filmpje keken en bier dronken.

Terwijl Frits met de spuitbus door de lucht zwaaide, keek hij met een schuin oog naar de bus op tafel. Er waren nog drie opdrachten te gaan, eigenlijk nog twee. Zuchtend liet hij zijn arm zakken. Hij liep al dagen met buikpijn rond. Op wie moest hij wraak nemen? Hij had met niemand problemen. Op school had hij geen vijanden, met de jongens op de hockeyclub kon hij goed opschieten en aan niemand uit de buurt had hij een hekel. Niet genoeg in ieder geval om de persoon kwaad te doen. Daarom had hij een blanco briefje in de pot gestopt en zo zijn geweten gesust.

Achteraf gezien vond hij het een laffe daad. Mietje, liet een honend stemmetje in zijn hoofd hem weten. Ze zullen je uitlachen, vooral Steef en Peet.

Hij moest iets verzinnen. Hoe kon hij Danny en Maurice overtreffen zonder dat hij iemand daarmee benadeelde? Een slachtoffer maken zonder iemand aan te wijzen? Onmogelijk! En dan moest het natuurlijk ook nog iets stoers zijn, iets wat respect afdwong. Het liefst was hij een sympathieke schurk, een soort Robin Hood. Zijn mondhoeken krulden omhoog toen er een nieuwe strategie in zijn hoofd vorm begon te krijgen. Waarom had hij daar niet eerder aan gedacht? Het was zo simpel. Zijn imago was gered.

Hij liep naar de tafel en draaide de bus met lootjes om. Het eerste briefje was van Peter. Hij las de tekst hardop en was verbaasd door de opdracht. Hoofdschuddend vouwde hij het papiertje weer dicht en graaide een tweede van tafel. Dat was die van hem. Hij streek het papier met zijn hand glad op tafel en ging zitten. De grijns zat nog steeds op zijn gezicht toen hij zijn idee met een keurig handschrift aan het papier toevertrouwde. Hij onderstreepte zorgvuldig zijn woorden, vouwde het papier dubbel en gooide het in de bus. Hier kon zelfs Peter of Steef niet aan tippen. Er was echter één probleem: hoe kwam hij aan explosieven om de klus te klaren?

Met zijn sporttas tussen zijn benen geklemd manoeuvreerde Frits met zijn scooter door het verkeer. Hij was op weg naar Asrin, een jongen die hij kende van school. Hij zat een klas hoger, in 4C. Het was niet dat hij bevriend was met Asrin. Hij mocht hem niet echt. Het was een macho, een blaaskaak die alles beter wist en vol met sterke verhalen zat. Maar zo'n jongen had Frits nodig voor zijn plan.

Voorzichtig had hij bij hem geïnformeerd naar explosieven en Asrin beweerde dat hij wel een adresje wist. Natuurlijk wilde hij weten waarvoor hij het nodig had, maar Frits was niet van plan om hem in vertrouwen te nemen. Hij had hem wijsgemaakt dat hij samen met een vriend voor de lol een oude wasmachine in een weiland wilde opblazen. Als een soort van experiment. Hij kon aan Asrins gezicht zien dat hij hem niet geloofde, maar hé... jammer dan.

Ze hadden in het parkje aan de Denneweg, naast het parkeerterrein, afgesproken. Daar was een overdekte hangplek waar Asrin met zijn neef op hem zou wachten. Voor tachtig euro kon hij het spul kopen en volgens Asrin was het sterk genoeg om er een legertank mee op te blazen. Tachtig euro was een hoop geld, maar Frits had een spaarrekening waar hij vrij over kon beschikken. Na school had hij het geld gepind en daarna was hij naar huis gereden om zijn schooltas om te wisselen voor een sporttas. Frits stuurde zijn scooter het parkeerterrein op. Naast de papiercontainer zette hij de scooter op de standaard en reeg het kabelslot door de spaken.

De helm verdween onder het zadel. Met twee handen harkte hij zijn haar in model en keek toen op zijn horloge. Halfvijf. Hij was netjes op tijd. Even hield hij zijn pas in toen de hangplek in zicht kwam. Ze stonden hem met z'n zessen op te wachten en dat gaf hem een onveilig gevoel.

Vooruit! sprak hij zichzelf streng toe. Asrin is erbij. Er kan niets gebeuren. Nu niet afhaken. Doorlopen!

De jongens namen hem nieuwsgierig van top tot teen op en spraken onderling enkele woorden Arabisch. Opgelaten trotseerde Frits hun cynische blikken. Een van de jongens stelde zich voor als Sami. Hij was twintig jaar, misschien zelfs ouder. Zijn adem rook naar zwarte koffie en verschaalde sigarettenrook. Sami had een gespierd en opvallend uiterlijk. Een zorgvuldig getrimd ringbaardje groeide langs zijn krachtige kaaklijn omlaag. Zijn gitzwarte haar was strak achterovergekamd en werd met een elastiekje bijeengehouden. Hij fronste constant zijn wenkbrauwen en zijn donkere ogen keken streng. Een type met wie je beter geen ruzie kon krijgen. Traag haalde hij een kartonnen koker onder zijn jas vandaan. Die had een doorsnee van vijftien centimeter en was ongeveer veertig centimeter lang.

Er hing een reep katoen over de rand, die met zwarte tape aan het geheel was vastgemaakt. Hij trok een plechtig gezicht toen hij het gevaarte liet zien.

'Dit is het beste van het beste,' beweerde Sami. Hij haalde een pakje Pall Mall tevoorschijn en stak een sigaret op.

'Hoe werkt het?' Frits bekeek het knutselwerk.

'Het katoen aansteken en dan maken dat je wegkomt. Achter een muur, op een afstand van vijf meter, ben je redelijk veilig. We maken het spul zelf. Het geeft een mooie plof, want je wil niet dat de hele buurt uitloopt als het ding afgaat. Niet luid, maar wel krachtig genoeg om een wasmachine op te blazen.' Er gleed een scheve glimlach over zijn gezicht terwijl hij een lange sliert rook de lucht in blies. 'Daar wil je het toch voor gebruiken?'

Frits knikte. 'We willen een grap uithalen bij een vriend op het erf. Hij heeft nog een oude wasmachine liggen en...'

'Volgens mij lieg je dat je barst,' zei de jongen met de capuchon. Hij kauwde op een lucifer en gluurde Frits vanonder de rand aan. Luidruchtig haalde hij zijn neus op.

'Hij ziet er anders niet uit als iemand die de bank gaat overvallen,' lachte een ander. De jongen met de capuchon grinnikte mee en gaf zijn vriend gelijk.

'Hij is meer een type dat de poes van de buren natspuit met een waterpistool.'

'Hoe heet die vriend van je?' De jongen klemde de lucifer tussen zijn tanden terwijl hij sprak. 'Misschien kennen we hem...'

'Ja, hoe heet die gozer?'

'Harold,' zei Frits snel. Het zweet gleed in straaltjes langs zijn rug omlaag. Hij slikte. Waar was hij aan begonnen?

'Ja, dat zal wel...' hoonde de jongste van het stel.

Frits schatte hem op twaalf, hooguit dertien jaar.

'Waar woont hij dan?'

'Zo is het wel genoeg!' snauwde Sami op een toon die duidelijk maakte dat er anders problemen dreigden. 'Wat gaat het jullie aan wat hij met het spul doet? Voor mijn part blaast hij de hele binnenstad op. Als hij maar betaalt.' Sami nam een trek van zijn sigaret en hield zijn hand op. Ongeduldig bewoog hij zijn vingers. 'Dat wordt dan tachtig euro.'

Asrin knikte Frits bemoedigend toe. Frits haalde zijn portemonnee tevoorschijn en raapte al zijn moed bijeen. 'Je weet zeker dat het ding het doet?'

'Ja, wat dacht je dan. Je denkt toch niet dat ik sta te liegen?' Sami kwam een stap dichterbij. Zijn ogen vlamden en flikkerden.

'Nee, natuurlijk niet. Ik vroeg me alleen maar af of je die dingen wel eens test.' Frits telde haastig acht briefjes van tien in zijn hand uit.

'Tot nu toe werken al mijn bommen perfect. We hebben nog nooit klachten gehad.' Met een tevreden glimlach stopte Sami het geld in zijn broekzak en duwde de koker in Frits' handen. 'Luister vriend! Wat er ook gebeurt... wij kennen elkaar niet. Als je gepakt wordt en ik kom erachter dat je mij hebt verlinkt, dan zoek ik je op. Dan ros ik je het ziekenhuis in. En als ik gearresteerd word voordat ik je te pakken heb genomen, dan zullen mijn vrienden jou vinden. Begrepen?' Uitdagend stak hij zijn kin in de lucht.

'Van mij horen ze niets,' zei Frits in een zwakke poging om stoer te klinken. Hij stopte de koker in zijn sporttas en trok de rits dicht.

Sami sloeg Frits vriendschappelijk op de schouder. 'Als je nog iets nodig hebt: drugs, wapens, explosieven, hoeren... dan weet je mij te vinden. Sami is de man die alles regelen kan.' Hij schoot zijn sigarettenpeuk de straat op.

'Ik zal het onthouden. Bedankt in ieder geval voor...' Frits stak de sporttas omhoog, knikte en liep toen snel het kronkelpad af, richting zijn scooter. Hij vertrouwde Sami en zijn vrienden voor geen meter. Hij verwachtte elk moment een klap in zijn nek en dat ze hem de koker zouden afpakken. Om de paar meter keek hij achterom, maar hij werd niet gevolgd. Onder het lopen had hij zijn sleutelbos uit zijn jaszak gevist en die hield hij stevig in zijn hand. De scooter kwam in zicht en Frits begon automatisch te rennen. Hijgend knielde hij naast de scooter neer en trok het kabelslot uit het wiel. Met het ijzeren slot in zijn hand voelde hij zich een stuk veiliger. Hij keek in het rond, maar Sami en zijn vrienden waren in geen velden of wegen te bekennen. De koker verdween onder zijn buddyseat en hij zette zijn helm op. Het tweetaktmotortje van de scooter maakte een ratelend geluid toen hij van het parkeerterrein af scheurde.

Frits had de kartonnen koker van alle kanten goed bekeken. Hij woog minstens vijf kilo en was aan beide kanten met zwart tape afgeplakt. De reep katoen van ruim een meter lang was opgebonden en zat tegen de zijkant geplakt. De hele constructie zag er kinderlijk eenvoudig uit. Het kon gemakkelijk een nepbom zijn, een koker gevuld met zand of kiezels. Als dat zo was, dan hadden Sami en zijn vrienden nu waarschijnlijk de grootste lol dat hij in hun list was getrapt. Stel dat het ding niet afging? Hij had niet het lef om bij Asrin verhaal te halen, laat staan bij Sami, die twee koppen groter was. Natuurlijk kon hij de tape verwijderen en erin kijken, maar wat dan? Hoe zag een explosief er vanbinnen uit? En wat als hij het weer dicht moest maken en hij deed het verkeerd, kon het dan in zijn gezicht ontploffen? Misschien sloopte hij de bom door hem open te maken. Hij moest erop vertrouwen dat het explosief werkte.

Hij wikkelde de koker in een T-shirt en keek toen de chalet rond. Waar verstop je zoiets? Als zijn vader dit zou vinden, dan was hij pas goed de pineut. Hij liep naar het keukentje, weifelde even en bukte toen. Hij trok de plint onder de koelkast los en inspecteerde de ruimte. Het was hoog genoeg... Voorzichtig legde hij de rol achter de stelpoten van de aanrechtkastjes en drukte de plint terug op zijn plek. Het was niet gemakkelijk om zijn enthousiasme te beteugelen. Het liefst had hij zijn vrienden vanavond al de bom laten zien. Maar dat was niet zo leuk als het moment dat zijn briefje werd getrokken en de jongens zijn opdracht zouden weghonen. Waar haalde je een bom vandaan? Dan zou hij met een strak gezicht naar de keuken lopen en de plint wegtrekken. Hun reactie zou waarschijnlijk onbetaalbaar zijn.

8

De lucht was spookachtig grijs en de regen kwam met bakken uit de hemel. Alle hockeywedstrijden waren wegens het slechte weer afgelast.

Frits en zijn vrienden hadden zich teruggetrokken in de chalet om zich over te geven aan de zoveelste filmmarathon. De campingmatrassen en slaapzakken waren in de kleine woonruimte uitgerold en lagen klaar voor de nacht.

Ze organiseerden wel vaker van dit soort slaapfestijnen. Misschien wat kinderachtig voor hun leeftijd, maar het voelde veilig. Veiliger in ieder geval dan een avond stappen. Geen giechelende meiden die hen meewarig aanstaarden als ze wat stuntelig een dansje op de dansvloer waagden. Of gasten die ruzie zochten, omdat het waarschijnlijk stoer was. Geen zweterige massa die schreeuwend en joelend in hun nek stond te hijgen. In de chalet hadden ze alles onder controle. Ze beslisten zelf wanneer er in de film een pauze werd ingelast en hoe vaak. Ze konden drinken en lachen zonder dat iemand zich met hen bemoeide. Pas tegen de ochtend vielen ze dan in slaap van vermoeidheid.

Dit weekend zou niet anders worden. Peter en Steef waren op de scooter naar McDonald's gereden en kwamen met tassen vol eten terug. Ze hadden de bestelling op de tafel gezet en als hongerige wolven vlogen ze op het voedsel af. De borden en het bestek bleven in de kast, dat scheelde afwas. Terwijl Steef op een patatje kauwde, plukte hij de augurk en de sla onder zijn hamburger vandaan. Hij gooide het sompige groenvoer op tafel en klapte zijn broodje dicht. Het schijfje augurk rolde op de grond en verdween onder de bank. Geïrriteerd gaf Frits hem een stomp. 'Jij ruimt straks zelf die rotzooi op. Ik ben de schoonmaakster niet.'

Grinnikend nam Steef een hap van zijn broodje en maalde luid smakkend het voedsel rond in zijn mond. 'Ik wil jou wel zien in een schortje met hoge hakken en een plumeau. Staat je vast beeldig.'

'Ik meen het. Die rotzooi gaat onder de bank liggen stinken.'

Steef zuchtte. 'Ja, straks. Na de film, zeikerd.'

'Welke gaan we kijken?' Danny had een stapel dvd's in zijn schoot liggen en bestudeerde aandachtig de kleurrijke covers. '*Goodfellas*?'

'Die hebben we al twee keer gezien,' zei Frits.

'Wat maakt dat uit? Het is een waanzinnig gave film en nog waargebeurd ook,' verdedigde Danny zijn keuze. 'Deze is veel beter dan *The Godfather*.'

'Echt niet! *The Godfather* is beter.' Steef zoog luid aan het rietje van zijn chocolademilkshake.

'*The Bandits of Z*.' Danny stak ter illustratie de hoes omhoog. 'Die hebben jullie nog niet gekeken. Een onwijs heftige film. Ik heb hem twee keer in de bioscoop gezien. Er is ook nog een deel twee en drie.' Danny had ondertussen zo veel maffiafilms bekeken dat hij zichzelf tot expert van de groep had gebombardeerd.

'Komen er lekkere wijven in voor?' wilde Steef weten.

'Ook! En geweld, veel bloed, mooie auto's en wraak.' Er werd goedkeurend gemompeld. Bang dat ze zich weer zouden bedenken, gooide Danny de doosjes op tafel en sprong overeind. Hij duwde de Blu-ray van *The Bandits of Z* in de Blu-rayspeler en graaide de afstandsbediening van de plank.

'Iemand nog een biertje?' Frits ruimde de lege flesjes van tafel en zette ze op het overvolle aanrechtblad. Zijn blik bleef even op de plint onder de koelkast hangen. Het had een paar keer weinig gescheeld of hij had zijn geheim achter de plint verklapt.

'Wanneer komen wij eindelijk weer eens in actie?' Frits trok de koelkast open en pakte vijf koude biertjes van het rooster. 'Het is nu bijna drie weken geleden en ik heb wel zin in wat lol.' Hij reikte zijn vrienden de flesjes aan en liet zich toen naast Peter in de bank zakken.

'Wat mij betreft zo snel mogelijk,' zei Steef.

Danny liet de afstandsbediening zakken en was de film vergeten. 'Ja, de bakkerij is ondertussen oud nieuws. Ik wil wel.'

Peter stak zijn hand op. 'Ik ben voor!'

Ze keken Maurice afwachtend aan. Hij haalde onverschillig zijn schouders op. Voor hem hoefde het niet, maar hij was duidelijk de enige die daar zo over dacht. Enthousiast schoot Peter uit de bank omhoog en pakte de bus met lootjes uit de kast. 'Ik dacht even dat het er niet meer van zou komen. Dat jullie het lef niet meer hadden. Danny mag een briefje trekken.' Hij duwde de bus naar voren.

Danny legde de afstandsbediening op tafel en kraakte zijn knokkels. 'Nog drie kandidaten te gaan…' Hij neuriede de aanvalstune uit de film *Jaws* en ging langzaam staan. Zijn hand rommelde in de bus en stak uiteindelijk een briefje in de lucht.

'De gelukkige winnaar.' Hij vouwde het briefje open en liet de anderen in spanning wachten. 'Deze opdracht is van... Steef.'

Steef begon te joelen en maakte met zijn vuist een overwinningsgebaar in de lucht.

'Onze vriend Steef wil graag dat we Bianca Veugel uit de Wallenderstraat te grazen nemen.' Er viel een stilte. Frits hield zijn gezicht strak in de plooi en probeerde zo nonchalant mogelijk te reageren. Hij had stiekem de overgebleven opdrachten in de bus gelezen en hij was niet blij met die van Steef. Hij had dagen lopen prakkiseren hoe hij Bianca kon beschermen. Bianca Veugel was al jarenlang bevriend met zijn zus Francien en hij mocht het meisje graag. Maar als hij zou protesteren dan was de kans groot dat, als hij aan de beurt kwam, Steef hetzelfde ging doen. Hoe vervelend het ook was, hij moest het accepteren.

'Bianca? Is dat die blonde, de zus van lange Wilfred?' wilde Danny weten. Hij schoof naar het puntje van de stoel.

'Ja, die trut! Ze heeft mij een paar keer een blauwtje laten lopen en daarna al de meiden uit de buurt tegen mij opgestookt. Telkens als ik langsloop, ben ik de pispaal. Mijn imago heeft een deuk opgelopen.'

'Had je dat dan?' grapte Peter, maar Danny gebaarde dat het geen tijd was voor grapjes.

'Wat wil je dat we met haar doen?' Het leek Danny wel een uitdaging om een keer een meisje aan te pakken.

'We kunnen haar fiets onder de poep smeren,' opperde Frits. Dat leek hem de minst schadelijke actie die hij kon bedenken.

'Of haar computer hacken en haar reputatie om zeep helpen door haar foto's te bewerken en op internet te zetten. Seksfoto's en zo...' Danny's ogen begonnen te glinsteren.

'Dan moet je wel heel veel verstand van computers hebben, wil de politie je adres niet achterhalen,' zei Maurice. 'Dat is iets wat we beter niet kunnen onderschatten. We kunnen ook een dood, rottend beest door de brievenbus proppen.'

'O, ja...' Steef trok misprijzend met zijn mond. 'Dat is wel heel stoer, maar niet heus. Ik wil haar het liefst klemrijden en haar banden lek prikken, zoiets... Ik wil haar goed bang maken. Zo bang dat ze gaat huilen van ellende.'

'Hoe wou je dat doen? Ze kent ons van gezicht,' zei Frits.

'We kunnen bivakmutsen gebruiken,' stelde Danny voor. 'Ik heb ze bij de legerdump zien liggen voor zeven euro vijftig per stuk. En als we de kleren aantrekken die we voor de inbraak hebben gebruikt, dan herkent niemand ons. Normaal dragen wij dat soort kleding nooit.'

'Ja. En we gebruiken een of ander straattaaltje. Dan herkent ze ons zeker niet.' Peter nam een slok bier en vond zijn opmerking erg scherp gevonden.

'Zeg eens wat?' Het leek Frits wel een strak plan. 'Tatta is Nederlander, mati is een vriend, holla is later.'

'Hosselen betekent versieren,' vulde Danny aan. 'Ik vind het een stoer plan. Als we zo praten dan denkt Bianca dat we buitenlanders zijn. En als ze aangifte doet, dan zoekt de politie echt niet in een villawijk naar vijf blanke jongens.'

Er werd gelachen.

'Ze fietst elke woensdag langs de Stelleburgwal en over het Kruksepad naar ballet. Daar kunnen we haar te grazen nemen.'

'Mooi! Dan hebben we nog een paar dagen om de taal te oefenen,' stelde Frits voor. 'Waarschijnlijk kunnen we via Google bruikbare woorden opzoeken. Morgen allemaal zeven euro vijftig inleveren, dan haalt Danny vijf bivakmutsen bij de dump. Altijd handig voor de volgende klus.' Vooral handig voor de klus die hij in gedachten had.

Danny was direct na schooltijd naar de dumpstore in de binnenstad gereden. Hij had een tijdlang voor de etalage staan treuzelen, zich afvragend of het wel zo verstandig was om hier zonder een vermomming bivakmutsen te kopen. De verkoper kreeg beslist argwaan als hij een stapel kwam afrekenen! Hoeveel van die mutsen verkocht hij per jaar? En dan kwam hij met vijf stuks aanzetten. Waarschijnlijk gaven ze zijn signalement direct door aan de politie. Het was druk in de zaak en hij besloot om naar binnen te gaan en ter plekke een oplossing te verzinnen. Hij liep quasinonchalant langs de rekken met T-shirts en jassen en stopte bij de spijkerbroeken.

Over zijn schouder loerde hij naar de man achter de kassa. Het zag ernaar uit dat er niet meer personeel in de zaak was. Danny keek naar het plafond, maar kon geen camera ontdekken. Met zijn vingers controleerde hij de kwaliteit van een shirt, bekeek het prijskaartje en mompelde goedkeurend. Zijn ogen flitsten zenuwachtig naar de balie. Links op een plank zag hij een stapel zwart- en blauwkleurige mutsen liggen. Hij schuifelde langzaam dichterbij. Hij stak zijn hand uit en deed alsof hij een bivakmuts wilde pakken. De stapel wankelde en de mutsen vielen op de grond. Met een verontschuldigend gebaar keek hij naar de man achter de kassa maar die had het te druk met zijn betalende klanten. Danny knielde neer en begon mopperend de mutsen bijeen te rapen. Nerveus beet hij op de binnenkant van zijn mond en proefde bloed. Vanuit zijn ooghoek hield hij de man en de vrouw bij het schap met spijkerbroeken in het oog. Hij had dit nog nooit gedaan. Het leek zo simpel...

Vliegensvlug stopte hij vijf mutsen onder zijn jas en stapelde de resterende mutsen netjes op. Met een onschuldig gezicht legde hij de stapel op de plank en concentreerde zich toen weer op de shirts in het rek. Hij bewoog zich naar de uitgang, steeds sneller en sneller. De verkoper keek hem even aan en knikte hem vriendelijk gedag. Danny struikelde bijna over zijn voeten om bij zijn scooter te komen. Hij klapte het zadel open, pakte zijn helm en ritste zijn jas open. Onhandig propte hij de mutsen in de opbergruimte en startte vervolgens zijn scooter.

Danny had zijn scooter achter het huis geparkeerd en had de keukendeur van het slot gedraaid. 'Mam?' Het huis zag er verlaten uit. 'Mam?'

Hij liep de gang in en bleef onder aan de trap staan. Toen hij nog steeds geen antwoord kreeg, liep hij terug naar zijn scooter en klapte de buddyseat open. Een trotse glimlach gleed over zijn gezicht toen hij de buit zag liggen: een blauwe en vier zwarte bivakmutsen. Hij kon er wel even snel een proberen. 'Shit!' Hij hield er een omhoog en vloekte luid. Het waren geen bivakmutsen zoals uit de film. Dit waren gewone mutsen zonder gaten, die je over je hoofd tot onderaan je kin kon trekken. Woedend gooide hij de muts de tuin in en knalde de buddyseat met veel geweld een paar keer open en dicht. 'Shit, shit, shit!' Hij gaf zichzelf een klap in het gezicht. Waarom had hij de mutsen niet eerst gecontroleerd? Dit was zo stom. Uit nijd gaf hij de plastic vuilniscontainer naast de garagedeur een fikse trap. Snuivend liep hij het grasveld op en viste de muts van de grond. Er zat niets anders op dan de gaten er zelf in te knippen. Hij hoorde een auto het erf op rijden en propte de muts snel in zijn broekzak. Zijn moeder tilde een tas met boodschappen uit haar Mini

Cooper en wenkte toen ze Danny zag staan. 'Draag jij even deze tas naar binnen?'

Met tegenzin liep Danny naar voren. 'Heb je chips gehaald? Ik heb honger!'

Ze pakte een paar tasjes van de achterbank en smeet toen het portier in het slot. 'Er wordt nu niet gesnoept. We gaan straks eten.'

Danny sjouwde de tas de keuken in.

'Wat is er met de container gebeurd,' hoorde hij zijn moeder roepen. 'Er zit een gigantische scheur aan de zijkant.'

Vanachter het keukenraam keek hij naar buiten. 'Weet ik veel.'

'Nee, jij weet nooit wat.' Briesend kwam ze de keuken in en smeet de kledingtasjes op de grond. 'Die scheur komt er niet vanzelf in.'

'Ik heb het niet gedaan. Ik ben net thuis,' schreeuwde hij terug.

'Houd je grote bek.' Ze graaide een sinaasappel van de schaal en smeet die in zijn richting. Hij miste zijn doel. 'Verdwijn uit mijn ogen, schijnheilig rotjong.'

9

Enigszins verbaasd had Frits de gaten in de bivakmuts bekeken. 'Ze zijn ongelijk. Kijk dan... het rechtergat is groter dan het linker.' Hij had zijn vingers door het gat gestoken en liet het de anderen zien.

'Je moet niet zeuren. Het zijn toch bivakmutsen, of niet?' Danny propte die van hem in zijn broekzak.

'We lopen voor schut,' gromde Peter. Hij had de muts over zijn hoofd getrokken en bekeek het resultaat in de spiegel.

'Wat maakt het nou uit hoe we eruitzien, eikel? We gaan toch geen modeshow lopen? Het gaat erom dat we niet herkend worden,' snauwde Danny gepikeerd. Hij had zijn best gedaan. 'Had dan zelf een muts geregeld.'

Steef had zijn gezicht afgedekt en duwde Peter opzij. De muts was iets te strak naar zijn zin, maar het zag er angstaanjagend genoeg uit. Hij maakte wat boksbewegingen tegen zijn spiegelbeeld en verdraaide zijn stem. 'Hé, mitti, schatje...' Met zijn duim en wijsvinger schoot hij op de spiegel. 'Alles chill, brada?'

'Je legt de klemtoon verkeerd,' corrigeerde Peter hem. 'Broer spreek je uit als bráda.'

'Niet!' Steef zocht steun bij Danny, die zuchtend met zijn ogen draaide.

'Zijn jullie klaar met die onzin? Het is bijna halfacht. We moeten gaan.'

'Heb je je mes bij je?' vroeg Peter aan Steef en hij keek even met een schuin oog hoe Maurice hierop ging reageren. Tot nu toe had Maurice alleen maar lopen jengelen en het begon hem behoorlijk de keel uit te hangen.

Maar Maurice had waarschijnlijk in de gaten dat Peter hem zat uit te dagen, want hij hield wijselijk zijn mond. Hij was nu eenmaal anders. Hij had zijn zenuwen niet onder controle, zoals de rest. Hij kreeg maagkrampen en vlekken in zijn nek als hij aan hun plannen dacht.

'Moet je kijken...' Steef trok zijn broekspijp omhoog en toonde zijn creatie. 'Dat idee heb ik uit een film.' Met tape had hij een keukenmes aan zijn onderbeen vastgeplakt. Het vleesmes had een zwart plastic handvat en een lemmet van achttien centimeter.

'Daar mag je wel mee uitkijken. Dat kreng ziet er scherp uit,' zei Frits, die het niet zo had op wapens.

'Zullen we nou gaan?' Danny checkte ongeduldig de tijd op zijn telefoon. 'We moeten minstens nog een kwartier fietsen.'

'Met de scooter was sneller geweest,' bromde Peter.

'Ja, maar die kunnen we niet zo gemakkelijk plat in het gras leggen,' zei Frits geïrriteerd, want het vervoersplan was al uitvoerig besproken.

Het fietspad splitste zich van de provinciale weg af en liep ruim een kilometer dwars door de weilanden, richting het centrum. Het was een lang, recht pad met aan weerskanten lantaarnpalen van vier meter hoog. Omdat het zo afgelegen lag en alleen toegankelijk was voor fietsers, was het voorheen erg populair bij jongeren die uit het zicht van de politie wilden blijven. Vooral 's avonds. Ze konden daar ongestoord een jointje roken, lol trappen, naar hun muziek luisteren of in de berm de liefde bedrijven. Meer dan de helft van de lantaarnpalen op de route was kapot. Het was een rage om de verlichting met een paar welgemikte trappen te vernielen. De vuilnisbakken naast de banken waren zwartgeblakerd en soms gesmolten tot misvormde klompen plastic. De banken waren bekrast en volgespoten met graffiti. Vaak genoeg hadden de inwoners bij de gemeente geklaagd over de verpaupering die voor een onveilige situatie zorgde. Als tegenoffensief werd de politie ingeschakeld, die wekenlang langs het Kruksepad patrouilleerde. Het had zowaar effect, want de hangjongeren trokken weg. De reputatie dat het onveilig was bleef echter behouden. Natuurlijk waren er mensen die zich daar niets van aantrokken. Bianca Veugel was een van hen. Zolang er in de kranten geen vervelende meldingen stonden, was er niets aan de hand.

Het was woensdagavond, 20.05 uur. Bianca trapte stevig op de pedalen en trotseerde de frisse wind die haar bleke wangen een kleur had gegeven. Ze passeerde het tankstation, stak het pleintje over en sloeg toen rechtsaf de Nassaulaan in. Ze had een iPod-oordopje in, op standje superhard, en luisterde naar de muziek.

Ze was negentien jaar en werkte parttime als schoonheidsspecialiste in een salon aan de Ankerweg. Parttime werken was een bewuste keus, zodat ze tijd over zou houden om haar droom na te jagen. Ze wilde een beroemde ballerina worden, net als de getalenteerde Russische Anna Matveyevna Pavlova. In Bianca's geval was het geen onhaalbare tienerdroom, want ze beschikte over de juiste basiselementen voor succes: talent en het nodige doorzettingsvermogen. Elke vrije minuut besteedde Bianca aan haar passie en na jaren van toewijding was het dan eindelijk zover. Ze mocht aan het eind van de zomer auditie doen voor een plek in de Junior Company van het Nationale Ballet. Steevast elke middag was ze in de balletschool te vinden, waar ze drie uur lang haar passen oefende. Woensdagavond repeteerde ze voor haar auditie in het Oregon-theater, op een groot podium met de juiste verlichting en muziek. Ze zou vanavond samen met Sven oefenen. Ook hij maakte kans op een plek in de Junior Company. Het verkeerslicht sprong op groen en Bianca zette zich met haar voet af. Ze ging op in haar muziek en repeteerde in gedachten haar danspassen. Neuriënd stuurde ze haar fiets de kruising over, en reed nietsvermoedend het Kruksepad op. Een schel fluitsignaal scheerde door de lucht, maar het enige wat Bianca hoorde was 'L'oiseau de Feu' van Stravinsky.

Rond halfacht hadden Frits en zijn vrienden hun fietsen op de grond in het hoge gras gelegd. Frits stond op de uitkijk, halverwege het fietspad. De rest van de groep zat op een bankje geduldig te wachten op hun prooi. Ze rookten ondertussen een jointje en deelden het blikje bier dat Danny had meegebracht. Er werd zacht gepraat, want ze wisten dat de wind hun stemgeluid een eind kon dragen.

Frits kneep zijn ogen samen toen hij in de verte een fietser zag naderen. Zoals afgesproken floot hij op zijn vingers en liet zich in de berm op de grond zakken. Terwijl hij de fiets in het oog hield, trok hij de bivakmuts naar beneden. Zijn vrienden sprongen van de bank en slopen in gebukte houding de struiken in.

'Je muts,' siste Peter naar Maurice, die met een zenuwachtige haast zijn gezicht bedekte. Het spatbord van de fiets maakte een rammelend geluid en het zwakke licht van de koplamp kwam op hen af. Frits kon de banden over het asfalt horen rollen en hij kwam een paar centimeter omhoog om beter te kunnen zien. Hij vloekte en drukte razendsnel zijn gezicht in het gras. Steef frunnikte aan de tape die hij zorgvuldig om het mes en zijn onderbeen had gewikkeld. Nerveus keek hij telkens op naar het fietspad. Hij moest opschieten, ze kon elk moment voorbijkomen. Hij beet zijn tanden op elkaar toen hij met een ruk de tape lostrok en het haar op zijn been meekwam. Er was nu geen tijd om kleinzerig te doen. Hij stond al half in de sprinthouding, klaar om aan te vallen, toen een schel fluitsignaal hem tegenhield. Als bevroren bleef hij in het donker staan, zijn mes in zijn vuist geklemd. 'Ssst...' hoorde hij Peter naast hem sissen. Steef hield zijn adem in en deed een schietgebedje. De man op de fiets reed voorbij en had het tengere figuur in de berm niet opgemerkt. Toen de man na een paar minuten uit het zicht was, kwamen de jongens luid vloekend uit de struiken tevoorschijn.

'Lig je te slapen, eikel,' snauwde Danny de schemer in.

'Ik kan op zo'n afstand niet direct zien wie het is,' antwoordde Frits verontwaardigd.

'Ik kreeg zowat een hartstilstand,' joelde Peter, die de lol er wel van inzag. 'Het was verdomme een beer van een vent. Die had ons met een klap neergemaaid.'

'Misschien is het beter als een van ons bij het begin van het pad gaat staan,' stelde Steef voor. 'Als ze passeert dan bel je gewoon op. Maurice, als jij nou...'

Frits floot opnieuw op zijn vingers. De jongens verstijfden en Peter gaf Steef een stomp. Ze zakten door hun knieën en wachtten gespannen af. Frits klauwde door het hoge gras richting een van de weinige lantaarnpalen die nog brandde. Dit keer wilde hij niet weer de fout in gaan. Het schijnsel van de lantaarnpaal verlichtte het gezicht. Bianca reed voorbij. Hij wachtte een paar seconden en stond toen geruisloos op. Ze leek zijn voetstappen op het asfalt niet te horen. Zijn hand schoot naar voren en hij greep het bagagerekje vast. Hij rukte en geschrokken keek ze achterom. 'Hé, schatje, waar ga jij heen?' Er was geen angst in haar ogen te lezen, alleen maar een vlammende boosheid.

'Laat los, idioot,' viel ze tegen hem uit. Ze had in het donker zijn bivakmuts nog niet opgemerkt. Boos stapte ze af en zwiepte haar sporttas naar voren. De tas zwaaide langs zijn hoofd.

'Doe effe dimmen, chickie,' suste hij haar.

Ze meende Ben, een van haar vrienden, te herkennen in de jongen. Het was echt iets voor hem om haar de stuipen op het lijf te jagen. 'Ik heb geen tijd voor die ongein, Ben. Rot op!' Ze hoorde een geluid, draaide haar hoofd en zag iemand uit de struiken komen. Wijdbeens ging hij voor haar staan en versperde zo de doorgang. Ze fronste haar wenkbrauwen toen er een tweede en een derde jongen uit het donker opdoemden. Een onbehagelijk gevoel golfde door haar lichaam toen de jongens dichterbij kwamen en ze de bivakmutsen zag. Dit kon Ben niet zijn.

'Een chickie met mooie boobs,' riep er een. 'Die wil ik wel effe fassen.'

De aanval is de beste verdediging moet ze hebben gedacht, want ze slikte haar angst weg en beet fel van zich af. 'Fassen? Wat lul je nou, man. Is er carnaval in de stad dat jullie die stomme mutsen dragen? Lazer op!' Ze trok het oordopje los. Haar ogen bleven strak op die van hem gericht, bijna als een uitdaging.

'Goedoe...' Steef pakte het stuur vast, maar wild trok Bianca haar fiets naar achteren.

'Ik ben jouw schatje niet,' snauwde ze, toen ze het woord herkende. 'Ga ergens anders spelen.'

'Ik heb een hekel aan een chick met een grote bek,' gromde Steef. Dreigend stak hij zijn mes omhoog en ze deinsde achteruit. 'Ik zal jou wat respect bijbrengen, teef.' Hij maakte een stekende beweging naar haar borst.

'Doe normaal,' gilde ze. Ze liet haar fiets los en liep achteruit. Twee handen grepen haar van achteren stevig vast en ze voelde een lichaam tegen zich aan schuren.

'Zullen we even shoppen, cuty?' gromde Danny in haar oor. De hand gleed naar voren en de vingers kneedden hardhandig in haar borst.

'Donder op!' Paniekerig probeerde ze de hand weg te duwen. Ze hadden haar omsingeld en ze kon geen kant op. In een reflex stootte ze haar elleboog naar achteren en raakte haar belager in de maag. Kreunend klapte Danny dubbel van de pijn. Hij liet haar los en ze probeerde al maaiend met haar tas de kring te doorbreken.

'Help!' gilde ze. 'Help!'

'Houd je bek,' commandeerde Frits en paniekerig probeerde hij zijn hand op haar mond te drukken. Het accent dat ze ter camouflage hadden gebruikt, was vergeten. Ze sloeg op hem in en toen hij opzij stapte om haar arm te ontwijken, zag ze een kans om te ontsnappen. Als een hinde in paniek slalomde ze langs Maurice het gras over. 'Grijp de bitch,' hoorde hij iemand roepen. Maurice twijfelde geen seconde. Dit was het moment om zich tegenover zijn vrienden te bewijzen. Hij zette de achtervolging in, liet zich op zijn zij vallen en trapte haar in een sliding onderuit. Ze gilde toen ze tegen de grond smakte en probeerde zo snel mogelijk weer omhoog te krabbelen. Maar Steef greep haar vast en hield haar in bedwang. Woedend stoof Danny op haar af. Hij liet zich niet door een vrouw slaan en zeker niet waar zijn vrienden bij waren. Zijn vuist raakte Bianca vol in het gezicht en Steef liet los. Het was een doffe klap, er kraakte iets. Bianca viel achterover en Maurice ving haar op.

'Houd die teef vast,' schreeuwde Danny totaal over zijn toeren. Maurice deed wat hem gevraagd werd. Hij drukte haar tegen de grond, terwijl de vuisten van Danny op haar inbeukten.

'Doe normaal, man.' Het was Frits die Danny naar achteren trok en hem probeerde te kalmeren.

'De hoer vroeg erom,' brieste hij terwijl hij als een gewond roofdier om zijn prooi cirkelde. 'Je zag het toch? De achterbakse trut. Ik kreeg geen lucht...'

Hij maakte een schijnbeweging om haar bang te maken en dat lukte. Huilend en gedesoriënteerd schoof het meisje op haar kont achteruit het pad af. Bloed gemengd met snot sijpelde uit haar neus en haar bovenlip begon te zwellen. Gniffelend haalde Peter zijn telefoon tevoorschijn en nam een close-upfoto van haar gezicht. Ze probeerde op te staan maar Steef greep haar haren vast. 'Hier blijven.' Hij trok haar omhoog en ze gaf een gil. Ze sloeg beschermend haar handen voor haar gezicht, bang dat hij zou uithalen.

'Je hebt mijn mati pijn gedaan, bitch. Bied je excuses aan.' Hij duwde haar handen weg en prikte met het puntje van zijn mes in haar kin. 'Komt er nog wat van, puta. Of moet ik je smoeltje bewerken?'

Bang schudde ze met haar hoofd, terwijl ze schokkerig naar lucht hapte. 'Sorry...'

‘Wat? We horen je niet.’ Het mes boorde in haar vlees.

‘Sorry.’ Dit keer sloeg haar stem niet over. ‘Sorry.’

‘Ik vind dat mijn mati wel een bossie heeft verdiend.’

Ze keek hem door haar tranen heen niet-begrijpend aan.

‘Een zoen, trut. Geef hem een zoen.’

‘Ik weet het nog beter gemaakt,’ gromde Danny en hij had zijn gulp al opengeritst. ‘Ik verdien iets meer dan een zoen.’

10

Bianca's maag trok samen van ellende toen de jongen met een verbeten gezicht zijn gulp openritste. Ze had de situatie duidelijk verkeerd ingeschat. Met een grote mond zou ze het dit keer niet gaan redden. Sterker nog, haar grote mond had haar alleen maar meer problemen bezorgd. Krampachtig zocht ze naar een uitweg, maar de angst en de pijn maakten het denken bijna onmogelijk. Ze bevond zich op een verlaten fietspad, ruim een kilometer van de bewoonde wereld. Al schreeuwde ze haar longen uit haar lijf, niemand zou haar horen. Ze maakte geen schijn van kans tegen vijf mannen. Wie weet wat ze allemaal met haar van plan waren. Misschien maakten ze haar dood.

'Laat me gaan,' smeekte ze met een bibberig stemmetje. 'Alsjeblieft, doe me geen pijn.'

Het mes zakte naar beneden en de greep om haar keel verslapte.

Blijf praten, het helpt, adviseerde een stemmetje in haar hoofd. Ze waren waarschijnlijk gevoelig voor haar smeekbede en tranen. Het is de enige manier om weg te komen. Met wat geluk kwam er een fietser langs die haar kon helpen. Ze moest tijd winnen. Blijf praten!

'Ik ben al veel te laat. Ze komen me vast zoeken. Mijn vader en mijn drie broers...'

Het was een leugen, maar dat konden deze mannen niet weten. Ze moest het proberen, misschien werden ze bang.

'Dan kun je beter vast beginnen,' zei de jongen die met zijn open gulp voor haar stond. 'Op je knieën.'

Voor deze lange slungel moest ze uitkijken. Hij had op haar ingebeukt alsof ze een boksbal was, de overspannen klootzak. 'Ik doe geen aangifte als jullie me laten gaan. Waarom doen jullie dit? Ik heb jullie toch niets misdaan,' zei ze met een verstikte snik.

Van achteren probeerde een hand haar op haar knieën te dwingen. Er knapte iets vanbinnen. 'Nee!' Ze was niet van plan om zich zonder slag of stoot gewonnen te geven. Dit mocht niet gebeuren. Ze zouden haar daarna toch voor dood achterlaten. Dan maar vechten! Ze vergat het mes, ze vergat dat ze in de minderheid was en sloeg dapper om zich heen. Een van de jongens riep een naam en ze dacht iets van Henny te horen. Haar handen werden vastgegrepen en met een schop in haar maag werd ze op de grond gewerkt. Moeizaam haalde ze piepend adem. Het werd even zwart voor haar ogen. Vingers grepen haar haar vast en met een ruk werd haar hoofd achterover getrokken. Ze voelde dat het koude lemmet op haar keel werd gezet.

'Lafaards,' prevelde ze. Ze sloot haar ogen. Dit was het dan: het eind van alles. De gezichten van haar moeder en vader flitsten voorbij. Ze was even terug in het theater met het verlichte podium, een publiek dat haar een staande ovatie gaf. Het licht ging uit.

'Bluf,' jutte een van de belagers de boel op. Ze beet op haar tanden en bad dat het snel over zou zijn.

'Genoeg!'

Ze had de stem eerder gehoord maar kon hem niet echt thuisbrengen. Misschien was het de angst die haar parten ging spelen. Ze kneep haar ogen stijf dicht. Doodsangst, ze had het woord nooit begrepen, maar nu wel.

'Waar ben je mee bezig, idioot. Laat haar gaan.'

Het was dezelfde jongensstem, die klank… Ze lieten haar los en ze zakte snikkend in een foetushouding op de grond.

'Jij kunt straks toch ook even…' beweerde er een.

'Ben je gestoord of zo? We gaan. Lopen!'

'Maak jij dat uit? Sinds wanneer ben jij de baas? Als ik dit wil, dan houdt niemand mij tegen.'

'Jongens, er komt iemand aan.' Het was een paar seconden stil.

'Waar?'

'Ik zag iemand het pad op rijden, zonder licht. Misschien is het haar vader.'

Voeten bewogen zich snel over het asfalt, er werd gevloekt.

'Schiet dan op, eikel. Rijden.'

Bianca tilde haar hoofd op en zag de laatste van de vijf zijn fiets uit het gras trekken. Bang dat de jongens zich zouden bedenken riep ze wat namen die haar te binnen schoten. 'Help, pa! Hier ben ik. Joost, Frits, Sjors, help!'

De lange slungel keek haar aan en het was duidelijk dat hij weifelde. Bang dat hij haar alsnog zou verkrachten, begon ze te roepen. 'Pa, Joost…' Haar stem schrok hem af, want hij gaf zijn fiets een duw en verdween toen het donker in. Ze hield haar adem in toen een gemene pijnscheut vanuit haar buik naar boven trok. Snikkend wachtte ze totdat iemand zich over haar zou ontfermen. Het leek eeuwen te duren. Ze kneep haar ogen dicht toen de pijn door haar lichaam golfde. Ze drukte zich omhoog, wilde opstaan, maar verloor uiteindelijk het bewustzijn.

Aan het eind van het pad trok Frits woedend de muts van zijn hoofd. 'Wat was dat voor achterlijke actie,' brieste hij. 'Is de wiet naar je kop gestegen?'

'Lul toch niet, heilig boontje.' Danny racete hem voorbij, terwijl zijn hart tegen zijn ribben bonsde. De huid op de knokkels van zijn rechterhand was geschaafd en het bloedde. Hij keek ernaar en wist dat hij te ver was gegaan. Waarom had het kreng hem dan ook geslagen? Konden die domme wijven niets anders dan slaan? Er kwam een waas voor zijn ogen en hij ging door het lint. Hij wilde haar vernederen zoals ze ook bij hem deden. De rollen waren omgedraaid, hij bepaalde voor de verandering hoe en wat er ging gebeuren.

'Het is nu niet de tijd om te bekvechten,' snauwde Peter de twee kemphanen tot de orde. 'Doe dat thuis maar... En Danny, doe je muts af, idioot.'

Met samengeknepen lippen gaf Danny gehoor aan het bevel. Hij frommelde de muts in zijn zak en trapte als een bezetene op de pedalen.

Maurice reed in de achterhoede en deed zijn best om hen bij te blijven. Hij was gelukkig op tijd bij zinnen gekomen. Als Frits niet had geroepen dat het 'genoeg' was, dan was het zeker uit de hand gelopen. Ze waren allemaal opgefokt door al het geweld. Danny sleurde hen mee in zijn woede. Hij had het meisje vastgehouden terwijl Danny op haar insloeg. Omdat hij zo graag erbij wilde horen. Ze hadden bijna een meisje verkracht en het ergste vond hij nog dat hij waarschijnlijk ook zijn piemel uit zijn broek zou hebben gehaald. Hij slikte zijn tranen weg. En dit alles alleen maar zodat ze hem dan zouden accepteren. Dit was te ziek voor woorden. Ziek! Frits had tenminste het lef om Danny tegen te houden. Frits had hem beslist een slag voor zijn hoofd gegeven als hij was doorgegaan. Dan was het een vechtpartij geworden en wat had hij dan moeten doen? Hij had Frits echt niet geholpen. Danny was zoveel sterker. De enige oplossing die hij zo snel kon bedenken was om paniek te zaaien zodat ze wel moesten vluchten. Hij had geroepen dat er iemand aankwam en niemand twijfelde aan zijn woord. Het was niet zo'n heldhaftige actie als die van Frits, maar het had wel gewerkt. Ze waren rechtstreeks naar de chalet gefietst, niet met een omweg zoals was afgesproken. Door de chaos was dit voornemen vergeten. Ze gooiden de fietsen achter de chalet in de struiken en gingen naar binnen. Er hing een beklemmende stilte in de lucht. Peter pakte een tray bierblikjes uit de koelkast en liet zich in de bank vallen. 'Iemand een biertje?' vroeg hij alsof er niets aan de hand was.

Steef probeerde de situatie te peilen terwijl hij een blikje aanpakte en opentrok. 'Het liep een beetje anders dan was afgesproken,' zei hij wat dommig.

'Een beetje anders?' viel Frits uit. 'Jullie hebben het gewoon verkloot. Ik ken Bianca al jaren en die eikel daar wilde haar verkrachten. Ik werd praktisch gedwongen om eraan mee te doen en dat vertik ik. Ik ben geen beest.'

'Je overdrijft weer, zoals gewoonlijk,' riep Danny. 'Als zij mij niet had geslagen, dan was dit nooit gebeurd. Ik had haar heus niet echt verkracht. Het was meer om haar bang te maken.'

'Daar leek het anders niet op. Je had je leuter al uit je broek, man. Waar sloeg dat op?'

'Jongens, rustig nou. Laten we geen ruziemaken om een dom wicht,' suste Peter de gemoederen. 'Het is gebeurd.'

'Ik heb er geen spijt van,' merkte Steef droogjes op. 'Ze heeft het gewoon verdiend.'

'O, ja?' Frits was het duidelijk niet met hem eens. 'Danny heeft anders wel het leeuwendeel van jouw wraakactie uitgevoerd. Volgens mij was dat niet de bedoeling. Het is toch jouw shit?'

Steef haalde zijn schouders op. 'Wat maakt het uit wie wat doet? Ze heeft haar lesje geleerd, toch?' Met een gemene grijns knipoogde hij naar Maurice. 'Jij vond dat toch ook? Jij hield haar vast terwijl Danny haar een paar klappen gaf.'

Maurice knikte stoer, terwijl hij onzeker vanuit zijn ooghoeken naar Frits gluurde. Die ijsbeerde door de kamer, duidelijk nog niet gekalmeerd.

'Relax, neem een biertje.'

Er vloog een blikje door de lucht. Frits ving het met tegenzin op en trok het lipje los. 'Als we een plan maken, dan moeten we ons daaraan houden,' mokte hij nog na. 'Door impulsief gedrag worden de meeste fouten gemaakt. Had hij een condoom bij zich? Nee! Wat als die eikel zijn sperma had achtergelaten? Dat is wel bruikbaar DNA voor de politie. Hij had net zo goed zijn adres aan haar kunnen meegeven.'

Met een strak gezicht staarde Danny naar zijn schoenen en liet de uitval over zich heenkomen.

'Hij was haar aan het stangen,' suste Steef, 'en draaide door omdat zij hem sloeg.'

Frits rolde met zijn ogen. 'Dit had ons allemaal de kop kunnen kosten. Wees blij dat ik hem heb tegengehouden.' Het was even stil.

'Frits heeft gelijk,' gaf Peter uiteindelijk toe. 'Dit mag niet meer gebeuren, jongens.'

'Dit was totaal shit. Ik weet niet of ik door wil gaan met dit gedoe,' gromde Frits.

'Kom op nou, mattie...' Steef nam hem speels in de houdgreep en woelde door zijn haar. 'Voortaan houden we ons aan het plan. Wat jullie, jongens?'

Joelend kreeg hij bijval.

Peter Adeler had zich in de garage omgekleed en de kleren in een doos achter de verfblikken verstopt. Er brandde geen licht in huis en de kans was groot dat zijn moeder en Fred nog niet terug waren van hun avondje stappen. Met een fles limonade en een zak chips sloot hij zich in zijn kamer op. Gelukkig hadden ze Frits om kunnen praten. Er zaten nog twee briefjes in de bus en een daarvan was dat van hem. Wat er ook gebeurde, hij was nu niet van plan om te stoppen. Desnoods deed hij het alleen. Hij liet zich achter zijn bureau zakken en drukte de computer aan. Met een mond vol chips frummelde hij het stekkertje in zijn telefoon en gaf opdracht om de foto's van zijn mobiel naar het grote beeldscherm te importeren. Negen foto's in totaal. Terwijl de anderen druk bezig waren het wicht onder controle te houden, had hij zo onopvallend mogelijk de kiekjes gemaakt. Hij zette de fles aan zijn mond en keek met een schuin oog naar de resultaten. Een boer borrelde omhoog en hij moest lachen toen hij Danny met een open gulp zag staan. Die was echt gek. Danny zou hem wel helpen om zijn wraak te krijgen. Een voor een kwamen de foto's voorbij. Hij stopte bij nummer vijf en bestudeerde het angstige gezicht van het meisje dat met opgetrokken benen op de grond lag. Hij scrolde door het bestand maar kwam uiteindelijk weer terug bij die ene foto. Hij wist niet wat hem meer boeide: het bloed of haar angstige ogen. Zijn hand ging naar beneden, ritste zijn broek open en gleed zijn onderbroek in. Hij staarde gebiologeerd naar de angstige ogen in het witte gezicht, terwijl zijn hand driftig heen en weer bewoog.

Bianca wist niet hoelang ze in de berm had gelegen en langzaam kwam ze omhoog. Ze had het koud. Haar benen waren gevoelloos en haar opgezwollen neus deed pijn. Ze hield haar buik vast en tuurde het pad af om er zeker van te zijn dat de jongens waren vertrokken. Ze was veilig. Ze viste met trillende vingers haar telefoon uit haar broekzak en drukte het nummer van thuis in. Haar moeder nam op en Bianca begon ongecontroleerd te huilen. In eerste instantie begreep haar moeder niets van het onsamenhangende verhaal. Ze gaf totaal over haar toeren de telefoon aan haar man, die Bianca enigszins wist te kalmeren.

Met horten en stoten vertelde het meisje wat er was gebeurd en waar ze was. Hij hield de telefoon tegen zijn oor gedrukt en rende op blote voeten naar buiten. Bij de buurman bonsde hij op het raam en gewapend met een schep en een honkbalknuppel sprongen ze samen in de auto. Ze scheurden richting het Kruksepad en slalomden langs de palen die moesten voorkomen dat het snelverkeer het fietspad als sluiproute ging gebruiken. De auto gleed met de achterkant de berm in, ramde het verkeersbord en kwam toen vast te zitten tussen het hekwerk en een boom. De banden slipten op het gras, de motor brulde. De koplampen verlichtten het fietspad en ze zagen haar in gebukte houding over het pad strompelen.

'Bianca...' Henk Veugel sprong uit de auto en rende op zijn dochter af.

11

Rechercheur Sera Kuguksloe pakte haar schrijfmap van de achterbank en smeet het portier in het slot. Ze leunde met een zucht tegen de zijkant van de auto en stak een sigaret op. Het werd haar vierde rokertje voor deze ochtend. Ze probeerde te minderen, maar door de stress waar ze de laatste weken mee te kampen had, ging het haar waarschijnlijk niet lukken. Ze kon haar voornemens beter een paar maanden uitstellen.

Haar hele gezin verkeerde op dit moment in een crisissituatie en straks, als haar schoonvader was overleden, werd het verdriet alleen maar erger. Hij was ongeneeslijk ziek en de artsen gaven hem nog twee weken. Ze sloot even haar ogen en inhaleerde diep. Hij had alles zelf willen regelen: de rouwkaarten, de begrafenis, de muziek, het vliegtuig... Zijn lichaam moest naar Turkije worden overgevlogen, zodat hij bij zijn ouders in het graf kon worden bijgezet. In Sera's ogen een onbegrijpelijke keus voor iemand die meer dan dertig jaar in Nederland had gewoond.

Natuurlijk kwam de ellende nooit alleen. Haar man, Marañ, had geen contractverlenging gekregen, zat zonder werk thuis en was al weken niet te genieten. En dan was er ook nog die verrekte rugpijn die maar niet over wilde gaan. Ze gunde zich geen tijd om in het ziekenhuis een grondig onderzoek te laten doen.

Ondertussen draaide de wereld gewoon door, alsof er niets aan de hand was. Ze liet haar blik langs de rij huizen glijden. Op nummer zevenentachtig zat een jong meisje op haar te wachten dat wel of niet haar verhaal wilde doen. De spraakzaamheid hing af van de geestelijke toestand waarin het slachtoffer zich bevond.

Sera werkte al dertien jaar bij de districtsrecherche en had zedenzaken als specialisme gekozen. Een specialisme naast de standaardfunctie was een trend die men steeds vaker tegenkwam bij de politie. De maatschappij veranderde in rap tempo en de behoefte aan specialistische kennis werd daardoor alleen maar groter. Er waren eerwraakdeskundigen, specialisten op computergebied, explosieven, drugs, vrouwenhandel. Complexe onderwerpen met verschillende technieken.

Sera drukte haar sigaret op het asfalt uit en stopte het peukje in haar jaszak. Ze had voorlopig weer genoeg nicotine binnen om de komende uren door te komen. Een zedenverhoor nam behoorlijk wat tijd in beslag en het was ongepast om tijdens een uiterst beladen gesprek een rookpauze in te lassen. Met een snel gebaar fatsoeneerde ze haar lange haar en duwde het tuinhekje open. Terwijl ze op haar polshorloge keek, liep ze de tuin in en belde aan. Een vrouw van middelbare leeftijd deed de deur open. Met een zorgelijke frons keek ze de rechercheur aan. Sera hield haar politiepas omhoog. 'Mijn naam is Sera Kuguksloe en ik heb een afspraak met Bianca Veugel.'

'Dat klopt. Bianca is mijn dochter.' De deur zwaaide open en mevrouw Veugel deed een stap opzij. 'Komt u binnen.'

Bianca Veugel drukte het geluid van de tv zacht toen de rechercheur de woonkamer binnenstapte. Ze glimlachte wat zuinigjes en was enigszins opgelucht dat de rechercheur een vrouw bleek te zijn. Dat praatte een stuk gemakkelijker. Terwijl Sera haar hand uitstak, gleed haar geroutineerde blik langs het jonge slachtoffer. Het meisje had haar haar strak achterovergekamd en met een elastiekje in een staart gebonden. Haar bleke gezicht was niet opgemaakt en werd ontsierd door rode en blauwe plekken. Om de gebroken neus zat een plastic kap die haar neusvleugels ietwat dichtdrukte, waardoor haar stem een nasale klank kreeg. De daders hadden haar behoorlijk te grazen genomen. Bianca kwam halfovereind en schudde met een beleefde glimlach de uitgestoken hand.

'Wilt u een kopje koffie of thee of misschien iets anders?' vroeg mevrouw Veugel, die de rechercheur was gevolgd.

'Een glas water graag.'

De vrouw knikte.

'Doe mij ook maar, mam.' Bianca had zich weer in de kussens laten zakken en wees uitnodigend naar de lege plek naast haar op de bank.

'Je hebt twee dagen ter observatie in het ziekenhuis gelegen. Hoe is het nou met je?' Vluchtig raakte Sera de hand van het meisje aan, om zo haar medeleven over te brengen.

Bianca knikte dapper maar haar blik verraadde angst, vermengd met woede en verdriet. 'Het gaat wel. Ik slik de nodige pijnstillers en slaappillen en die werken redelijk goed. Het spookt wel de hele dag door mijn hoofd. Ik word er zo moe van.' Ze glimlachte geforceerd.

'Het is niet niks, wat jou overkomen is. Blijf er niet te lang mee rondlopen. Er zijn praatgroepen waar je jouw ervaring met lotgenoten kunt delen. Dat kan echt helpen.' Sera laste een korte pauze in zodat de informatie kon bezinken. 'Een van mijn collega's heeft jouw verklaring op papier gezet, maar ik heb toch nog wat vragen die ik met je wil doornemen. Gaat dat lukken, denk je?'

Bianca reageerde met een kort knikje en trok het kussen in de hoek van de bank naar zich toe. 'Jouw belagers waren een groep van vijf man?'

'Ja. Vijf van die nepbuitenlanders.'

Sera liet haar pen zakken en keek haar fronsend aan. 'Wat bedoel je daarmee?'

Enigszins geschrokken beet Bianca op haar lip toen ze zich realiseerde dat de vrouw naast haar van buitenlandse afkomst was. 'U moet niet denken dat ik iets tegen buitenlanders heb. Ik heb een Marokkaanse vriendin en...'

De rechercheur stak sussend haar hand op. 'Dat denk ik ook niet. Ik wil graag weten wat jij onder een nepbuitenlander verstaat?'

Mevrouw Veugel kwam met een dienblad de kamer binnen en zette de twee glazen op tafel. Bianca wachtte totdat haar moeder was gaan zitten en zocht ondertussen naar de juiste woorden. 'Nederlanders die buitenlanders nadoen. Ze nemen een loopje over, de gebaren en het stoere taaltje. De jongere broertjes van mijn vriendin praten ook met van die kromme zinnen en verbasteringen: Je weet toch...' Ze glimlachte en dit keer was het een echte lach.

'En jij hoort het verschil tussen een Nederlandse en een buitenlandse jongen?'

'Ja, dit was zo slecht, het deed pijn aan je oren. De klank was verkeerd en het was minder... minder stoer. Na een paar minuten, toen een van die gasten begon met...' Ze drukte het kussen stevig tegen zich aan en frunnikte met haar vingers aan de stof. Ze pauzeerde om naar adem te happen. 'Toen hij wilde dat ik hem...' Met een schuin oog keek ze naar haar moeder en brak haar zin af. 'Er was plotseling paniek toen ze dachten dat er iemand aankwam. Ze vergaten hun machotaaltje en spraken plotseling perfect Nederlands. Ik dacht dat ik een stem herkende, maar ik kan er geen gezicht bij plaatsen. Ik heb me suf gepiekerd, maar ik ken ook zo veel gasten... Het kan ook een hersenspinsel door de angst zijn.'

'Zou het een ex-vriendje van je kunnen zijn?'

'Nee, beslist niet.' Er kwam een weemoedig lachje over haar lippen. 'Zoveel zijn er niet geweest. Ik heb één serieuze relatie gehad met een jongen uit Den Bosch. Ik had geen tijd voor verkering en hij had daar begrip voor. We zijn zonder ruzie uit elkaar gegaan.'

'Wat is zijn naam?'

'Roelof Grootwei. Zijn ouders zijn gescheiden en hij woont sinds kort bij zijn vader in een nieuwbouwwijk ergens bij de Heldronkweg.'

De rechercheur noteerde de informatie in haar aantekenboekje.

'Als het Roelof was geweest, dan had ik hem direct herkend, ook met een bivakmuts op.'

'Hoe oud denk jij dat de jongens waren?'

'Niet jonger dan veertien en niet ouder dan dertig,' antwoordde Bianca resoluut. Ze had in het ziekenhuis genoeg tijd gehad om over dat soort vragen, die constant door haar hoofd spookten, na te denken. 'Ze gingen er op hun fietsen vandoor, richting het centrum. Een van hen had een damesfiets.' Haar handen kneedden zenuwachtig het kussen in haar schoot.

'Een damesfiets?'

'Ja, zonder stang in het midden. Zo een met overdreven grote wielen en een terugtraprem. Het leek op een bakkersfiets, met een mand voorop.'

'Dat past niet echt bij het imago van een straatrover.'

'Niet bepaald. Hij reed als laatste weg.'

Bedenkelijk tikte Sera met de achterkant van haar pen op het papier. 'Was hij de jongen van de stem die je meende te herkennen?'

Bianca haalde verontschuldigend haar schouders op. 'Dat weet ik niet. Het ging allemaal zo snel en chaotisch.'

'Het geeft niets,' zei de rechercheur om haar niet te ontmoedigen. 'De jongen die zijn geslachtsdeel uit zijn broek haalde... Kun je daar nog iets meer over vertellen?'

'Hij was behoorlijk agressief en hij sloeg hard.' Automatisch raakte ze voorzichtig haar neus aan.

'Heb je misschien de kleur van zijn ogen gezien?'

'Daar heb ik niet op gelet.'

'En het mes dat een van de jongens bij zich had? Kun je het model omschrijven? Was het een keukenmes of een jagersmes of een vleesmes? Hoe lang was het lemmet?'

Het meisje schudde haar hoofd.

'En de kleding. Wat hadden ze aan? Een jas of een vest of...'

Bianca liet haar blik door de kamer dwalen, langs het schilderij aan de muur, de Friese staartklok, het raam met de lamellen en toen weer terug naar de rechercheur. Ze had de nare herinneringen geblokt en ze wilde liever geen moeite doen om de beelden op te halen. 'Het enige wat ik mij kan herinneren, is dat ze allemaal donkere kleding droegen: zwart, misschien was het blauw.' In haar hoofd was het een rommeltje en alle beelden tuimelden over elkaar heen. Er volgde een wanhopige zucht. 'Ik ben moe,' zei ze uiteindelijk.

'Ik begrijp het.' Sera sloeg haar map dicht. 'Je hebt je rust nodig. Mocht je nog iets te binnen schieten, dan kun je mij bereiken op dit nummer.' De rechercheur kwam overeind en overhandigde haar een visitekaartje.

Het was bijna halftwee toen Sera in haar dienstauto stapte en de inbox van haar mobiel controleerde. Maran zou haar bellen als de situatie van zijn vader verslechterde, maar tot haar grote opluchting zag ze dat ze nog niets had ontvangen. Ze viste een broodtrommel uit haar tas en klapte het deksel open. Terwijl ze een boterham met kaas in haar mond propte, startte ze de auto en duwde de versnellingspook in zijn een. Ze hield de boterham tussen haar tanden geklemd, draaide de auto van de parkeerplek en gaf toen gas, de straat uit. Van Buren zou rond twaalven op de plaats delict rondlopen om een beter beeld te krijgen van het gebeuren. Met een beetje geluk was zijn zoektocht uitgelopen en trof ze hem daar nog aan.

Samen met Rob van Buren was ze tijdelijk op het onderzoek geplaatst. Rob was een collega van middelbare leeftijd, die zijn strepen in de loop der jaren meer dan dik verdiend had. Goed, hij was soms wat lomp en zijn administratie was een grote ramp. Maar hij was rechtvaardig, eerlijk en vooral betrouwbaar. Voorlopig was het niet meer dan een vooronderzoek. Technisch rechercheur De Koning had de ochtend na de melding de plaats delict onderzocht. Buiten wat afval rond en naast de bankjes en sporen van een worsteling, had hij niets bijzonders gevonden.

Kuguksloe kauwde op haar boterham terwijl ze haar horloge

checkte en wat extra gas gaf. Ze reed de provinciale weg op en volgde het fietspad dat na een paar meter afboog, het weiland in. In de verte zag ze de blauwe dienstauto van Van Buren staan. Haar eerste afslag was een halve kilometer verderop en om bij het Kruksepad uit te komen, moest ze nog ruim twee kilometer om. Ze keek in de achteruitkijkspiegel. De weg was leeg. Ze haalde haar voet van het gaspedaal en gaf een ruk aan het stuur. De auto zwenkte naar rechts, hobbelde over het gras en kwam uiteindelijk op het fietspad terecht. De auto maakte weer vaart en kwam twee minuten later naast de blauwe Volkswagen tot stilstand.

Van Buren zat op een bankje en dronk uit een beker zijn lunch naar binnen. Hij was aan de zoveelste dieetpoging begonnen: een proteïnemilkshake met aardbeiensmaak. Zijn vrouw was solidair en was samen met hem aan de lijdensweg begonnen, alsof de ellende dan gemakkelijker te verdragen was. De advertentie beloofde dat hij tussen de een en twee kilo per week zou afvallen. Ze waren nu drie maanden bezig en Vivian was zeven kilo afgevallen, terwijl bij hem de weegschaal drie zielige kilootjes minder aanwees. Drie kilo! Hij had drie maanden lang zijn eten naar binnen geslurpt als een kleuter zonder tanden en dan was dit het resultaat. Hij had weliswaar in het weekend een wijntje gedronken, misschien iets meer, en hij had wat toast met zalm en roomkaas gegeten en 's avonds een mager rookworstje met mayonaise, maar goed... Een mens had wel eens honger en wat stelden een paar happen chips en nootjes voor? Hij keek op toen hij het portier hoorde dichtslaan en zwaaide toen hij Sera herkende.

12

Met een geruisloze zucht zakte Sera naast Van Buren neer op het bankje en stopte een sigaret tussen haar lippen. Ze stak de sigaret aan en keek vervolgens het Kruksepad af.

'Nog wat gehoord van thuis?' wilde Van Buren weten.

Ze schudde haar hoofd en hoopte dat Van Buren hier genoegen mee nam. Natuurlijk was het fijn als mensen met je meeleefden en informeerden naar de stand van zaken. Maar op een gegeven moment kreeg Sera het gevoel dat er geen ander onderwerp meer bestond dan de ziekte van haar schoonvader. Er werd thuis en in de familie over niets anders gesproken. Op de school van de kinderen, op de sportverenging en zelfs op het werk wilden ze weten hoe het met hem was. Ze vertelde hetzelfde verhaal, keer op keer weer. Hij ging dood en ze kon er niets aan veranderen, hoe graag ze dat ook wilde. Die machteloosheid benauwde haar.

Langzaam begonnen de emoties zich op te stapelen. Ze konden elk moment als een vulkaan tot uitbarsting komen. Dat liet ze niet gebeuren, zelfs niet bij Van Buren met wie ze al ruim tien jaar samenwerkte. Hij was beslist niet de man die haar tranen zou zien als zwakte, maar haar gereserveerdheid was in de loop der tijd zo gegroeid. Het had haar jaren gekost om in het machowereldje van de politie geaccepteerd te worden. Ze had een dubbele handicap, zoals zij het noemde: ze was een Turkse én een vrouw. Ze keek naar de drinkfles in zijn handen. 'Ben je aan de drank?'

Van Buren rolde de fles tussen zijn handpalmen heen en weer en lachte zuur. 'Ik ben op dieet. Mijn streven is om twintig kilo af te vallen, maar het wil niet echt lukken.'

Haar blik gleed automatisch naar zijn buik, die over zijn broekband hing. 'Twintig kilo... Dat is nogal wat.'

'Ja. Ik drink me suf aan weeïge drankjes met allerlei smaakjes die beslist niet overeenkomen met de beschrijving op het etiket. Ik kom elke dag bijna om van de honger. Gisteravond betrapte ik mezelf erop dat ik verlekkerd naar de goudvis van mijn dochter stond te staren.'

Sera grinnikte en pakte hoofdschuddend haar broodtrommel uit haar tas. Hoopvol keek Van Buren met een schuin oog in het trommeltje.

'Hier...' Ze stak hem de laatste boterham toe.

Zijn ogen lichtten op. Toch sloeg hij resoluut haar aanbod af. 'Nee, dat is erg aardig, maar jij hebt ook je bouwstenen nodig.'

'Jengel niet. Ik heb al gegeten en deze heb ik over.'

'Vooruit dan, omdat je zo aandringt.' Hij zette de drinkbeker op de grond en pakte het brood aan. 'Ben je vanochtend nog bij het slachtoffer geweest?' wilde hij tussen twee happen door weten.

Ze knikte.

'Is daar nog iets bruikbaars uitgekomen?'

'Niet echt.' Sera viste haar blocnote naar boven en bladerde door de aantekeningen die ze tijdens het verhoor had gemaakt.

'Wat misschien wel interessant is, is dat ze dacht dat ze de stem van een van de jongens mogelijk eerder heeft gehoord. Volgens haar waren het nepbuitenlanders, want het taaltje dat ze spraken klonk erg gekunsteld.'

'Nepbuitenlanders? Bestaat dat ook al tegenwoordig?' Bedenkelijk veegde Van Buren zijn handen schoon aan zijn broek en stond toen op.

'Ja, je weet toch: wannabe's, na-apers, swa!' gaf Sera als voorbeeld. 'En een van hen reed op een damesfiets.' Ze volgde de rechercheur de berm in en liet haar aantekeningen zakken. 'Niet echt stoer voor een straatboef.'

Van Buren humde wat, terwijl hij het platgetrapte gras bekeek. 'In welke richting zijn ze vertrokken?' Hij bukte.

'Richting het centrum,' meende Sera zich te herinneren.

'Ik blijf het apart vinden,' zei Van Buren. 'Vijf jonge gasten die 's avonds doelbewust op pad gaan om een meisje af te tuigen.'

'Ik dacht dat we met een aanranding bezig waren? Het is dat die gasten gestoord werden, anders was het een verkrachtingszaak geworden.'

'Dat betwijfel ik.' Van Buren kwam kreunend omhoog, strekte zijn rug en liep toen een paar meter het fietspad af.

Sera beende achter hem aan en probeerde zijn logica te doorgronden. 'Jij ziet het dus anders?' Ze had er een hekel aan als Van Buren ging rondlopen terwijl hij zijn visie doorsprak. Hij stak met kop en schouders boven haar uit en elke stap van de kolos waren er twee voor haar.

'Ja, beslist.' Hij stond even stil en kwam toen weer in beweging, maar nu in tegenovergestelde richting. 'Het was doelbewust. Ze hebben haar in het donker omsingeld, wetend dat het een meisje was en niet een kerel met lang haar. Ik hoorde van de technische jongens dat meer dan de helft van de straatverlichting niet functioneert. Het is hier 's avonds pikkedonker. Dan wordt het moeilijk om van een afstand te zien wie of wat er aankomt. Hoogstwaarschijnlijk heeft er een op de uitkijk gestaan zodat hij de rest kon waarschuwen.' Hij seinde met zijn hoofd richting de dienstauto's die aan het begin van het fietspad geparkeerd stonden. 'Ze waren niet op geld uit, want ze hebben niets opgeëist... Nee, ze wilden een kus en zelfs meer dan dat. Ze wilden seks.' Hij haalde niet-begrijpend zijn schouders op. 'We hebben dus vijf gasten met op hol geslagen hormonen... Als hun slachtoffer eenmaal kansloos op de grond ligt, slaan ze haar in elkaar en waarom? Omdat ze een weerwoord geeft? Dat gaat er bij mij niet in. Ze hadden haar gemakkelijk met twee man in bedwang kunnen houden terwijl de ander zijn gang ging. Dit is zo tegenstrijdig... in plaats van seks breken ze haar neus. Klaarblijkelijk is dat niet genoeg, want ze bedreigen haar met een mes en beginnen dan opnieuw over seks. En als een van hen daadwerkelijk zijn jongeheer uit zijn broek haalt, dan wordt er een stokje voor gestoken.'

Sera checkte haar aantekeningen en keek de rechercheur vol ontzag aan. Hier sprak een man met ervaring. 'Ja, nou je het zegt.' Ze was overtuigd van Van Burens gelijk. 'Bianca verklaarde dat ze ruzie kregen en dat ze hun zorgvuldig ingestudeerde taaltje totaal vergeten waren. Dus het was niet voor het geld of voor seks.'

Van Buren schudde zijn hoofd. 'In dit geval ging het om macht. Ze wilden angst zien. Ze wilden haar bang maken, haar zien huilen en smeken. Waarom anders al die stoere praat? Waarom dat mes?' Van Buren liet zijn woorden bezinken en nam de omgeving in zich op. 'Het zegt ook iets over de jongens,' ging hij uiteindelijk verder met zijn relaas. 'Het moet wel een hechte vriendenkring zijn. Gasten die veel met elkaar optrekken. Ze moeten elkaar vertrouwen, want als er een gaat praten... Dit is beslist niet hun eerste vergrijp. Zoiets wordt langzaam opgebouwd. En dit... dit is bij de beesten af.'

'Misschien dat we bij de horeca wat navraag kunnen doen over mogelijke vechtpartijen die zich de afgelopen weken hebben voorgedaan,' stelde Sera voor. 'Een groep van vijf opgefokte, jonge knapen zal beslist opgemerkt worden.

'Dat lijkt mij een goed idee. Ik kijk of we wat hulp van de geüniformeerde collega's kunnen krijgen. Die hebben meer contact met de horecabazen en weten wie ze daarvoor kunnen aanspreken. Vraag jij vanmiddag de zendmastgegevens op, zodat we een lijst krijgen van de mensen die rond het tijdstip van de aanranding in de buurt van het Kruksepad zijn geweest. Met een beetje geluk...' Hij viel stil.

Er draaide een scooter het fietspad op en kwam op hen af rijden. Van Buren stak zijn handen in zijn broekzakken en wachtte totdat de tweewieler was gepasseerd. De jongen remde af en reed bijna stapvoets langs de twee rechercheurs. Eenmaal gepasseerd maakte hij weer vaart en verdween na een paar minuten de bocht door. Van Buren grijnsde schalks naar zijn collega. 'Die dacht waarschijnlijk dat we een romantisch onderonsje hadden in het gras.'

De scooter reed het gras in en kwam vlak na de bocht tot stilstand. De bestuurder stapte af en trok zijn scooter op de standaard. De jongen gluurde langs de bomen naar het pad en leek te twijfelen. Zou hij doorrijden of...?

Peter Adeler zette zijn helm af en haalde zijn fototoestel tevoorschijn. Hij had een sterk vermoeden dat het tweetal van de politie was. Zoals de auto's voor het Kruksepad geparkeerd stonden, zoals ze zoekend door het gras liepen. Het kon bijna niet missen. Hij klom over het hekwerk en observeerde vanuit het bosje onder de bomen het tweetal dat door het gras zijn kant opkwam. Hij zoomde in met zijn camera en nam een foto van het stel. Hij grijnsde toen hij zag hoe de man met zijn voet door het gras maaide. Erg verwonderlijk vond hij het niet dat de politie nooit iets oploste. Ze waren nog te beroerd om te bukken. Het was jammer dat hij dit niet kon delen met zijn vrienden. Die schoten direct in de stress als ze te horen kregen dat de politie het Kruksepad afzocht naar sporen. De kolossale man keek plotseling zijn richting op en snel deed hij een stap achteruit de struiken in. Er kwam een ongekende drang in hem op om de man te tarten. Hij kon opnieuw langsrijden en even snel een foto van hun auto's nemen voor zijn plakboek. Secondelang staarde de man naar het bos. Zou hij zijn aanwezigheid in de struiken hebben opgemerkt?

Zijn gevoel van triomf was op slag verdwenen. Peter liep achteruit de struiken uit, heel behoedzaam, met zijn blik op het stel gericht. Hij pakte zijn helm van het zadel en stapte op. Met een druk op de elektrische starter sprong de zilverkleurige scooter aan. Even later croste Peter het pad af, richting het centrum.

Zoekend reed hij door de straten. Hij had Steef gisteravond uitgehoord en volgens die informatie moest Bianca hier ergens wonen. Op de hoek van de straat stonden twee jongens met elkaar te praten. Peter remde af, trok zijn helm iets omhoog en wenkte naar het tweetal. 'Weten jullie waar John Veugel woont?' vroeg hij toen ze dichterbij kwamen.

Hij zag aan hun gezicht dat de naam hun niet bekend voorkwam.

'Hij heeft een zus met halflang, blond haar, grote borsten... Een lekker ding om te zien.'

'Bedoel je Michelle?'

'Nee, die heeft geen broer,' zei de ander.

Peter deed alsof haar naam hem plotseling te binnen schoot. 'Volgens mij heet ze Bianca.'

Het gezicht van de kleinste brak open en hij grijnsde. 'Bianca? Maar dan heet haar broer Joost, niet John.'

'Dan heb ik dat verkeerd gehoord. Een vriend heeft mij hierheen gestuurd, want Joost schijnt een fiets in de verkoop te hebben.'

De jongen duimde over zijn schouder. 'Hij woont in de straat hierachter. Er staat een stenen olifant in de tuin, je kunt het niet missen.'

Peter liet zijn helm zakken, stak zijn duim op en draaide de gashendel open. De scooter schoot de weg op, slingerde even gevaarlijk langs de geparkeerde auto's en reed toen in volle vaart de straat uit. Hij wist zelf nog niet wat hij met deze actie dacht te bereiken. Hij hoopte op een glimp van het meisje of een kort gesprekje met haar broer of met de buren. Gisteravond had hij haar profiel op Facebook aangeklikt en haar site bekeken. Ze was duidelijk niet erg actief op internet, want haar laatste bericht was vijf dagen oud. Er werd met geen woord gerept over het incident op het Kruksepad. Teleurgesteld had hij de computer uitgedrukt. Het idee dat hij er niks over hoorde, begon aan hem te knagen. Hij moest iets ondernemen.

Al snel had hij de stenen olifant in een van de tuinen gespot. Hij reed langs het huis en probeerde langs de openstaande lamellen naar binnen te gluren. Niets!

Hij parkeerde de scooter op de hoek van de straat en trok zijn helm af. Met twee benen aan een kant ging hij op het zadel zitten en frummelde een pakje sigaretten uit zijn broekzak.

Hij was geen roker, maar hij had bedacht dat een rokende jongen minder opvallend was dan een die doelloos in het niets staarde. Nu was het net alsof hij op iemand zat te wachten. Hij stak een sigaret aan en terwijl hij zat te roken keek hij geregeld op zijn horloge. Hij deed alsof hij werd gebeld en voerde twee nepgesprekken, terwijl hij quasinonchalant het huis op nummer zevenentachtig in de gaten hield. Maar er gebeurde weinig. De enige die even naar buiten kwam om wat vuil in de kliko te dumpen, was een vrouw van middelbare leeftijd. Na twee uur wachten en acht sigaretten later, gaf hij het op en reed hij mokkend terug naar huis.

13

Het was bijna twee weken later toen Steef Bianca samen met haar moeder in de Albert Heijn bij de groenteafdeling zag staan. Hij had haar in eerste instantie van achter niet herkend, maar toen ze zich omdraaide schrok hij zichtbaar. Hij gaapte naar de paarsblauwe plekken in haar gezicht, die in een palet van geel en groen aan het veranderen waren. Hij struikelde over zijn woorden toen hij haar gedag zei. Ze keek hem aan en reageerde met een kort knikje. Hij wilde iets zeggen, maar de woorden bleven achter in zijn keel steken. Als een vis op het droge hapte hij naar lucht.

'Ben je gevallen?' wist hij er uiteindelijk met veel moeite uit te persen. Haar linkermondhoek krulde omhoog.

'Ja, met de fiets,' liet ze hem weten. Nog voordat hij kon reageren had ze zich omgedraaid en liep ze achter haar moeder aan naar de kassa. Hij staarde haar na en hoopte dat ze inderdaad gevallen was nadat zij haar hadden achtergelaten in de berm. Zij hadden haar toch niet zo toegetakeld? Zoiets kon toch niet door die ene klap zijn gekomen? Laten het twee klappen zijn geweest, maar veel stelde het niet voor. Waarschijnlijk was ze overstuur naar huis gefietst en misschien ergens tegenaan gereden. Dat zou een aannemelijke verklaring kunnen zijn voor de gezwollen neus, het kapotte gezicht en de twee donkerblauwe ogen. Hij graaide een zak chips uit het schap en haastte zich naar de kassa, in de hoop dat hij nog een glimp van haar zou opvangen.

Bianca en haar moeder waren al voorbij de kassa. De moeder had de tas uit de boodschappenkar getild en was naar de automatische schuifdeuren gelopen, waar ze bleef wachten op haar dochter. Ongeduldig wipte Steef van zijn linker- op zijn rechterbeen en hield het geld gepast in zijn zweterige hand. De vrouw voor hem rekende de boodschappen af en zette traag haar spullen in een kartonnen doos. Bianca kwam voorbij en duwde de lege boodschappenkar in de parkeersluis. Ze stak de pin in de houder en toen ze zich omdraaide, stond Steef naast haar.

'Als ik je ergens mee kan helpen, dan moet je dat maar zeggen,' zei hij.

Ze hield haar hoofd ietsjes schuin toen ze hem aankeek. 'Dat is erg aardig van je, maar nee... ik red me wel.'

'Als je een lift nodig hebt...'

Ze fronste geïrriteerd haar wenkbrauwen toen ze hem niet begreep.

'Ik neem aan dat je fiets kapot is na zo'n val.' Hij wees naar haar gezicht. 'Als ik je ergens naartoe kan brengen, dan bel je me maar.'

Haar gezicht veranderde en Steef herkende de spottende blik die in haar ogen verscheen. 'Achterop je driewieler zeker? Ik denk dat ik beter kan gaan lopen.'

Steef beet zijn tanden op elkaar en voelde zijn gezicht kleuren. Ze tikte plagerig met haar vinger tegen zijn wang en liep toen hoofdschuddend naar de uitgang.

'Bitch,' gromde Steef haar na. 'Ik mag hopen dat het behoorlijk pijn heeft gedaan.'

'Zei ze dat? Dat meen je niet!' Ze keken Steef alle vier vol ongeloof aan.

'Ik wilde iets aardigs voor haar doen na wat er was gebeurd. Ik voelde me er eigenlijk wel rot over,' zei Steef eerlijk. 'Haar gezicht was bont en blauw.'

'Ze is echt niet gevallen,' zei Danny lacherig. 'Ze wil gewoon tegen niemand vertellen dat ze een pak slaag heeft gehad. En hoe...' Hij maakte een paar boksbewegingen in de lucht.

Peter gooide een bierdop in zijn richting, die hij handig wist te ontwijken.

'Zie je wel, het is en blijft gewoon een kapsoneswijf,' zei Peter, terwijl hij een tweede bierdop naar zijn vriend gooide. 'Door een paar tikken verandert iemand niet van karakter. Het is wel gaaf dat je haar kan aanspreken zonder dat ze weet dat jij het hebt gedaan. Dat geeft toch een kick. Zeg eens eerlijk?'

Peter gaf Steef speels een zet en Steef beaamde de bewering met een schalkse lach. 'Ja, het had wel iets... We hebben haar toch mooi op haar nummer gezet.'

Zelfs Maurice, die de hele middag wat stilletjes in de hoek had gezeten, gaf hem gelijk en ook Frits leek het hele voorval nu minder erg te vinden.

'Jij hebt je wraak gehad,' zei Peter terwijl hij naar de keuken liep en de koelkast opentrok. 'Nog twee opdrachten te gaan.' Beteuterd inspecteerde hij de inhoud. 'Het bier is op. Er is alleen nog een fles cola en die staat al weken zonder dop in de koelkast.'

'Dat is niet het enige wat op is. De pot is leeg en de maand is nog niet eens om. Alles is opgegaan aan bier, wiet en kleren voor de klus.' Vluchtig keek Frits naar de plint in de keuken. Hij had geld van zijn spaarrekening gehaald en als hij dat te vaak deed, gingen zijn ouders vragen stellen.

'Ik heb nog wel wat geld.' Maurice haalde zijn portemonnee tevoorschijn en telde twaalf euro op tafel uit.

Peter gooide tien euro neer en Danny trok zijn broekzakken binnenstebuiten om aan te tonen dat hij geen geld op zak had. Met tegenzin legde Steef zijn laatste vier euro op tafel.

'Hiermee komen we het weekend wel door,' zei Frits. 'Ik weet trouwens hoe we aan geld kunnen komen, zoveel dat we voor maanden genoeg hebben.'

Hij draaide de bus om en de twee laatste opgevouwen briefjes stuiterden over de tafel. 'Maar dan moeten we wel mijn opdracht daarvoor kiezen.'

'Heeft jouw opdracht iets met geld te maken? Is het een overval?' Steef keek de anderen aan en moest hard lachen om zijn eigen opmerking, omdat het zo bizar klonk. Maar Frits bleef hem strak aankijken.

'Je meent het niet...' Danny graaide een lootje van tafel en tilde een hoekje op om te spieken. Maar Peter gaf hem een por en grommend liet hij het lootje vallen.

'Ik zeg niets,' zei Frits en hij trok een mysterieus gezicht. 'Jullie zien het wel als mijn opdracht getrokken wordt. Maar er zijn twee lootjes dus de kans is vijftig procent dat het die van mij wordt.'

'Kom op! We kiezen die van Frits,' spoorde Danny zijn vrienden aan. Met een twinkeling in zijn ogen was hij opgesprongen en pakte de twee propjes van tafel. 'Dit wordt hartstikke gaaf. Hebben jullie de film *Bastard of Hill* gezien? Die gasten waren via de luchtschacht het gebouw binnengedrongen en hadden met een laserkanon de kluis...'

'Doe normaal, man. We hebben geen laserkanon,' snoof Peter, die zijn kans op wraak aan zijn neus voorbij zag gaan.

'We doen het alleen als Peter daarmee akkoord gaat,' meende Frits.

'Je kunt toch wel een paar weken wachten?' meende Steef.

Peter trok zijn mond tot een strakke streep. Lekker bijdehand. Nu werd hij voor het blok gezet en hij had helemaal geen zin om vrijwillig zijn plaats op te offeren. Waarom zou hij? Zijn wraakactie was net zo spannend, misschien wel spannender. 'Met mijn opdracht kunnen we ook geld binnenhalen.' Het was eruit voordat hij er erg in had. Geld stelen was nooit zijn opzet geweest, maar als hij daardoor meer kans maakte om gekozen te worden, dan was dat prima. Hij kon zijn plannen nog altijd aanpassen. Er was geld zat...

Steef wreef enthousiast in zijn handen. 'Dat belooft nog een paar geweldige dagen te worden. Het is mijn beurt om een briefje te trekken...'

Danny liet de lootjes op tafel vallen en Steef keek ernaar alsof hij de beslissing van zijn leven ging maken. Zijn hand zweefde even boven het papier en dook toen als een havik op zijn prooi naar beneden.

'Dit gaat hem worden, mannen.' Hij stak de gelukkige winnaar in de lucht. 'Tromgeroffel graag...' De handen trommelden eensgezind op tafel en vielen stil toen Steef het lootje had opengevouwen. 'Frits is de winnaar,' sprak hij plechtig uit, wat door Danny met gejoel werd ontvangen. 'De opdracht is... de flappentapper.'

'De flappentapper? Een pinautomaat?' Peter probeerde zijn

teleurstelling te verbergen, maar zijn stem had hem verraden. 'En hoe wil je dat gaan doen? Met een koevoet de geldkast openbreken? Dat kun je vergeten want die krengen zijn sterk en supergoed beveiligd.'

'Of gaan we een klant beroven terwijl hij staat te pinnen?' vroeg Danny hoopvol.

Afkeurend had Frits zijn hoofd geschud en was toen opgestaan. 'Ik heb de nodige voorbereidingen al getroffen. We doen dit met stijl, zoals elke topcrimineel het zou doen.' Uiterst traag liep hij naar de keuken, pakte een broodmes uit de keukenla en liet zich toen naast de koelkast op zijn hurken zakken. Hij duwde het lemmet van het mes tussen de kier van de plint en het keukenkastje. Zijn vrienden waren hem gevolgd en stonden om hem heen. Geboeid keken ze toe hoe hij het mes heen en weer wrikte. De plint kwam met kleine schokjes naar voren en met een laatste duw klapte het open. Zijn hand verdween in de donkere opening en zocht tastend in het rond. Voorzichtig trok hij het pakketje naar buiten en tilde het op.

'Wat is het?'

'Een bom,' antwoordde hij droogjes.

Het was plotseling doodstil. Ze keken elkaar aan. Dit kon toch niet serieus zijn? Frits trok zich aan het aanrechtblad omhoog, terwijl hij zijn kostbare lading tegen zijn borst gedrukt hield.

'Een bom?' herhaalde Peter honend. 'Hij wel!'

Maurice begon als eerste nerveus te lachen en peilde ondertussen de reactie van de anderen. Die staarden naar het pakje in Frits' handen. De een met open mond, de ander met ogen zo groot als schoteltjes. Frits liep naar de eethoektafel en veegde het tafelblad schoon. Hij legde het pakket op tafel en om de spanning enigszins wat op te voeren, wikkelde hij uiterst traag het T-shirt van de koker. Trots stak hij de kartonnen koker in de lucht en keek de kring rond. Het zag er indrukwekkend uit door de zwarte tape en de reep stof.

'Van mijn laatste spaarcenten gekocht,' zei hij.

Zijn vrienden waren zichtbaar onder de indruk, zelfs Peter.

'Ken jij mensen die dit soort spul verkopen?' Steef raakte vol ontzag de koker aan.

'Ja, een paar gasten. Het zijn echte professionals. Ze verkopen alles: wapens, bommen, vrouwen...' Frits gloeide van trots.

'Hoe werkt het?' Danny had de bom overgepakt en bekeek het bouwwerk zorgvuldig van alle kanten.

'Je steekt de katoenen lont aan, dekking zoeken en dan boem... Je blaast er met gemak een wasmachine mee op.'

De bom ging van hand tot hand.

'Geweldig! Wanneer steken we dat ding af?' Steef legde het explosief op tafel en keek Frits vragend aan. 'Dit weekend nog, hoop ik?'

'Ja, tuurlijk. Waarom zouden we wachten?' antwoordde Danny voor Frits. 'Hoeveel geld zou er in een pinautomaat zitten?'

'Waarschijnlijk honderden euro's,' meende Peter.

'Welnee! Duizenden,' corrigeerde Maurice hem. 'We moeten wel oppassen. Er hangen camera's bij de pinautomaten.'

Frits wikkelde de koker in het T-shirt en borg hem weer op in zijn bergplaats achter de plint. 'We doen onze bivakmutsen op.'

Er werd geknikt. 'Heb je ook al een pinautomaat uitgezocht?'

Frits had de vraag verwacht. Hij pakte een kaart uit de keukenla en vouwde die op tafel uit. 'De pinautomaat op de Groenhornkade lijkt mij wel geschikt voor dit klusje.' Hij wees de straat op de plattegrond aan. 'Het ligt om de hoek bij de bibliotheek, iets buiten het uitgaanscentrum. 's Nachts is het daar zo goed als uitgestorven. Hier, daar en hier...' Met zijn vinger wees hij de locaties aan. 'Allemaal cafés waar veel volk komt. Die straten kunnen we beter mijden. Als we met de scooters over de Hendrikkade richting de Varikbrug rijden, dan komen we geen verkeerslichten tegen en kunnen we vaart maken. We rijden ongeveer tien minuten om, maar het is wel de veiligste vluchtroute.'

Hij had er weken aan gewerkt en zijn plan tot in de puntjes uitgewerkt, zodat een dergelijke uitglijder als bij Bianca niet weer kon gebeuren. Hij was trots op het resultaat. 'Zijn er nog vragen?'

'Hoe laat wil je dit gaan doen?'

'Rond een uur of drie. En we houden ons strikt aan het plan. Geen achterlijk gedoe. We zijn met een kraak bezig en dan kunnen we geen blunders gebruiken.'

Hij keek Danny uitdagend aan, zodat er geen misverstand was voor wie de steek onder water bedoeld was.

'Moet jij mij weer hebben, zeikerd?' schoot Danny in de verdediging. 'Als je liever hebt dat ik oprot, dan kun je dat gewoon zeggen.' Hij was gaan staan en maakte aanstalten om te vertrekken.

'Nee, joh. Hij maakt een grapje.' Steef hield hem tegen en seinde naar Frits dat hij zijn bewering moest beamen. Maar Frits hield zijn mond en er volgde een ongemakkelijke stilte. Boos trok Danny zich los.

'Danny wacht nou...' Steef trok een boos gezicht. 'Doe niet zo lullig man,' zei hij tegen Frits. 'Als Danny gaat, dan ga ik ook.' Om zijn woorden kracht bij te zetten had hij zijn jas gepakt.

'Dan haak ik ook af,' zei Peter.

Enigszins gekwetst keek Frits zijn vrienden aan. Hij had niet verwacht dat ze hem zouden laten vallen. Maurice zat nog steeds op de bank en had het geruzie stilzwijgend aangehoord. Frits beet op de binnenkant van zijn wang. Zijn plan was op sterven na dood als ze alle drie zouden opstappen. Met alleen Maurice ging het echt niet lukken. Er zat niets anders op dan zijn houding bij te stellen. Hij schoot als een volleerd acteur in de lach.

'Het was een geintje, man. Wat zijn jullie snel op jullie tenen getrapt. Wat dacht je dan? Dat ik serieus was. Nee, joh...'

Hij gaf Danny speels een stomp tegen zijn schouder. 'Niemand gaat weg. We zijn maatjes, wat er ook gebeurt.'

De boosheid gleed van Danny's gezicht en zijn opluchting was duidelijk voelbaar.

'Zaterdag, drie uur...' herhaalde Frits de afspraak.

'Dan heb ik een probleem.' Ze keken Maurice aan. 'Ik moet meestal uiterlijk twee uur thuis zijn.' Hij haalde verontschuldigend zijn schouders op en voor het eerst vond hij het jammer dat hij er niet bij kon zijn. Van alle opdrachten stond deze hem het meest aan. Een bom betekende op afstand blijven en dat leek hem veilig. Daarnaast had hij zo zijn twijfels of het ding ook inderdaad kon ontploffen. Het zag er wat simpeltjes uit. Maar dat het een hoop lol zou geven, stond als een paal boven water. Steef schoot in de lach en keek Maurice meewarig aan.

'Het lijkt mij beter als we allemaal zaterdag hier blijven slapen,' stelde Frits voor. 'Dan hebben we thuis niets uit te leggen en kunnen we gaan en staan waar wij willen.'

14

Peter was alleen thuis en hing onderuitgezakt op de bank. Hij keek naar de documentaire die Teunissen, docent geschiedenis, als opdracht aan zijn leerlingen mee naar huis had gegeven. Op school was Peter niet echt populair en dat bleek wel toen de leerlingen onderling afspraken gingen maken over wie bij wie ging kijken. Het werd een geschreeuw van jewelste en uiteindelijk had iedereen na tien minuten wel iemand gevonden, behalve Peter. Hij werd wel vaker als laatste of helemaal niet uitgekozen. Vooral bij teamsporten was dit het geval. Waarschijnlijk vonden ze hem niet interessant genoeg. Met een onverschillig gezicht probeerde hij de teleurstelling altijd te verbloemen, maar natuurlijk stak het hem. Ze namen niet eens de moeite om hem te leren kennen.

Hij vroeg zich af hoe men zou reageren als ze erachter kwamen wat hij in werkelijkheid allemaal uithaalde. De meesten van hen hadden niet het lef om de helft van wat hij deed na te doen en zouden waarschijnlijk binnen vijf minuten al jankend naar hun pappie of mammie rennen. Maar hij was anders. Hij had lef. Hij, de schlemiel van de klas naar wie geen meisje omkeek. Eén ding wist hij zeker, als de waarheid aan het licht kwam, stonden de meisjes voor hem in de rij. Vrouwen voelden zich meestal aangetrokken tot het kwaad. Hoe slechter hoe beter, had hij ooit eens gelezen. En het klopte, want meesterinbreker Aage M. en heer Olivier, twee grote criminelen uit de jaren tachtig, kregen geregeld huwelijksaanzoeken, zelfs toen ze voor jaren achter de tralies belandden. Het waren ook geen mannen met een sexy uitstraling, integendeel zelfs.

Helaas kon Peter niemand over zijn duistere kant vertellen, al wilde hij nog zo graag. Een beetje aandacht en bewondering was wel prettig. Maar dan nog... wie ging geloven dat hij een van de vijf wrekers was. Het was een kwestie van tijd, maakte hij zichzelf wijs. Het geheim lekte een keer uit. Nu nog niet natuurlijk, maar misschien over een paar jaar. Dan werden er boeken geschreven en films gemaakt over de spectaculaire daden die ze in de loop van de tijd hadden uitgehaald. Want dit was nog maar het begin. En als het zover was, dan wilde hij meer zijn dan een van de vijf.

Het meeste aanzien was alleen voor de leider van de groep weggelegd. De leider was meestal het brein achter het geheel. Peter had zichzelf die functie al toebedeeld en hoopte dat de groep hem zou kiezen als het brein. Maar toen merkte hij dat Frits waarschijnlijk met hetzelfde idee rondliep. Het was toch overduidelijk? Frits probeerde de anderen door zijn geheimzinnige gedoe over geld en die stomme bom aan zijn kant te krijgen. Maar hij maakte een fout door te denken dat hij Danny uit de groep kon wippen. Frits zag Danny als een bedreiging, maar iemand als Danny hadden ze juist nodig om de riskante klusjes te laten doen. Danny was de enige die daartoe in staat was, dat had hij op het Kruksepad wel duidelijk bewezen. Maurice was een watje en Steef had wel een grote mond, maar niet het lef.

Het was van hem een tactische zet geweest om openlijk de kant van Danny en Steef te kiezen. Hij had hun stem zo goed als in zijn zak zitten. Toegegeven, de opdracht van Frits was gewoonweg fenomenaal en goed doordacht, zoals bij alles wat hij deed. De bom was een meesterzet en het werd moeilijk om dit te overtreffen. Maar hij moest en... Peter schrok op uit zijn gedachten toen hij de voordeur hoorde dichtslaan. Met een nors gezicht kwam zijn moeder de kamer binnen.

'Ben jij al thuis?' vroeg ze wat overbodig.

'Het laatste uur is uitgevallen. Wiebert is ziek.'

'En dan zijn er geen collega's die de lessen kunnen overnemen? Dan sturen ze de hele klas gewoon naar huis?'

'Dit is anders een schoolopdracht.' Peter wees met de afstandsbediening naar de televisie. 'Een documentaire over de Tweede Wereldoorlog.'

Ze keek even naar de zwart-wit beelden op het scherm en veranderde toen van onderwerp. 'We eten vanavond iets makkelijks, want ik heb geen zin om te koken.'

Peter duwde zich in de kussens omhoog. Als zijn moeder niet wilde koken, dan was er iets serieus mis. Koken was haar passie. Bezorgd keek hij haar aan.

'Wat is er? Heeft Fred soms weer wat lulligs uitgehaald?'

Ze harkte met een vermoeid gebaar door haar haar en draaide haar hoofd weg, zodat hij de tranen niet zou zien.

'Fred heeft de relatie verbroken,' antwoordde ze met dikke stem.

'Waarom dan?'

Ze maakte een wegwerpgebaar dat ze er niet over wilde praten.

'Mam, je kunt het mij gewoon vertellen. Ik ben ondertussen oud en wijs genoeg.'

Ze zuchtte en gooide haar handtas op tafel. 'Hij vond onze

relatie te weinig inhoud hebben en wilde een time-out.' Ze snoof en zocht in haar tas naar een zakdoek.

'En daar komt hij na maanden ineens mee aanzetten? De lul!' viel Peter uit. 'Maanden mee-eten en elke avond met zijn dikke kont op de bank neerploffen. En wat houdt dat in: een time-out? Dat hij een paar maanden met andere grietjes gaat stappen en als daar de lol van af is doodleuk weer binnen komt wandelen?'

Fred was dus geen blijvertje. Net als de vele andere mannen die met veel bravoure zijn leven waren binnengestapt en er stilletjes weer uitstapten als het hun zo uitkwam. Jammer, want Fred was een van de weinigen die hij wel had zien zitten als stiefvader. Zijn moeder schudde haar hoofd. 'Ik heb hem duidelijk gemaakt dat hij bij mij niet meer hoeft aan te kloppen. Als hij een time-out nodig heeft, dan zit de liefde niet diep genoeg.' Onhandig schraapte ze haar keel.

'Niet huilen, mam.' Peter kwam uit de bank omhoog en sloeg zijn armen om haar heen. 'Je hebt hem niet nodig. Je kunt veel beter krijgen dan die saaie pennenlikker.'

Ze lachte door haar tranen heen. 'Hij is een wat?'

'Een pennenlikker zonder ballen. Een zakkenwasser, een kantoorhoer, een...'

'Ja, stop maar. Ik begrijp wat je bedoelt.'

'Een ding is zeker, mam. Hij krijgt nooit meer zo'n lieve vriendin.' Hij drukte een kus op haar wang. 'Zal ik een pizza gaan halen om te vieren dat je van die loser af bent?'

'Laten we dat maar doen. Je bent een lieverd.'

'Dat weet ik.' Hij grijnsde. 'Wees maar zuinig op me.'

Ze gaf hem speels een zet. 'Pak mijn portemonnee maar even. Ik wil een pizza met shoarma en een bakje salade.'

Peter reed de kruising over en sloeg rechtsaf een zijstraat in. Zijn gevoelens tuimelden over elkaar heen. Hij had met zijn moeder te doen, maar aan de andere kant was hij ook boos. Waarom moest ze met alle geweld een andere man in haar leven? Had ze dan niets geleerd van haar huwelijk met pa en zijn vele buitenechtelijke uitspattingen met andere vrouwen? Waren de pijn, het verdriet en de vernedering van één vent dan niet genoeg geweest? Fred was de vijfde of zesde kerel die haar met een vage smoes dumpte.

Na de scheiding was ze veranderd in een onzekere en achterdochtige vrouw en dat was de schuld van zijn pa. In plaats van dat het met de overspelige klootzak slecht ging, was het zijn moeder die met allerlei tegenspoed te maken kreeg. De hufter was getrouwd met een tien jaar jongere vrouw en was, zoals hij Peter in vertrouwen had verteld, nog nooit zo gelukkig geweest. Het lag niet aan hem want de band die ze samen hadden als vader en zoon was onverwoestbaar, had zijn vader hem herhaaldelijk laten weten.

In het eerste jaar na de scheiding ging Peter elk weekend bij zijn vader en Tamara op bezoek. Hij kreeg een eigen slaapkamer en ze deden samen leuke dingen. Maar toen Tamara, de huppeltrut, zwanger werd, veranderde alles. Zijn kamer werd omgebouwd tot babykamer en hij kreeg een opvouwbaar bed op wielen dat uit de garagebox werd gereden als hij bleef slapen. De bijkeuken werd zijn tijdelijke kamer, naast de wasmachine en de droger. Toen de baby eenmaal geboren was, stond alles in het teken van het kind. Elk uitje dat werd georganiseerd was bedoeld om de kleine een leuke dag te bezorgen. Vissen en autocross stonden niet meer op de lijst. Die waren verdrongen door de zandbak en het pierenbadje op het grasveld, naast het terras. Elk gesprek ging over de baby of kwam daar na hooguit een kwartier op uit. En om de vijf minuten kwam de fotocamera uit de tas en werd de kleine meid van alle kanten gefotografeerd. Alsof het zijn vaders eerste kind was.

Peter bleef uiteindelijk niet meer logeren en de dagen dat hij langskwam werden schaars. Zijn vader had nooit gevraagd waarom. Waarschijnlijk vond hij het prima zo. Nu kon hij al zijn kostbare aandacht aan zijn oogappeltje schenken. De lul!

Peter nam gas terug toen hij de gele bakstenen gevel van de bibliotheek door het bladerdak van de bomen zag glinsteren. Hij remde af, bonkte zijn scooter tegen de stoep omhoog en parkeerde zijn tweewieler voor het pand. Oplettend keek hij om zich heen. De locatieschetsjes waren handig, maar een foto gaf toch altijd een beter beeld van de situatie. Een doortastende leider wist zoiets.

Hij haalde zijn mobiel uit zijn jaszak en maakte snel een foto van de straat. Tegenover de bibliotheek was een begrafenisonderneming en aan de rechterkant een groot parkeerterrein. Om de hoek was inderdaad een pinautomaat. Er stond een man voor het apparaat en Peter liep hem nonchalant voorbij. Hij schoot een portiek in en bleef daar wachten. Zijn ogen gleden langs de gevel: een reisbureau, slagerij, slijterij Van Mierlo en een chocolaterie. Hij gluurde om het hoekje en toen de man was verdwenen, fotografeerde hij de gevel. Voor de pinautomaat stonden twee anti-rampalen in de grond en een meter verderop was een lantaarnpaal. Peter maakte een derde en een vierde foto. Hij besloot een klein geldbedrag op te nemen zodat hij de pinautomaat van dichtbij kon bekijken. Met zijn oranje bankpasje in de aanslag liep hij naar de automaat. Hij schoof de pas de gleuf binnen, toetste zijn pincode en een bedrag van tien euro in. Binnen in de automaat hoorde hij een ritselend geluid. Hij keek voor de zekerheid over zijn schouders of er mensen in de buurt waren en richtte toen zijn lens op het toetsenpaneel. Snel maakte hij nog een paar foto's. Het pasje kwam terug en hij borg het samen met het tieneurobiljet in zijn portemonnee op.

Danny gooide zijn rugtas in de gang op de grond en schopte zijn sportschoenen uit. Hij slofte naar de keuken, trok de koelkast open en bekeek met een ontevreden gezicht de inhoud. Met een zucht pakte hij de melk van het schap en draaide de dop eraf.

'Neem een glas,' hoorde hij zijn moeder grommen. Ze kwam de keuken binnen en gooide een emmer met sop in de gootsteen leeg.

'Hebben we geen cola meer?' Danny smeet de koelkastdeur dicht en pakte een vuile beker uit de gootsteen.

'Ik koop vier flessen cola per week en als het op is dan hebben jullie pech. Vrijdag haal ik weer nieuw.'

'Dit is pas mijn derde glas. Luna heeft natuurlijk alles opgedronken.'

'Dat betwijfel ik.' Ze wrong haar vaatdoek uit en maakte de emmer droog. 'Maar hoe het ook zij, op is op.'

Het was de toon die hem irriteerde. 'Je hoeft toch niet tot vrijdag te wachten met boodschappen doen? Je hebt de hele dag niets te doen.' Hij wist dat hij met zijn opmerking haar woede zou opwekken en juist daarom deed hij het. Sinds de ruzie met Frits liep hij met een opgejaagd gevoel rond. Hij begreep niet waarom Frits zo'n groot probleem maakte van zijn misschien wat overdreven uitval naar dat domme wicht. In zijn ogen was de bedreiging met een mes net zo erg, zelfs veel erger. Van een paar klappen ging ze niet dood, maar een verkeerde beweging met het mes... Steef had het wapen zelfs op haar keel gezet, maar daar hoorde hij niemand over. Wat Steef deed, was klaarblijkelijk normaal. Hij zou de trut echt niet verkracht hebben. Hij had niet eens een erectie.

Op weg naar huis was hij langs de speeltuin gelopen en daar zag hij een meisje van een jaar of acht op de schommel zitten. Ze zag er zo blij en vrolijk uit. Het kwam spontaan in hem op: hij wilde haar pijn doen, zomaar, zonder enige reden. Hij schrok zo van zijn bizarre opwelling dat hij het op een lopen zette. Hij rende en rende en stopte pas toen hij door de pijn in zijn zij en door ademnood niet verder kon.

Danny keek zijn moeder uitdagend aan en zag dat een rode zweem over haar gezicht trok.

'Wat ben je toch een vreselijk, egoïstisch klotejoch,' zei ze.

'Weet je wat vreselijk egoïstisch is?' Hij deed voor de zekerheid een stap naar de deur. 'Dat je hier alleen maar blijft om ons het leven zuur te maken. Waarschijnlijk kick je daar op...'

Ze leek te ontploffen. Haar vinger priemde naar zijn gezicht. De nagel aan het eind van die vinger was lang, gebogen en zorgvuldig gemanicuurd en gelakt.

'Waar haal jij het gore lef vandaan...'

Hij grijnsde vals. Ze graaide een melkpannetje van het aanrecht en zwiepte ermee door de lucht. Behendig wist hij de aanval te ontwijken. Hij sprong naar voren, greep haar handen vast en duwde haar hardhandig achteruit tegen de muur. Zijn kracht overrompelde haar.

'Waarom rot je niet op?' schreeuwde hij in haar gezicht.

15

'Rotjoch. Laat onmiddellijk los. Etterbak!' Van nijd sproeide haar speeksel in het rond.

'Je bent zelf een etterbak en een rotwijf.' Krachtig kneep Danny in haar polsen en hield haar met zijn gewicht in bedwang.

'Wacht maar tot je vader dit hoort. Dan zwaait er wat. Laat los zeg ik je.'

'Wat zijn jullie aan het doen?' Luna stond in de deuropening en met grote ogen staarde ze het tweetal aan. Haar gezicht trok wit weg. 'Danny, laat mama los.'

Danny stond in tweestrijd over wie van de twee hij als eerste een klap zou geven.

'Danny...' Luna begon plotseling te huilen. Hij leek uit een roes te ontwaken en keek in zijn moeders donkerbruine ogen. Haar blik verzachtte, kreeg iets triests en heel onverwachts legde ze haar hoofd op zijn borst. Verward deed hij een stap achteruit, maar hij hield nog steeds haar armen vast. Ze liet het melkpannetje uit haar vingers glijden en het kletterde met veel lawaai op de grond. Hij staarde naar haar ovaalronde gezicht, naar de rimpels naast de mond die onbeheerst begon te trillen, naar de grijze plukken in haar haar.

Waar ben je mee bezig, siste een stemmetje in zijn hoofd. Het is je moeder. Je moeder... Geen medelijden. Dat hebben ze met jou ook niet. Ze vergalt je leven.

Haar schouders schokten zachtjes op en neer. Ook zij begon te huilen. Hij duwde haar handen omlaag en wilde zijn excuus maken, maar hij kon de woorden niet over zijn lippen krijgen.

'Trut,' zei hij daarom met een dik, iel stemmetje. Hij wrong zich los, liep een paar passen achteruit en rende toen, halfstruikelend, het huis uit. De fiets van zijn zus stond in de voortuin tegen de heg. Hij trok aan het stuur en door de mand voorop bleef het steken in de bladeren. Zijn moeder riep zijn naam en half in paniek bewoog hij wild het stuur op en neer. De mand schoot los en een paar takken bleven achter in het riet. Hij sprong op de fiets en racete de tuin uit. Met al zijn kracht stampte hij op de pedalen. De tranen brandden achter zijn ogen en hij slikte ze weg.

Zigzaggend reed hij langs de rij wachtende auto's en stak de straat over, langs een verkeerslicht dat net op rood sprong. Hij sloeg rechtsaf, richting het parkje achter de benzinepomp. De fiets bonkte tegen de stoep omhoog en reed over het voetpad het park binnen. Krachtig kneep hij in zijn remmen en het achterwiel glipte onderuit. Hij probeerde zijn evenwicht te behouden, maar belandde met de fiets languit in het gras. Vloekend sprong hij op en gaf een paar fikse trappen tegen het voorwiel aan.

'Het hoeft toch niet kapot?'

Danny draaide zich met een ruk om. Zijn borstkas bewoog haperend op en neer en zijn keel voelde rauw. De oude man keek hem bestraffend aan, terwijl zijn wandelstok naar het voorwiel priemde. Hij had een breed en bol gezicht en was bijna kaal, afgezien van een paar keurig geplakte haren boven zijn oren. Waarschijnlijk was hij ergens rond de zeventig.

'Weet je wat zoiets kost?'

'Wat gaat jou dat aan, fossiel,' beet Danny van zich af. Hij was de bemoeizucht van iedereen meer dan zat.

'Fossiel? Zal ik jou wat manieren bijbrengen? Snotneus!' De man had zijn borstelwenkbrauwen gefronst en strekte zijn rug.

Laat je niet intimideren, siste de stem in Danny's hoofd. Hij is oud en traag. Wie denkt de lul dat hij is?

Hij zag de man een stap in zijn richting doen en met al zijn kracht haalde Danny uit. Zijn vuist verdween een paar centimeters boven de broekriem de buik in en kreunend sloeg de man dubbel. Hij zakte door zijn rechterknie en bleef met gebogen hoofd piepend in deze houding zitten.

'Bemoei je met je eigen zaken, eikel.'

Danny trok de stok onder de man vandaan, zodat ook zijn linkerknie op de grond bonkte. Dreigend hief hij de stok op, ver achter zijn hoofd.

'Hé, idioot. Stop daarmee!'

De stok bleef in de lucht hangen en Danny draaide zich om. Twee mannen kwamen schreeuwend over het grasveld zijn richting op rennen. Geschrokken liet Danny de stok vallen. De woede-uitbarsting was voorbij. Snel trok hij de fiets omhoog en sprong al rennend op het zadel. De fiets slingerde over het gras, maar eenmaal vaart makend trok hij weer recht. Danny stuurde de tweewieler het voetpad op en trapte alsof zijn leven ervan afhing. Hij hoorde de mannen vloeken en het klonk gevaarlijk dichtbij. Het zweet liep in straaltjes langs zijn rug en even dacht hij dat hij het niet ging redden. Er klonk een doffe plof en Danny keek over zijn schouder achterom. De man had zich waarschijnlijk verstapt, want hij lag languit in het gras. Danny stak lachend zijn vuist in de lucht.

'De groeten, losers.' En met een overwinningskreet fietste hij het park uit.

Danny zat op het muurtje tegenover de snackbar in de Hendrik Kuiperstraat en werkte zijn avondeten naar binnen. Zijn telefoon ging voor de vierde keer over, maar hij reageerde niet. Waarschijnlijk was het een telefoontje van Luna of zijn vader. Ze konden zijn rug op, hij ging voorlopig niet naar huis. Het zou toch weer op ruzie uitdraaien. Hij was dit keer wel echt te ver gegaan, maar zijn moeder ging ook niet vrijuit. Ze tergde hem altijd tot het uiterste. Misschien kwam het door haar stem of die blik in haar ogen, maar vanmiddag knapte er bij hem iets vanbinnen.

Wat hij precies in zijn boosheid had geroepen, wist hij niet meer. Weinig goeds in elk geval. Hij was er niets mee opgeschoten. Het enige wat hij wilde, was dat er een keer naar hem werd geluisterd. Dat hij voor de verandering met een glimlach werd verwelkomd en dat er werd gevraagd hoe zijn dag op school was geweest. Een speelse aai over zijn hoofd of een kus op zijn wang. Misschien een beetje kinderachtig dat hij op zijn leeftijd nog naar een aai en een kus verlangde, maar voor een keer zou het fijn zijn.

Waarom deed ze zo opgefokt? Omdat ze geen werk meer had? Er waren duizenden moeders die geen werk hadden en toch met een goed gevoel voor het gezin konden zorgen. Waarom was ze niet gelukkig?

Er was een duiveltje in zijn hoofd geslopen dat wilde dat hij haar pijn deed. Dat hem dwong om telkens een stapje verder te gaan. Het werd steeds moeilijker om die drang te negeren en dat beangstigde hem. Hij had haar tegen de muur gedrukt en het stemmetje had gecommandeerd dat hij haar keel moest dichtdrukken. Hij had het niet gedaan, maar het scheelde weinig. Zijn hand trilde toen hij een frietje naar zijn mond bracht. Was hij gek aan het worden? Het was toch niet normaal dat hij zo veel haat voelde voor zijn moeder? Er rolde een traan over zijn wang. Hij miste haar gewoon.

Ben Goethard liet zich voorzichtig van de behandeltafel glijden en knoopte zijn overhemd dicht.

'U hebt waarschijnlijk wat ribben gekneusd,' zei de arts. 'Ik kan u wat pijnstillers meegeven. Meer kan ik bij een kneuzing niet doen. We hebben de politie ingelicht en als het goed is, zit er een agent in de wachtkamer zodat u aangifte kunt doen.'

'Dank u wel, dokter.' Ben pakte zijn wandelstok uit de hoek en knikte dankbaar. Zijn ademhaling ging raspend op en neer en in zijn waterige ogen was te zien dat hij nog niet over de schrik heen was. De arts hielp hem met het aantrekken van zijn colbert en opende toen de deur voor hem.

'Ik loop met u mee.' Bemoedigend glimlachte de arts de oude man toe.

'Meneer Goethard?' Een man in uniform kwam uit de plastic stoel omhoog en stak zijn hand uit. 'Mijn naam is Daniël Westerbroek van de politie Geldermalsen. Ik heb een kamertje bij de administratie gereserveerd. Zullen we onder het genot van een kop koffie even de zaak doorspreken?'

'Graag. Het spijt me dat ik u tot last moet zijn. De politie heeft wel iets beters te doen dan een oude man als ik...'

Westerbroek wuifde het excuus weg. 'Het is totaal geen moeite om u van dienst te zijn. Komt u maar... Het is niet ver, het is hier om de hoek.'

Goethard sjokte achter de agent aan het kamertje in. Op een laag tafeltje stonden een thermoskan met koffie en kopjes klaar.

'Gaat u hier maar zitten.'

Goethard liet zich kreunend tegenover de agent in een stoel zakken. 'Een gekneusde rib,' verklaarde de man zijn gekerm.

Westerbroek keek hoe de man zijn wandelstok naast zijn stoel op de grond legde en dacht aan zijn vader, die al in het bejaardenhuis woonde. Even oud, waarschijnlijk. Westerbroek trok zijn aantekenboekje naar zich toe. 'Wat een nare zaak. U zult wel geschrokken zijn.'

Met een zucht bevestigde Goethard de bewering. 'Er is geen respect meer voor ouderdom,' mompelde hij wat binnensmonds. 'Zo'n snotaap...'

'Ik heb begrepen dat u in het park bent aangevallen. Wat was de reden, denkt u?'

'Ik zou eigenlijk eerst graag een kopje koffie willen.' Goethard seinde met zijn hoofd naar het dienblad op tafel.

'Natuurlijk. Melk en suiker?'

De oude baas knikte en herhaalde toen de vraag. 'De reden...' Hij dacht een paar seconden na. 'Ik heb me met zaken bemoeid die mij niets aangaan.'

Westerbroek trok zijn wenkbrauw op. 'En wat voor zaken waren dat?' Hij schoof het kopje over de tafel richting de man.

'Ik zag de jongen met de fiets het park binnenrijden. Over het gras... wat verboden is overigens. Maar goed...' Goethard wilde zich naar voren buigen om zijn koffie van tafel te pakken, maar trok een pijnlijk gezicht.

'Laat mij maar...' Westerbroek reikte hem het kopje aan, terwijl Goethard hem dankbaar toeknikte.

'De knaap viel, stond op en begon zijn fiets te molesteren.

Daar heb ik iets van gezegd in de trant van: waar is dat voor nodig en weet je wat een fiets kost? Hij noemde mij een fossiel. Wat denkt dat snotjoch wel niet? Ik laat me door niemand uitkafferen en zeker niet door een aap van nog geen zestien jaar. Ik wilde hem bestraffend toespreken, maar daar kreeg ik de kans niet voor. Hij sloeg in mijn maag en het werd mij helemaal zwart voor de ogen.'

'Zestien jaar, zei u?'

Goethard roerde in zijn koffie en likte het lepeltje af voordat hij het op het schoteltje legde. 'Veertien, vijftien jaar, hooguit zestien. De jongen had mijn lengte.'

'Ongeveer een meter tachtig?'

Het hoofd knikte. Westerbroek schreef het verhaal met een paar steekwoorden op.

'De knaap had kort, donkerblond sluik haar. Een zwarte jas met rits, spijkerbroek en witte gympen.'

Westerbroek keek even op van zijn schrijfwerk en trok een grijns op zijn gezicht. 'U hebt nog een uitstekend geheugen. Mag ik vragen hoe oud u bent?'

'Vierenzeventig jaar.' Hij dronk met een glimlach zijn koffie. 'Ik kijk graag naar politiefilms en dan weet je waar je op moet letten. Hij had blauwe ogen, trouwens.'

'U had het goed gedaan als rechercheur,' lachte Westerbroek en de oude baas lachte mee.

'Misschien. Ik ben stratenmaker geweest en dat is zwaar werk.' Met zijn verrimpelde handen wreef hij over zijn bovenbenen. 'Vandaar mijn versleten knieën.'

'Hij was op de fiets? Kunt u iets meer daarover vertellen? De kleur bijvoorbeeld?'

'Het was een rode damesfiets met een mand voorop aan het

stuur. Ik meen dat het een Gazelle was. Het is denk ik niet genoeg...'

Westerbroek keek de man niet-begrijpend aan.

'Om de knaap te traceren. Er lopen duizenden jongens met blauwe ogen en sluik haar rond.'

'U weet het nooit. Ik moet de twee mannen die u te hulp schoten nog horen en misschien hebben zij wat aanvullende informatie. We doen in ieder geval ons best om de zaak op te lossen.'

'Ik denk dat ik vandaag mijn laatste wandelingetje in het park heb gemaakt. Het park is niet zo goed voor mijn gezondheid als ik had gehoopt. Ik loop graag, weet u... maar het wordt een beetje te riskant allemaal. Ze slaan je tegenwoordig voor een euro je hersenpan in.'

'U mag zich door dit voorval niet laten afremmen. Waarom neemt u niet een mobiele telefoon mee als u naar buiten gaat? Dan kunt u iemand waarschuwen als er iets is.'

'Ik woon al jaren alleen. Wie kan ik bellen? Mijn kameraad van tweeënzeventig!' Hij maakte een wegwerpgebaar. 'Trouwens, ik weet niet hoe zo'n ding werkt en ik wil het ook niet weten.' Hij drukte zich langzaam uit zijn stoel omhoog en Westerbroek gaf hem zijn stok aan. 'Kunt u mij misschien een lift naar huis geven? Het is een aardig stukje lopen en met mijn rib wordt het een lijdensweg.' Hij legde zijn hand op zijn ribbenkast en keek de agent hoopvol aan.

'Natuurlijk, meneer Goethard. Geen enkel probleem.'

16

Jolanda Vermeer zette de schaal met gekookte aardappels op tafel en keek haar man afwachtend aan. Hij seinde met zijn hoofd naar zijn twee zoons en vouwde toen zijn handen. Steef luisterde naar het dankwoord en loerde ondertussen met een oog naar het vleesmes dat op tafel lag. Het was hetzelfde mes waarmee hij Bianca had bedreigd. Het was nooit zijn bedoeling geweest om het tegen haar te gebruiken, maar de situatie vroeg erom. Ze leek totaal niet onder de indruk van het hele gebeuren en het mes was nog het enige pressiemiddel om haar bang te maken. Hij had het mes goed schoongeboend en netjes terug in de keukenla gelegd, zodat zijn moeder het niet zou missen. Hij moest lachen toen hij zag dat de hand van Leander stiekem naar voren kwam en de schaal met appelmoes naar zich toetrok. Zijn broer was verzot op appelmoes en hij was altijd bang dat hij iets tekortkwam. Hij wilde natuurlijk als eerste opscheppen. De schaal maakte nauwelijks geluid over het tafelzeil, maar toch sloeg zijn moeder plotseling haar ogen op. Bestraffend keek ze haar oudste zoon aan en seinde met haar hoofd dat hij zijn actie moest staken. Leander grijnsde wat onnozel en schoof de schaal terug naar het midden.

'Amen...'

Razendsnel schoten de handen van de jongens naar voren, maar Steef had net iets eerder dan zijn broer de appelmoes te pakken.

'Doen jullie toch eens normaal. Het lijkt wel of jullie dagen niet gegeten hebben.' Walter schepte de aardappelen op en schoof de schaal toen richting zijn vrouw.

'Het is hun alleen maar om de appelmoes te doen,' wist zij. 'Op de groenten zijn ze niet zo fel.'

Walter fronste zijn wenkbrauwen en wees naar de schaal met lof. 'Jullie zijn net een stel kleuters. Vooruit, neem ook wat lof.'

'Ik lust geen lof,' beweerde Leander, terwijl hij een vies gezicht trok. 'Er zit altijd een klef sausje overheen en het heeft een raar kleurtje.' Hij begon obsceen te grinniken en Steef grinnikte mee.

'Houden we het wel netjes aan tafel, mannen?'

'Hoezo netjes, pap? Waar denk jij dan aan als je dat kleurtje ziet?'

'Het is gewoon een maïzenapapje,' liet Jolanda de jongens weten. 'Doe niet zo verschrikkelijk kinderachtig.'

'Ik zei alleen maar dat ik sausjes vies vind,' speelde Leander de vermoorde onschuld. 'Pa begon toch over...'

Het gesprek viel stil toen het geluid van de voordeurbel door de gang de kamer in kaatste. Steef verstijfde en trok wit weg. Elk onverwachts geluid maakte hem de laatste tijd zenuwachtig. Hij keek door het raam naar buiten, half verwachtend dat er van alle kanten politiewagens met arrestatieteams in kogelvrije vesten het terrein op zouden scheuren. Hij beet op de binnenkant van zijn wang. Ze kwamen hem halen, het kon niet anders.

'Wie belt er nou op dit tijdstip aan?' Wouter schoof geïrriteerd zijn stoel naar achteren en stond op.

'Waarschijnlijk een collectant,' meende Jolanda. 'Rond etenstijd hebben ze de meeste kans dat mensen thuis zijn. Zo irritant...' Ze spitste haar oren en verwachtte dat Walter met veel stemverheffing de onverlaat de les ging lezen.

'Kom even binnen, dan kun je het hem zelf vragen,' hoorde ze hem zeggen. 'Steef...' Walter kwam met Rijk Bisguet in zijn kielzog de kamer weer binnen. 'Heb jij Danny vandaag nog gezien? Hij is niet thuisgekomen om te eten.'

Steef schudde zijn hoofd. 'Ik heb hem niet gezien.'

'Ik weet dat jullie vrienden zijn en ik dacht...' Het was duidelijk dat Rijk onder zijn schijnbare kalmte hevig verontrust was. De schrik stond in zijn ogen te lezen toen hij met een zucht teleurgesteld zijn schouders liet zakken. 'Hij heeft woorden met zijn moeder gehad en is met een kwade kop vertrokken. Ik had gehoopt dat hij hier was. Hij is de laatste tijd wat opstandig.'

Jolanda was opgestaan en bood de man een stoel aan. 'Ze hebben geen besef wat ze hun ouders aandoen,' zei ze. 'Waar kan hij heen zijn?' Ze keken nu allemaal Steef aan en die haalde zijn schouders op.

'Misschien bij Frits? Of bij de hockeyvereniging?'

'Hebt u hem gebeld op zijn mobiel?' vroeg Walter.

Rijk knikte. 'Hij neemt niet op.'

'Nee, tuurlijk niet,' reageerde Leander laconiek. Hij schudde met zijn hoofd. Volwassenen konden soms zo dom zijn. 'Hij ziet toch dat ú belt. Ik zou ook niet opnemen als ik thuis ruzie heb. U moet iemand anders laten bellen. Als Steef belt dan neemt hij wel op.'

'Dat is een goed idee.' Trots klopte Jolanda Leander op de schouder. 'Steef, waar is je telefoon?'

Nijdig keek Steef zijn broer aan. Hij wilde zich liever niet met de ruzie bemoeien. Het voelde als verraad, maar hij had nu geen keus. Ze stonden met z'n vieren in zijn nek te hijgen. Met tegenzin activeerde Steef het nummer van Danny.

'Vraag waar hij is,' commandeerde zijn moeder.

'En niet vertellen dat zijn vader hier is,' zei zijn vader. 'Dat schrikt misschien af.'

De beltoon ging een lange tijd over en even leek het erop dat Steef het geluk aan zijn kant had. 'Hallo!' Danny's stem klonk nors.

'Met Steef. Waar ben jij?'

'Hoezo?'

Een code... Hij moest op de een of andere manier Danny waarschuwen dat hij dit telefoontje niet serieus moest nemen. 'Dan kom ik even naar je toe. Misschien heb je zin om bij Dingemans een partijtje tafelvoetbal te spelen.'

Dingemans was een cafetaria in het centrum, waar ze vroeger wel eens kwamen. De zoon van de eigenaar zat bij Danny in de klas en sinds die twee ruzie hadden, had de tent afgedaan. Misschien ging er bij Danny nu een belletje rinkelen. Maar helaas, Danny had de hint niet opgepakt.

'Ik zit bij de Oase een frietje te eten. Kom maar hierheen. Ik heb trouwens voor vanavond een slaapplek nodig. Kan ik bij jou blijven pitten?'

'Dat denk ik niet. We hebben bezoek...'

Walter maakte een gebaar dat Steef het gesprek moest afronden. 'Ik kom eraan. Wacht buiten maar op me.'

Hij drukte het gesprek weg en haatte op dat moment zijn lafheid. 'Hij is bij de Oase, dat is naast de Interpol-bioscoop in Hagestein.'

'Ik weet waar het is. Bedankt voor je hulp, Steef.'

Rijk Bisguet parkeerde zijn Mercedes op het parkeerterrein achter de bioscoop en liet even zijn hoofd op het stuur zakken. Er waren soms situaties die hij niet wist op te lossen. En dit was zo'n situatie. Wat Danny had gedaan was onvergeeflijk. Hij had nooit zijn hand mogen oplichten naar zijn moeder, maar daarentegen had Thea net zo goed schuld met haar eeuwige gefit op van alles en nog wat. Ze had de tafel voor drie personen gedekt en toen hij vroeg waar Danny was, had ze haar schouders opgehaald.

'Hij hoeft wat mij betreft voorlopig niet meer thuis te komen,' had ze gemompeld.

Het was Luna die hem uiteindelijk op de hoogte bracht. Vol ongeloof had hij zijn vrouw aangestaard en hij voelde zijn onmacht en boosheid groeien. Dat het zo uit de hand zou lopen had hij nooit gedacht. Twee jaar terug droeg ze de jongen nog op handen en was het Danny voor en Danny na. Nu vlogen ze elkaar in de haren. Hij had Luna naar haar kamer gestuurd, zodat hij vrijuit met zijn vrouw kon praten. Het was een precair onderwerp en hij wist dat de kans groot was dat ze zich tegen hem ging keren. Een ruzie was onvermijdelijk, maar dit keer moest hij haar voor eens en altijd wakker schudden.

Verontwaardigd had ze op zijn aantijgingen gereageerd en toen hij haar geen ruimte gaf om in haar slachtofferrol te kruipen, was ze woedend opgesprongen. Ze begon te tieren en te schelden, en wilde niet langer met Danny in één huis wonen. Het was hij eruit of zij. Hij was een gevaar voor het hele gezin, beweerde ze. Rijk had haar met een trieste blik in zijn ogen aangekeken en legde toen zijn hand op tafel. Ze keek naar het velletje papier dat hij naar voren schoof. Hij tilde zijn hand op en ze zag toen de foto van Danny als kleuter. Vol trots zat hij op zijn driewieler en keek met een ontwapenende glimlach in de lens.

'Je hebt het over Danny. Onze Danny. Ons kind.'

Ze vocht tegen haar tranen toen ze het kiekje van tafel pakte en de herinneringen uit die tijd kwamen bovendrijven.

'Wij hebben hem gemaakt tot wat hij nu is. Hij was altijd een lief en vrolijk kind. Hij is nu even de weg kwijt. En jij ook! Het is genoeg geweest. We gaan hulp zoeken, als gezin.'

Thea trok verongelijkt met haar mond.

'Ik laat ons kind niet in de steek, dat heeft hij niet verdiend.'

Haar lip begon te trillen en uiteindelijk kwamen de tranen. Hij had gelijk. Ze had hulp nodig en diep vanbinnen wilde ze niets liever. Rijk zuchtte en het leek uit zijn tenen te komen. Zijn vrouw had hij overtuigd en nu Danny nog...

Rijk gooide het portier open. Hij snoof de koude wind naar binnen in de hoop dat het hem moed zou geven en duwde toen de deur in het slot. Met zijn handen in zijn zakken liep hij naar de voorkant van de straat en ontdekte Danny in kleermakerszit op het muurtje naast de vuilcontainer. Hij hield zijn pas in en observeerde de magere rug van zijn zoon. Wat ging er in het hoofd van die jongen om? Was hij bang, had hij verdriet of was het alleen maar woede? Misschien was het alle drie.

Alsof Danny de aanwezigheid van zijn vader voelde, draaide hij zich met een ruk om. Hij gleed van het muurtje en ging direct in de aanval. 'Wat kom je doen?'

'Rustig Danny. Ik wil alleen maar weten hoe het met je is.'

'Klote!'

'Dat geloof ik best.' Rijk klopte uitnodigend met zijn hand op het muurtje en nam zelf plaats.

'Hoe wist je dat ik hier... o!' Hij lachte zuur en zakte naast zijn vader neer. 'Steef?'

'Je moet hem niets kwalijk nemen. Ik heb hem gedwongen.' Rijk staarde voor zich uit en zocht naar de juiste woorden. 'Ik heb met je moeder gesproken.'

Danny trok zijn mondhoek schuin omhoog. 'Nou, dat zal vast een gezellig gesprek zijn geweest. Luister pa, het was zelfverdediging. Ze viel me aan met een melkpannetje.'

'Dat was fout van haar. Maar toch... Jij had haar niet moeten vastpakken. Het is je moeder.'

'Ik laat me niet slaan,' snauwde Danny opstandig. 'Ik snap niet waarom ze mij altijd moet hebben.'

Er trok een trieste glimlach over zijn vaders gezicht. 'Waarschijnlijk omdat jullie zoveel op elkaar lijken. Ze heeft verschrikkelijk veel spijt van alles.'

'Heeft ze dat gezegd? Ik geloof er geen bal van.'

'Het is echt waar. Ze wil het je zelf vertellen, maar ik ga je niet dwingen om mee naar huis te gaan. Dat moet je zelf willen.'

'Ze maakt altijd ruzie. Is het niet met mij dan is het met jou. Ik snap niet dat jij het zo lang bij haar uithoudt.'

'Dat heet nou liefde.' Er trok een glimlach over Rijks gezicht. 'Je moeder is niet altijd zo geweest, dat weet jij ook. Het komt door de stress, door de tegenslagen die ze heeft moeten verwerken. Of nog beter... niet heeft verwerkt. Ze heeft ingestemd met gezinstherapie en een cursus woedebeheersing en omgaan met agressie. Ik had de folder al een paar weken op mijn bureau liggen, maar wist eigenlijk niet goed hoe ik dit bij jullie moest neerleggen.'

'Hoezo bij jullie?'

'De therapie is voor het hele gezin, de cursus is voor jou en je moeder. Ik zou het fijn vinden als jij ook meedeed. Het zou je trouwens geen kwaad doen.' Hij klopte vriendschappelijk bij Danny op zijn been. 'Je bent de laatste tijd wat opgefokt.'

'Vind je het gek?'

'Nee! Daarom deze cursus. Het kan ons allemaal helpen. Doe je mee? Ik wil graag dat het weer zoals vroeger wordt. Weet je nog dat we toen veel lol hadden?'

'Ik kan me niets herinneren,' zei hij tegendraads. Hij had geen zin om nu plotseling, omdat het zijn vader uitkwam, als een blij hondje op te springen en mee naar huis te huppelen. Hoe vaak had zijn vader niet tijdens een ruzie de kant van zijn moeder gekozen? Ontelbare keren. En dat alleen maar om de goede vrede.

'Ik kan vragen of je vanavond bij Steef mag logeren. Dan kom je morgen naar huis als dat prettiger voelt.' Danny trok met zijn mond. Hij had weinig zin om de ouders van Steef erbij te betrekken. Straks kwamen die ook met een preek.

'Dat is niet nodig. Ik ga wel met je mee. Maar één verkeerd woord en dan ben ik weg.'

'Afgesproken.'

'Waar wordt die cursus eigenlijk gegeven?' Danny liet zich van het muurtje glijden en wachtte totdat zijn vader zijn voorbeeld volgde.

'In Utrecht, ongeveer dertig minuten rijden.' Rijk sloeg zijn arm rond Danny's schouders. Maar die schudde zijn vaders arm weer van zich af. Op dat soort broederschap zat hij niet te wachten.

17

Rob van Buren parkeerde zijn auto voor het politiebureau op een plek die voor bezoekers gereserveerd was. Hij hees zichzelf uit de auto en pakte met een zucht de plastic tas met zijn lunch van de achterbank. Hij werd al misselijk bij het idee dat hij vanmiddag weer een shake naar binnen moest werken. Het enige effect dat het dieet op hem had, was dat het zijn humeur ondermijnde. Met zijn toegangspas in de aanslag liep hij het bureau binnen en begroette zijn collega achter de balie, die even opkeek van haar werk. De deur naar het kantoorgedeelte sprong open toen hij zijn pas voor het oog hield. Hij beende naar het trappenhuis en checkte zijn horloge. Zoals gewoonlijk was hij te laat, hoewel het voor zijn doen nog meeviel. Twaalf minuten. Wat waren nou twaalf minuten op een hele dag? Hij haastte zich zuchtend omhoog.

Op de tweede etage was de rechercheafdeling van het district ondergebracht, opnieuw beveiligd met een elektronisch oog bij de toegangsdeur. Volgens Van Buren een totaal overbodige maatregel in een beveiligd politiebureau; dat zorgde alleen maar voor onnodig oponthoud. Net zoals het bizarre idee dat niemand, met uitzondering van de recherche-chef en zijn managers, een vaste werkplek had. Elke ochtend reed men met een ladekast op wielen door de gang, op zoek naar een lege werkplek. Wie vroeg kwam werken, had de beste kamer, die met uitzicht op het groen. Het waren steriele, onpersoonlijke, witgekalkte werkruimtes; de ene kamer groter dan de ander, zonder planten, posters of foto's van dierbaren op het bureau. Alleen voor een onderzoeksteam werd voor een langere periode een vaste kamer gereserveerd, omdat het de kwaliteit van het recherchewerk ten goede kwam.

Het onderzoek naar de aanranding op het Kruksepad was nog niet ondergebracht bij een team. Van Buren had een vooronderzoek mogen doen en de zaak intrigeerde hem dusdanig, dat hij ging proberen om de opdracht binnen te slepen. Met grote passen beende hij het kantoor van de recherchechef binnen, die over zijn bril Van Buren onderzoekend aankeek.

'Ik heb eens nagedacht,' begon Van Buren zijn relaas.

Harrie Linthorn trok cynisch zijn wenkbrauw op. Hij had een bijdehante opmerking kunnen maken, maar hield wijselijk zijn mond.

'Die aanrandingszaak op het Kruksepad zit me niet lekker. Er klopt iets niet in het verhaal. Je hebt nog niemand op de zaak gezet en ik zou die graag verder willen onderzoeken. Geef mij wat mensen en dan...'

Harrie schoot in de lach. 'En waar moet ik die mensen zo snel vandaan halen, meneer de rechercheur? Al mijn mensen zijn ondergebracht in verschillende teams en daar hoor jij ook bij. Volgens mijn laatste gegevens ben jij ingedeeld als administratief rechercheur bij een fraudezaak.'

'Je weet dat administratie en computers niet mijn ding zijn. Ik ben er een van de oude garde. Ik wil de straat op. Er zitten twaalf rechercheurs op het fraudeonderzoek. Ze kunnen mij daar best missen. Desnoods doe ik de zaak in de avonduren.'

'Je weet dat de arbeidsinspectie daar niet mee akkoord gaat.'

'Haal me dan gewoon van het fraudeonderzoek af.'

Linthorn trok zuchtend zijn bril van zijn gezicht. 'De aanrandingszaak kan gemakkelijk een paar maanden wachten.'

'Is dat zo? Ik durf te wedden dat als het slachtoffer de dochter van een of andere hoge pief was geweest, het team al paraat stond.'

'Dat is klinkklare onzin en dat weet je donders goed, Van Buren.'

'Het gaat hier om een jonge vrouw. Een bang meisje, dat elke dag bidt dat ze haar belagers niet weer tegen het lijf loopt. In mijn beleving kan een fraudezaak nooit zo belangrijk zijn, dat die voorrang krijgt op een aanranding.'

De recherchechef smeet zijn bril op tafel en had moeite zijn kalmte te bewaren. 'Ik heb ook met het meisje te doen, maar mijn orders komen van hogerhand en orders zijn orders. Ik weet dat jij daar maling aan hebt, maar ik dus niet.'

'Dat vind ik nou klinkklare onzin. Waarom laat jij je oren hangen naar een paar hoge piefen op het hoofdbureau? Jij moet de tent hier draaiende houden, jij bent hier de baas. Luister Harrie, ik zit de hele dag lijsten door te spitten. Daar heb je geen rechercheur voor nodig. Laat mij de aanrandingszaak doen. Hoeveel tijd kan zoiets opslokken? Voordat ze bij het fraudeteam in de gaten krijgen dat ik er niet ben, is de aanranding waarschijnlijk al opgelost.'

'Stel dat ik akkoord ga…' Zuchtend strengelde Linthorn zijn vingers ineen. 'Waar haal ik dan de mensen vandaan om een nieuw team op te starten?'

'Geef mij Sera, Cees en Appie. Sera heeft al een vooronderzoek gedaan. Die is redelijk op de hoogte van de zaak.'

'Sera zou kunnen, maar Cees? Dat is uitgesloten. Die is gisteren naar Nijmegen vertrokken en zit nu op een onderzoek naar een ramkraak. Appie is op cursus en daar is voor betaald. Je kunt Heleen Resmann krijgen. Ze komt morgen weer werken.'

'Heleen...' Rob fronste zijn wenkbrauwen. 'Is het wel zo verstandig om haar nu al bij een onderzoek te betrekken? Ze is een jaar uit de roulatie geweest.'

'Ik dacht dat jij haar altijd zo hoog had zitten?'

'Dat heb ik ook. Maar haar concentratie is nog niet optimaal, want een chemo werkt nog maanden door.' Van Buren wist uit ervaring wat chemotherapie met je lichaam deed.

Linthorn haalde zijn schouders op. 'Volgens de bedrijfsarts mag ze halve dagen werken en een arts is volgens mij toch de specialist. Ze kan de gegevens in het systeem zetten en zelf haar tempo bepalen. Of...' Linthorn begon te grijnzen. 'Of ik kan natuurlijk ook Jonas Verbiest in jouw team plaatsen. Hij komt een paar dagen stage lopen op de afdeling.'

'Jonas Verbiest!' Van Buren trok afkeurend met zijn mond. Hij had over de knaap gehoord. Jonas Verbiest was, ondanks zijn jonge leeftijd, inspecteur en de geruchten gingen dat hij de nieuwe hulpofficier van justitie ging worden. Het was voor Van Buren een raadsel dat Verbiest met zijn staat van dienst überhaupt op de lijst met kandidaten kon staan. Vermoedelijk was zijn vader, een hoge pief in het korps, daar debet aan.

'Ik geloof niet dat ik de jongen veel kan leren,' gromde Van Buren. 'Als ik zie hoe snel hij carrière maakt, dan verdoet hij zijn tijd in mijn team. Ik heb dan toch liever Heleen in het onderzoek. Daar heb ik meer aan dan aan een papa's kindje.'

'Ik zou maar voorzichtig zijn met je uitspraken,' meende Harrie. 'Ze zullen je niet in dank worden afgenomen.'

'Daar heb ik maling aan.'

'Dat weet ik.' Linthorns ogen glinsterden. Stilletjes wist hij het tegendraadse karakter van de rechercheur wel te waarderen. 'Oké. Ik geef je vier weken de tijd om de zaak op te lossen en geen dag meer.'

Heleen Resmann liet haar blik langs de gevel van het politiebureau glijden en zocht de ramen af. Het voelde wat vreemd om na een jaar van afwezigheid terug te zijn. De ziekte had haar veranderd. Er was een onzichtbare vijand in haar leven gekomen: kanker. De angst dat de ziekte opnieuw ergens in haar lichaam zou opduiken, drukte zwaar op haar schouders. Ze had de hele cyclus ondergaan: een chemobehandeling, borstamputatie en de nodige bestraling. Ze moest het vertrouwen in haar lijf terugvinden, maar het leek niet echt te lukken.

Langzaam kwam ze in beweging. Wat onwennig liep ze het gebouw binnen. Ze viste haar toegangspas uit haar jaszak. De deur maakte een zoemend geluid en sprong open. Traplopen zou te veel energie kosten, dus nam ze de lift. Op de tweede etage stapte ze uit. Er was niemand te zien. Waarschijnlijk zaten haar collega's in de kantine aan de koffie. Ze besloot zich eerst bij Linthorn te melden om te horen wat ze met haar van plan waren. Toen zwaaide de deur van het trappenhuis open. 'Heleen...'

Ze bevroor toen ze de vertrouwde stem van Van Buren herkende. Hoe ging hij reageren op haar hoofddoek en grauwkleurige gezicht?

'Meid, je ziet er goed uit.' Hij drukte haar spontaan in zijn armen. 'Ik heb je gezeur gemist,' bekende hij.

'Ja, dat geloof ik direct.' Lacherig wrong ze zich los uit zijn omhelzing. 'Hebben ze je nog wat manieren kunnen bijbrengen toen ik weg was?'

'Weinig. Kom, je zit in mijn team. Ik heb de beste kamer in beslag genomen. Je ladenblok staat al klaar.'

Sera kwam met een dienblad de kamer binnen. Ze bleef in het midden staan en keek Heleen, die zich het achterste bureau in de kamer had toegeëigend, glunderend aan. 'Een heerlijke Turkse traktatie om te vieren dat je terug bent.' Ze schoof het dienblad op het lege bureau, naast dat van Van Buren en strekte haar armen uit.

'Schat, geef me een knuffel. Ik ben zo blij je weer te zien.' De vrouwen omhelsden elkaar.

Van Buren wreef verlekkerd in zijn handen toen hij de schaal met zoetigheid zag staan. 'Een betere start van de maandagochtend kan ik mij niet bedenken. Dit houden we erin. Als jij nou elke maandag wat Turkse lekkernijen meebrengt?'

'Op je bolle ogen,' reageerde Sera fel. 'Ik dacht dat jij aan de shakes zat.'

'Alleen tussen de middag.'

Heleen schudde meewarig haar hoofd. 'Er is weinig veranderd, merk ik. Je bent aan je zoveelste lijnpoging begonnen?'

'Je kunt niet zeggen dat ik geen doorzetter ben, meende Van Buren terwijl hij een hapje van het schoteltje pakte. Hij trok zijn bureaula open en viste een verfrommeld servetje uit de troep naar boven.

'Oké, dames.' Zijn stem klonk plotseling serieus. 'Ik wil met jullie het verdere plan van aanpak doorspreken.' Hij legde de papieren met zijn bevindingen op tafel en woog de onderzoeksmogelijkheden af. 'We zijn met drie personen om de klus te klaren. Helaas... Heleen... Maar ik ga jou de meest geestdodende klusjes geven die er zijn. Je kunt het beter langzaam opbouwen en te veel verantwoordelijkheid lijkt mij in jouw situatie niet verstandig. Ik bedoel...' Hij zuchtte en ze begon te lachen.

'Doe niet zo moeilijk. Ik vind het juist rustgevend om te weten dat een gemaakte fout niet cruciaal zou zijn.'

'In dat geval...' Van Buren legde een stapel papier, die slordig in een bruine map was gestoken, op tafel. 'Ik heb de zendmastgegevens opgevraagd. Elke mobiele telefoon die is gebruikt op het Kruksepad tussen zes en twaalf uur 's nachts staat geregistreerd. Misschien zit er een nummer tussen van iemand die in ons systeem voorkomt. Als jij de nummers wil controleren...' Van Buren bladerde door zijn aantekeningen en keek toen even op. 'Sera, jij gaat bij uitgaansgelegenheden in het centrum informeren of een groep jonge gasten ergens huis heeft gehouden. Een vechtpartij wordt niet altijd aan de politie gemeld, omdat het slecht is voor de klandizie. Ik controleer ondertussen in het systeem of er de laatste weken elders in de buurt meisjes zijn lastiggevallen.' Van Buren schoof zijn stoel naar achteren en stond op. 'Zijn er nog vragen of opmerkingen?'

De vrouwen schudden ontkennend hun hoofd.

'Goed, dan gaan we boeven vangen.'

Het team had drie dagen geleden de achterste kamer in de gang in beslag genomen. Het was een ruime kamer met vier bureaus en een rij dossierkasten langs de muur. Van Buren had het in dat korte tijdsbestek voor elkaar gekregen om er een puinhoop van te maken. Het was een gave, beweerde hij en waarschijnlijk was dat ook zo. Zijn administratie was een georganiseerde chaos waar alleen hij wijs uit kon worden. Op de grond lagen dossiers die niets met de zaak van doen hadden. De boeken met juridische wijsheden lagen opengeslagen op zijn bureau en waren ondertussen ondergesneeuwd met formulieren, foto's en lijsten. Op de rand van zijn bureau balanceerde een stapel memo's en verslagen. Op een van de stoelen lag een stapel gele en bruine mappen die Van Buren automatisch had meeverhuisd, maar die waarschijnlijk al maanden geleden in het algemene archief hadden moeten liggen. Het vierde bureau had hij voor het gemak ook in beslag genomen. Het was volgeplakt met gele memoblaadjes. Dringende boodschappen die hij beslist niet mocht vergeten. DNA-ONDERZOEK SHIRT SLACHTOFFER stond er op een geschreven.

18

Vrijdagavond 20.00 uur. Peter kwam de chalet binnen en smeet zijn sporttas in de hoek van het nauwe gangetje. Hij begroette zijn vrienden en zette een plastic tas gevuld met flesjes bier op het aanrechtblad met de mededeling dat het een erfenis van zijn moeders ex was.

Ongeduldig mopperend zaten ze op Danny te wachten. Ze zouden de nieuwe klus bespreken en uitgerekend nu kwam Danny te laat. Steef twijfelde of hij zijn vrienden moest vertellen over het bezoek van Danny's vader maar tegen negenen, toen de sfeer steeds grimmiger werd, klapte hij uit de school.

Niemand was echt verbaasd. Peter beweerde zelfs dat Danny's moeder een bitch was, maar dat dat nog geen reden was om te laat te komen. Danny had altijd ruzie. Frits had dat direct beaamd, want hij zag Danny en zijn driftbuien als een gevaar voor de groep. Ze hadden Danny niet nodig, ze konden de plofkraak gemakkelijk met zijn vieren aan.

Frits had het stratenplan uit de keukenla gepakt en uitgevouwen op de grond gelegd. Hij keek wat vreemd op toen Peter met een arrogant gebaar een stapeltje foto's uit zijn tas viste en een voor een op de grond naast het plan rangschikte. 'Ik heb een vooronderzoekje gedaan en een foto geeft een veel beter beeld van de situatie.'

Frits had niet gereageerd toen Steef Peter een compliment gaf voor zijn initiatief, maar het stak hem wel. Het leek wel of Peter met de eer wilde gaan strijken. Het was verdomme toch zijn plan?

Frits liet zich op zijn knieën zakken en wenkte dat de anderen zijn voorbeeld moesten volgen. Ze zaten gebogen over de informatie, terwijl hij het plan doorsprak. Peter maakte al direct bezwaar bij het eerste punt. Frits wilde met drie scooters op pad, maar Peter wilde met vijf scooters, zodat als het fout ging ze ieder een andere kant op konden vluchten en de pakkans daardoor verkleind zou worden. Volgens Frits was het veiliger als er iemand achterop zat. Die kon in de gaten houden of ze gevolgd werden. Er waren altijd automobilisten die de held wilden uithangen en een achtervolging inzetten.

'Iemand achterop is een ballast die de wendbaarheid en snelheid uit de scooter haalt,' meende Peter. 'Snelheid en wendbaarheid hebben we hard nodig tijdens de vlucht.' Met een donker gezicht had hij Steef aangekeken in de hoop dat die hem gelijk zou geven.

'Je kunt niet twee dingen tegelijkertijd: sturen en het verkeer achter je observeren,' verdedigde Frits zijn voorstel.

Peter maakte een spottend gebaar. 'Wie is er nou nog zo laat op straat? Er komen echt geen hordes mensen achter ons aan.'

'Eén is anders genoeg.' Frits begreep niet waarom Peter plotseling zo moeilijk moest doen. Hij had zich toch ook niet met het plan van Danny bemoeid? 'Het is mijn plan,' viel Frits uit toen bleek dat hij het waarschijnlijk ging verliezen.

'Nou en? Dat wil toch niet zeggen dat we jouw ideeën klakkeloos moeten overnemen? Ik bepaal zelf wel of ik een risico wil nemen of niet. We stemmen! Wie is er voor iemand...'

De deur werd plotseling opengetrokken en geschrokken draaiden de jongens zich om. Frits had in een reflex het stratenplan achter zijn rug weggefrommeld en kwam wankelend omhoog.

Danny verscheen met een brede grijns in de deuropening. 'Sorry, ik ben wat laat. Er waren wat hobbels op de weg.'

'Ik schrik me rot,' gromde Frits, die de kaart weer op de grond neerlegde en het papier gladstreek. 'Heb je nog nooit van kloppen gehoord?'

'Hoi, Danny...' Snel krabbelde Steef omhoog. Hij was bang dat Danny kwaad tegen hem zou uitvallen en hij zich dan liggend moest verdedigen. Maar Danny was uiterst kalm. Hij zette zijn sporttas op de grond en groette Steef met een kort knikje.

'We waren alvast begonnen,' reageerde Steef nog steeds afwachtend. 'We dachten dat je niet meer zou komen.'

'Waarom niet? Er zijn wat problemen met mijn ouwelui, niets ernstigs.' Hij keek Steef uitdagend aan. 'Of dacht je dat ik niet kwam omdat jij mij zo nodig moest verlinken met dat schijnheilige telefoontje?'

'Luister nou, Danny... Ik kon niet anders. Je vader stond plotseling voor de deur en mijn ouders wilden dat ik iets deed. Toen kwam mijn achterlijke broer met het idee dat ik jou moest bellen met een smoes. Ik heb nog geprobeerd je te waarschuwen. Je snapte de hint niet. We komen toch al jaren niet meer bij Dingemans. Waarom zouden we dan die avond wel gaan?'

Danny glimlachte met tegenzin. 'Zo erg was het nou ook weer niet. Ik heb het met mijn ouders uitgesproken en het is thuis voorlopig weer even rustig.' Hij voelde zich niet geroepen om uitleg te geven. Hij ging zijn vrienden niet vertellen dat hij met zijn moeder een cursus woedebeheersing ging volgen. Niet dat hij vond dat hij zo'n cursus nodig had. Hij was een relaxte jongen als mensen normaal met hem omgingen. Hij had alleen maar ja gezegd om van het gezeur af te zijn. Ze kwamen er vanzelf wel achter dat het weggegooid geld was. Ruim drieduizend euro kostte het geintje... Een leuke vakantie zou een beter initiatief zijn geweest. Niet dat iemand ooit naar zijn mening vroeg. Therapie...

'Wat is het plan?' Danny liet zich naast Peter op zijn hurken zakken en bekeek nieuwsgierig de foto's die door al het tumult verspreid over de grond lagen.

'We wilden net gaan stemmen. Drie scooters met twee van ons achterop als uitkijk of ieder op zijn eigen scooter waardoor we sneller kunnen vluchten als het nodig is,' zei Maurice. 'Ik ben voor drie scooters...'

Frits knikte en stak zijn hand op. 'Ik ook. Steef?'

Steef knikte. 'Ik kies voor het plan van Frits.' Danny haalde onverschillig zijn schouders op. 'Het maakt mij niet uit.'

'Mooi! We gaan met drie scooters,' zei Frits en hij boog zich weer over het plan. 'We willen rond drieën toeslaan,' zei hij.

'Nee, jíj wil om drie uur toeslaan,' viel Peter hem boos in de rede omdat zijn idee was weggestemd. 'Ik vind dat we pas om halfvijf in actie moeten komen. Hoe later, hoe minder mensen we op straat tegenkomen.'

'Dat klinkt logisch,' steunde Steef Peters voorstel.

'Dan wordt het halfvijf,' zei Frits grootmoedig. 'Ik zet de wekker wel, zodat we ons niet kunnen verslapen.'

Zijn toegeeflijkheid stemde Peter iets milder. Zonder geruzie werd de rest van het plan stap voor stap uitvoerig besproken. Er werd eenstemmig geknikt, totdat er iemand moest worden aangewezen die op de uitkijk ging staan.

'Wie gaat dat doen?' vroeg Steef en automatisch keek hij naar Maurice.

'Ik niet!' riep Maurice snel. Moederziel alleen op een donker hoekje de wacht houden zag hij niet zo zitten. 'Ik heb al bij de bakker op de uitkijk gestaan.'

'Dat is waar. Het moet een van jullie drie worden,' besloot Frits. 'Het maakt mij niet uit wie, we loten erom.' Hij pakte drie lucifers van tafel en brak er een doormidden. 'Wie de kortste lucifer trekt, blijft bij de scooters.' Hij stak zijn vuist met de stokjes naar voren en mokkend trok Peter een lucifer uit de knuist omhoog. Opgelucht haalde hij adem toen bleek dat zijn lucifer nog intact was.

'Ga jij maar eerst.' Steef seinde naar de hand en Danny veerde naar voren. Hij wurmde een stokje omhoog. Vloekend stak hij de afgebroken lucifer in de lucht en viel toen mokkend achterover.

Ze lagen op luchtbedden in het woonkamertje te wachten, zij aan zij, totdat de klokradio aangaf dat het tijd was om te gaan. De bedoeling was dat ze een paar uur zouden slapen, maar de spanning hield hen wakker. Om scherp te blijven, hadden ze zich voorgenomen om geen druppel alcohol te drinken. Ze konden zich geen fouten permitteren. De tv stond zacht en alleen het lampje van de afzuigkap verlichtte zwakjes de ruimte. Ongeduldig informeerden ze om beurten naar de tijd. Er werd eindeloos gefantaseerd over wat ze met het geld gingen doen en hun enthousiaste plannen groeiden met de minuut. Op de bank lagen vijf stapeltjes kleding klaar. De bivakmutsen lagen bovenop, samen met een paar handschoenen en een lege rugtas voor het geld. Twee uur vijftien.

'Een biertje kan toch geen kwaad,' vond Steef die het wachten beu werd. 'Tegen halfvijf is de alcohol echt wel uit je lijf.'

Ze vonden dat hij gelijk had en ze wipten een flesje open. Zuinig dronken ze het gerstenat naar binnen. Na vier glazen cola was het een welkome afwisseling. De wijzers van de klok kropen langzaam vooruit. Nogmaals werd de strategie besproken. Ze gingen met drie scooters. Frits, Maurice en Steef waren de meest ervaren scooterrijders. En ervaring had je nodig als je vol gas meters over de stoep en via een wirwar van nauwe fietspaden de weg naar huis moest vinden. Kwart voor drie. Een tweede fles bier werd soldaat gemaakt. Dat was dan ook echt de laatste had Frits geroepen. Maurice was wel zeven keer naar de wc geweest. Ze hadden hem uitgelachen toen hij beweerde dat hij een zwakke blaas had. Hij baalde omdat hij zich had voorgenomen, dat hij dit keer de zenuwen geen kans zou geven. Maar naarmate de tijd verstreek, staken de zenuwen vanzelf de kop weer op. Kwart over drie.

'Ik kleed me alvast aan,' had Steef gemompeld. 'Een kwartiertje eerder maakt ook niets meer uit. Ik word gek van dat wachten.' Hij was over het luchtbed van Peter en Danny naar zijn stapeltje kleren gestrompeld. Hij trok zijn spijkerbroek over zijn dunne benen omhoog en ritste hem dicht.

'Opgepast...' Danny kroop op handen en voeten naar het voeteneind en trok zich aan de bank omhoog. 'Geef mijn broek ook maar aan.'

Steef gooide het kledingstuk naar hem toe terwijl hij onhandig de sweater over zijn hoofd probeerde te trekken.

'Je hebt hem achterstevoren aan, sul,' zei Danny lachend

toen de capuchon bij Steef op zijn borst bungelde. Peter kroop nu ook naar het voeteneind en graaide zijn hoopje kleding naar zich toe. Hij lag op zijn rug en stak onhandig zijn beide benen in de broek. Proestend rolde hij naar rechts, over het luchtbed van Frits.

'Laten we wel serieus blijven,' beet Frits zijn vrienden toe.

Het was kwart voor vier toen het vijftal door de tuin sloop. Ze meden het grindpad dat rond het huis lag en duwden de scooters over het gras vooruit. De ramen in de villa waren donker. De familie Ouwekerk lag nog nietsvermoedend te slapen. De verlichting boven de voordeur van het huis sprong automatisch aan toen de bewegingssensor het groepje registreerde. Een paar meter buiten het hek werden de scooters gestart. Peter en Danny hadden de sporttassen op hun rug gehangen en sprongen achterop. Ze gaven de bestuurders het sein dat ze konden vertrekken. De scooters reden achter elkaar aan de straat uit. Zoals verwacht kwamen ze, op één auto na, niemand tegen onderweg. Het verkeerslicht knipperde toen ze de kruising overstaken. Ze reden een woonwijk binnen en sloegen aan het eind van de weg rechtsaf, richting de openbare bibliotheek. De rit duurde hooguit twintig minuten.

Naast de ingang van de bibliotheek, in een donkere hoek, werden de scooters op de standaard getrokken en kwamen de bivakmutsen onder de buddyseats tevoorschijn.

Frits keek om zich heen en de kust leek veilig. Hij trok de muts over zijn hoofd en tilde het explosief voorzichtig uit de tas. 'Zijn we er klaar voor?' Er werd geknikt. Opgewonden gaf Peter Steef een stomp op zijn schouder voordat ze in de steeg verdwenen. De sleutels zaten nog in het contactslot en de scooters stonden met het voorwiel in de richting vanwaar ze waren gekomen.

Danny had zijn rug tegen de donkere gevel gedrukt en hield zijn mobiel paraat. Hij had zijn bivakmuts niet naar beneden gerold en die bedekte alleen zijn haren. Wat had het voor nut als hij alleen in het donker de wacht moest houden bij een paar scooters? Zodra hij de explosie hoorde, zou hij een voor een de scooters starten zodat ze klaarstonden om te vluchten. Hoelang kon een plofkraak duren? Tien minuten hadden ze geschat.

Danny drukte de klok op zijn mobiel open. Er waren pas vijf minuten verstreken. Onrustig verplaatste hij zijn gewicht van de ene voet op de andere en keek naar de seconden die wegtikten. Geduld was niet zijn sterkste kant.

Met de gevel in de rug waren de jongens de steeg uit gekomen. Ze liepen zo snel mogelijk in gebukte houding richting de pinautomaat.

Frits stak zijn hand omhoog en ze stopten. Hij keek voor de zekerheid nog een keer om zich heen. Nog een paar stappen. 'Alles veilig...'

Weifelend kwam Steef in beweging en Peter gaf hem geïrriteerd een duw. 'Schiet op!' Frits stak zijn hand naar Maurice uit en bewoog ongeduldig met zijn vingers.

Onhandig rommelde Maurice in de tas. Hij vloekte toen de muts langzaam over zijn ogen zakte. Met een ruk trok hij de muts omhoog, zocht nogmaals in de tas en overhandigde Frits uiteindelijk een grote rol tape.

Steef drukte de koker tegen het vensterglas van de pinautomaat terwijl Frits met zijn tanden een strook tape van twintig centimeter afscheurde. Hij plakte de tape over de koker aan het glas vast en scheurde een tweede stuk tape af. Na vier lagen tape siste hij naar zijn kameraden dat het zo wel goed moest zijn en duwde de rol in Maurice' handen.

Peter pulkte de reep katoen van de koker los en trok toen een doos met lucifers tevoorschijn.

Ondertussen had Steef dekking gezocht achter de dichtstbijzijnde auto en Maurice volgde zijn voorbeeld.

Peter stak zijn duim in de lucht. Frits gaf een teken dat de lont kon worden aangestoken en kroop zelf achter een elektriciteitskast weg. Waarschijnlijk was de katoenen reep gedrenkt in een ontvlambaar goedje, want die brandde direct. Het vuur vrat zich een weg omhoog, terwijl Peter zich zo snel mogelijk uit de voeten maakte. Maurice dekte zijn oren af en gluurde net als de rest vol verwachting naar de pinautomaat. De vlam maakte een knetterend en sissend geluid terwijl hij onder in de koker verdween. Ze hielden hun adem in, maar buiten de rook die uit de koker kolkte, gebeurde er weinig.

'Shit.' Peter was gaan staan en gromde dat de vlam waarschijnlijk was gedoofd. 'Ik ga wel kijken.'

'Blijf nou maar hier. Er komt toch nog rook vanaf?' viel Frits op fluistertoon tegen hem uit. Hij greep Peter bij de schouder en duwde hem omlaag.

'Mietje!' Peter sloeg de hand weg, sprong op en beende naar de pinautomaat. Hij stond er een paar meter vandaan toen de koker met een knal explodeerde. De pinautomaat verdween achter een dikke, grijze rookwolk.

19

Danny veerde geschrokken op en keek verrast om zich heen. 'Wow... Dat was een beste knal.' Ergens ver weg blafte een hond en Danny spitste zijn oren. Even had hij sirenes verwacht die met hoge snelheid zijn richting op zouden komen. Maar het bleef stil.

Op een afstand van driehonderd meter, aan de overkant van het parkeerterrein, stond een appartementencomplex. Het licht op de vierde etage sprong aan en er verscheen een gestalte voor het raam.

Danny liet zich snel op zijn hurken zakken en hield roerloos de man in zijn onderbroek voor het raam in de gaten. Waarschijnlijk was de kerel gealarmeerd door de knal, want hij opende het raam en zocht de straat af. Hij keek een paar minuten lang in de richting van de bibliotheek en sloot toen het raam weer. De man verdween, maar het licht bleef branden.

Langzaam kwam Danny omhoog, terwijl hij ongeduldig de tijd op zijn mobiel checkte. De jongens waren meer dan tien minuten weg. Het duurde veel te lang. Misschien hadden ze zijn hulp nodig, tenminste dat hoopte hij. Hier in het donker stond hij toch alleen maar zijn tijd te verdoen. Hij wilde niets liever dan het resultaat van de explosie van dichtbij bekijken. Hoe vaak maak je zoiets mee? Aan het geluid te horen was waarschijnlijk de hele gevel weggeblazen. Het kon beslist geen kwaad als hij even snel om het hoekje ging kijken. Zijn ogen gleden nog even snel langs het verlichte raam op de vierde etage. Niemand te zien. Hij trok de bivakmuts naar beneden en rende naar de hoek van de straat waar de rook zich had samengepakt.

Langzaam trok de rook op. In gebogen houding probeerde Peter hoestend en proestend met zijn hand de rook weg te slaan. Hij knipperde de tranen uit zijn ogen weg en rechtte zijn rug.

'Ik heb een piep in mijn oren.' Hij lachte wat onnozel om zijn onzekerheid te camoufleren en wenkte de anderen dat ze dichterbij konden komen.

De jongens verdrongen zich om de automaat en keken teleurgesteld naar het resultaat. Het toetsenbord was verwrongen door de hitte en het vensterglas zat onder het roet. Er zat een barst in het glas en de stalen afdekplaat aan de onderkant van het apparaat hing uit het lood. Een van de hoeken was verbogen, waardoor er een gat van vijftien centimeter was ontstaan. 'Dat kloteding heeft niet gewerkt.' Nijdig sloeg Peter een paar keer met zijn vuist op het vensterglas. 'Wat was dat voor een flutbom? Hij heeft niet meer dan een paar krassen en deuken gemaakt. Kijk dan...' Zijn vuist knalde op het toetsenbord.

'Rot op!' Frits duwde Peter opzij, zodat hij zelf de schade kon controleren. Ook hij was teleurgesteld dat zijn inzet zo weinig resultaat had opgeleverd. Gefrustreerd begon hij aan de afdekplaat te sjorren, in de hoop dat hij daarmee iets goed kon maken bij zijn vrienden. 'Pas nou op, man. Straks staat er stroom op,' waarschuwde Maurice, die op gepaste afstand bleef. Maar Frits sloeg zijn raad in de wind en gooide zijn lichaamsgewicht in de strijd. Hij wrikte de plaat heen en weer. 'Help dan even,' snauwde hij naar Steef, die wat dommig met zijn handen in zijn zakken stond te kijken.

Steef kwam in actie en schoot naar voren. Hij greep het ijzer vast. Het voelde nog warm van de explosie. 'Hebben we geen koevoet bij ons?'

Maurice tikte geschrokken met zijn vinger op zijn mond. 'Ssst. Stil toch, idioot. Je maakt de buren wakker met je geblèr.'

'Wat lul je nou, man? Er zijn hier alleen maar winkels.'

'Niet!' Maurice wees naar het licht boven het reisbureau, enkele deuren verderop. Daarnet was het raam nog donker.

'Schieten jullie nou nog op?' Danny kwam aanrennen en nam nieuwsgierig de schade op. 'Waar is het geld?'

'Er is geen geld,' snauwde Steef nijdig. Hij had zijn vingers door een opening gewurmd en probeerde het toetsenbord van het apparaat los te trekken. 'Die klotebom was nep. We kunnen niet bij het geld komen.'

'Hij is toch open? Is de geldcassette leeg dan?' Danny begon ook aan het toetsenbord te trekken.

'Het gat is te klein. Misschien kun je er met je hand in,' moedigde Steef Danny aan terwijl hij een stap opzij deed.

'Danny? Wat doe jij nou hier.' Frits liet de afdekplaat los die na al zijn inspanning hooguit een extra vijf centimeter was verschoven. 'Eikel! Jij zou bij de scooters blijven.'

'Lul niet, vent.' Met een verbeten gezicht beukte Danny met zijn elleboog op het apparaat. Het plastic begon krakend te protesteren en uiteindelijk begon het te scheuren. Er was een opening ontstaan en zonder na te denken wrong Danny zijn hand naar binnen. Zijn vingers zochten tastend in het rond. Hij voelde een bundel kabels, stekkers en iets hards en scherps. 'Volgens mij voel ik de cassette zitten,' riep hij.

'Wat gebeurt hier?' De deur naast het reisbureau stond open en het ganglicht scheen naar buiten. Een man kwam op hen afgerend en hij zwaaide dreigend met een stok door de lucht. 'Gajes, wegwezen jullie!' Verstijfd staarde het vijftal naar de woedende kerel.

'Lopen,' spoorde Frits zijn vrienden aan. Hij was als eerste weg. Maurice, die naast hem stond, liet zich dat geen twee keer zeggen en vloog achter hem aan de steeg in.

'Ik zit vast,' schreeuwde Danny in paniek. Hij probeerde zijn hand los te trekken, maar die zat verstrikt in de kluwen van kabels en stekkers. Peter wilde wegschieten, maar de stem van Danny hield hem tegen. 'Help dan...'

Dapper had Peter zich naar de man toegedraaid. 'We zijn gewapend,' blufte hij. Het leek te werken, want de man remde af en bleef weifelend in het licht van de straatlantaarn staan. Hij was op zijn blote voeten en gekleed in slechts een hemd en een korte sportbroek. Peter stak een schroevendraaier naar voren om zijn woorden kracht bij te zetten. 'Een stap dichterbij en ik knal je kop eraf.' Met zijn andere hand dekte hij het steekwapen af zodat de man niet kon zien wat hij in zijn hand hield.

De kerel liet zijn stok zakken en deed geschrokken een stap achteruit. Sussend stak hij zijn hand in de lucht. 'Laten we geen domme dingen doen. Ik heb de politie gebeld. Jullie kunnen beter maken dat jullie wegkomen. Door te schieten wordt de situatie alleen maar erger.'

'Dat interesseert mij geen ene moer. Blijf daar staan,' beet Peter de man toe. De mededeling dat de politie onderweg was, zorgde voor nog meer stress.

Steef begon aan Danny's hand te trekken. 'Werk dan verdomme mee! Maak je hand klein.' Steef gaf een ruk en Danny gilde toen hij iets scherps door zijn vlees voelde snijden. De hand schoot los uit het gat en er was geen tijd om de schade te bekijken. Steef sleurde Danny half struikelend achter zich aan de straat uit. 'Lopen Peet. We gaan.'

Peter liep achteruit en hield zijn zogenaamde pistool op het hoofd van de man gericht. 'Als je ons volgt, ga je eraan. Hang dus niet de held uit, want dat is het niet waard.'

De man schudde zijn hoofd. 'Ik ben vader van twee kleine kinderen. Ik ben niets van plan.'

Peter hoorde zijn vrienden roepen. Met een grijns haalde hij de denkbeeldige trekker over, draaide zich toen om en begon te rennen.

De scooters stonden met ronkende motoren op hen te wachten. Steef stak Peter een helm toe. Peter zette de helm op, liet zich bij Steef achter op het bagagerek vallen en porde hem in de rug. 'Gassen.' Hij keek achterom, want hij wilde zeker weten dat de kerel hem niet was gevolgd.

De scooters schoten slingerend de weg op. Maurice voorop, gevolgd door Frits met Danny die zijn arm stevig tegen zijn borst gedrukt hield en in de achterhoede Steef met Peter. Vol gas reden ze de straat uit, bonkten bij het Wilhelmusplein de stoep op en crosten dwars door het plantsoen richting de Achterstraat.

Ze hadden de scooters achter de heg en de vuilcontainers geparkeerd, zodat de tweewielers vanaf de straat niet te zien waren. In gebukte houding renden ze door de tuin naar de chalet, waar ze moesten wachten totdat Frits de sleutel uit zijn broekzak had gevist. Hij maakte de deur open en ze vielen bijna over elkaar heen om binnen te komen.

Vloekend liet Peter zich op een van de luchtbedden vallen, terwijl zijn borstkas nerveus op en neer bewoog. 'Tering!' Hij staarde naar het plafond terwijl hij zijn ademhaling onder controle probeerde te krijgen.

Maurice had zich met een asgrauw gezicht in de bank laten zakken en Steef plofte naast hem neer. Frits stond in het midden van de kamer uit te hijgen en was zich er pijnlijk van bewust dat zijn plan had gefaald. Omdat hij dacht dat de aanval de beste verdediging was, had hij zich boos naar Danny omgedraaid en viel tegen hem uit.

'Waarom was jij...' Frits brak zijn zin af en staarde naar de latex handschoen die gescheurd en afgestroopt aan Danny's pols hing. Het bloed druppelde langs zijn vingers op de grond. 'Je bloedt,' zei Frits wat onnozel.

Danny reageerde gemaakt kalm, maar zijn vertrokken gezicht verried dat hij verging van de pijn. Hij hield zich groot. Hij liep naar het keukentje waar hij de kraan opendraaide. 'Wat ging er nou mis?' Het water spoelde het bloed van zijn hand en liet een snee van vijf centimeter zien. Zijn knokkels waren deels ontveld en staken schreeuwerig af tegen de bleke huid.

'Het explosief was niets meer dan een simpele rookbom,' zei Steef. Hij keek over Danny's schouders mee naar de wond. 'Volgens mij moet het gehecht worden.'

'Welnee... het is maar een klein sneetje. Het valt wel mee.' Met twee vingers drukte Danny de snee dicht zodat het bloed kon stollen.

Steef fronste zijn voorhoofd. 'Wat je klein noemt. Je kunt er bijna je hele vinger in steken.'

'Laat mij eens kijken.' Peter trok Danny's vingers weg en het bloed begon weer te stromen. Het sijpelde als een kronkelpad langs zijn arm omlaag. 'Steef heeft gelijk. De wond is behoorlijk diep. Die stopt echt niet vanzelf met bloeden. Ik breng je wel naar het ziekenhuis.'

'Ik ga niet,' zei Danny nukkig.

'Natuurlijk gaat hij niet,' reageerde Frits fel. 'Straks leggen ze de link met de plofkraak. Kunnen we de wond niet zelf hechten?'

'Doe effe normaal.' Verontwaardigd keek Peter Frits aan. 'Wat ben jij voor een freak. En wie gaat hem dan dichtnaaien. Jij? Je begint al te mauwen als je bloed ziet.'

'Ik wacht gewoon een paar uur en als het blijft bloeden dan kunnen we altijd nog naar het ziekenhuis gaan.' Danny pakte een theedoek van het aanrechtblad en drukte die stevig op de wond. 'Hoe zit dat nou met die bom? Was die kapot of zo?'

'Dat moet wel.' Peter schopte zijn schoenen uit en keek Frits meewarig aan. 'Je bent gewoon getild. Ze hebben je rotzooi verkocht.'

'Dat kon ik toch niet weten! Had ik dat ding in de tuin moeten uitproberen of zo?'

'Misschien zat er te weinig kruit in,' zei Maurice. 'Maar het gaf wel een gave knal.'

'En een hoop rook,' lachte Steef. 'De hele straat was vergeven van de stank en de rook. Zag je dat toetsenbord? Het was helemaal gesmolten.'

'Ja, dat was wel kicken,' gaf Frits toe. 'We hebben geen geld buitgemaakt, maar we hebben er wel lol aan gehad.'

'Nou, wat een lol,' reageerde Peter honend. 'Mijn oren doen er nog pijn van. Ik dacht dat de lont was gedoofd.'

'Je bent gewoon stom als je gaat kijken!' zei Frits, die de ijskast opentrok en een fles limonade pakte.

Peter trok met zijn mond. 'Ik vind het nog stommer als je je vrienden in nood laat creperen. Je wist niet hoe snel je ervandoor moest gaan toen die vent met die stok kwam aanrennen.'

'Ik ben naar de scooters gegaan,' probeerde Frits de aantijging te ontkrachten. 'Omdat die mafkees zich weer niet aan de afspraak kon houden.' Frits wees naar Danny, die als protest zijn middelvinger opstak. 'Als hij zijn post niet had verlaten, dan was zijn hand ook niet in dat gat vast komen te zitten. Dan was hij niet gewond geweest. Ik heb zijn taak moeten overnemen zodat we er alsnog snel vandoor konden. Ik heb jullie gered.'

'Ja, tuurlijk. Lul er maar weer een punt aan. Dat hele idee van jou was een flop!'

20

De tv stond afgesteld op de plaatselijke informatiezender, zodat de jongens een eventuele melding over de plofkraak niet zouden missen. Peter had met een theedoek en wat tape een soort van drukverband bij Danny aangebracht. Om de twee uur zouden ze controleren of het bloeden was verminderd, maar nog voor de eerste controle waren ze een voor een in slaap gesukkeld. Ze werden ruw uit hun slaap gerukt door een ringtone die tot leven kwam. Slaapdronken kroop Frits over zijn luchtbed naar de bank en viste de mobiel uit zijn broekzak. Het nummer van zijn moeder verscheen in beeld en brommend drukte hij het gesprek open. 'Ja?'

'Ook goedemorgen. De soep staat klaar,' liet ze hem weten. 'Komen jullie snel want anders wordt het koud.'

'De soep? Hoe laat is het dan?'

'Het is tien voor elf. Ga nou niet vertellen dat jullie nog slapen. Over twee uur moeten jullie een wedstrijd spelen.'

'Shit! We komen eraan.' Frits gooide zijn mobiel op de bank en schoot omhoog. 'Wakker worden,' brulde hij tegen zijn vrienden. 'Vlug, anders komen we te laat op het veld. Verdomme!' Hij trok zijn broek aan en gaf Maurice een trap tegen zijn voet. 'Kom dan!'

'Ik meld me af,' gromde Peter. Hij trok de deken over zijn hoofd en rolde op zijn zij.

'Ik ook,' zei Steef. 'Ik ben brak.'

Frits trok met een ruk de dekens van hem af. Grommend krulde Steef zijn lichaam op en tastte met zijn hand over de matras.

'We hebben een belangrijke wedstrijd en we gaan,' besliste Frits. 'Met zijn allen! Je snapt toch wel dat het opvalt als we nu wegblijven? We hebben nog nooit een wedstrijd gemist. We moeten ons juist nu zo normaal mogelijk gedragen. Mijn moeder heeft soep gemaakt, zoals altijd wanneer ik moet spelen. Als we opschieten zijn we nog op tijd voor de wedstrijd.'

'Is er al iets op het journaal geweest?' Maurice krabbelde omhoog en harkte met zijn vingers door zijn haar.

'Hoe weet ik dat nou? Ik ben ook net wakker,' snauwde Frits. Hij was al aangekleed, terwijl zijn vrienden nog wat suffig in hun onderbroek op hun luchtbedden lagen. Ze zouden dit professioneel aanpakken, maar ze reageerden als een stel kleine kinderen. Ongeduldig probeerde Frits hen aan te sporen.

'Kom nou! We hadden het afgesproken. Geen gekloot...'

Zuchtend en kreunend duwde Danny zich op zijn ellebogen omhoog. 'Ik ben misselijk,' zei hij. Zijn gezicht zag grauw en er parelden kleine zweetdruppels op zijn voorhoofd.

'Hoe is het met je hand?' Peter lag op zijn rug en had zijn been in een van de broekspijpen gestoken.

'Het doet behoorlijk pijn. Het steekt en het gloeit. Volgens mij is het niet goed.'

'Laat eens zien?' Peter trok de tape los en wikkelde de theedoek voorzichtig los. Hij schrok en beet op zijn lip toen hij zag dat de randen langs de wond rood en opgezwollen waren. 'Het lijkt alsof het ontstoken is. Je zult toch naar een arts moeten.' Danny knikte met tegenzin.

'We laten het mijn moeder zien,' zei Frits. 'Zij heeft een EHBO-diploma. Misschien kan ze de wond desinfecteren. Maar wel oppassen dat we onze mond niet voorbijpraten. We zeggen dat we gisteravond aan de scooters hebben gesleuteld en dat jij met je hand aan een spijker bent blijven hangen. Dat klinkt overtuigend, toch?' Er werd geknikt.

Maurice stond al bij de deur en had de afvalzakken met kleding van de grond getild. 'Ik verstop alvast de kleren.' Hij liep naar buiten, schoof de kist met de butaanfles opzij en duwde de zakken onder de chalet. Daarna bedekte hij de spullen met een berg bladeren en schoof de kist weer op zijn plaats.

Mevrouw Ouwekerk keek even vluchtig op de klok en schudde ongeduldig met haar hoofd toen het vijftal haar keuken binnenkwam.

'En dat zijn nou jonge knullen. Ik heb al ruim een uur gesport, terwijl jullie nog op één oor lagen. Straks komen jullie te laat op het veld. Waar is de teamspirit?' Ze seinde met haar hoofd naar de tafel waar de soep met een stapel boterhammen op hen stond te wachten.

'Eet snel je bord leeg, dan breng ik jullie met de auto naar de club. Ik ga toch die kant op.'

'O, mam... wil jij even naar Danny's hand kijken. Hij heeft zich gisteravond opengehaald aan een spijker en nu voelt hij zich niet zo goed.' Frits gaf Danny en por en met een zielig knikje stak Danny zijn hand naar voren.

'Misschien hebt u wat jodium en een pleister?'

Ze pakte zijn hand vast en bestudeerde met een ernstig gezicht de zwelling. 'Hier ga ik echt niet aan rommelen.' Ze liet de hand los. 'Als ik de jongens op de club heb afgezet, rijden wij door naar de huisartsenpost. We laten ze daar even naar je hand kijken.' Ze pakte haar telefoon van tafel en stuurde een mail naar haar vriendin dat ze iets later kwam.

'Dat gaat echt niet,' sputterde Danny tegen. 'Ik moet die wedstrijd wel spelen, want zonder mij gaan ze die niet winnen.' Met een glimlach probeerde hij de ernst van de situatie wat af te zwakken. 'Echt veel last heb ik trouwens niet van die hand. Een paar druppels jodium lijkt mij wel voldoende.'

'Ja, mam. Je overdrijft,' zei Frits, die Danny bemoedigend toeknikte om voet bij stuk te houden.

Maar zijn moeder ging niet overstag. 'Misschien overdrijf ik, maar daar ben ik tenslotte een moeder voor. Ik voel me verantwoordelijk, dus we laten er gewoon even naar kijken en daarmee klaar. Lepel de soep naar binnen zodat we kunnen vertrekken.'

De jongens wisselden vluchtig een blik en Frits haalde spijtig zijn schouders op. Als zijn moeder iets in haar hoofd had, was ze daar niet meer vanaf te brengen.

Danny zat voorin en de rest had op de achterbank van de Audi plaatsgenomen. Alies Ouwekerk startte de auto en draaide het vehikel de weg op. Ze gaf gas en keek even in de achteruitkijkspiegel naar de groep jongens die op de achterbank zat te smoezen.

'We gaan liever met jullie mee naar het ziekenhuis, mam.'

Maar Alies veegde resoluut hun voorstel van tafel. 'Jullie gaan de wedstrijd spelen. Met vijf man minder kan het team niet spelen. Het komt wel goed met Danny. Waarschijnlijk spoelen ze de wond schoon en krijgt hij een zalfje of iets dergelijks. Daarna zet ik hem op de club af en misschien kan hij nog een deel van de wedstrijd meespelen.' Ze remde bij het rode verkeerslicht af en klopte Danny bemoedigend op zijn been. 'Ben je het daarmee eens?'

Danny voelde zijn gezicht kleuren. Zijn moeder was nooit zo aardig tegen hem. Frits bofte maar. Hij keek over zijn schouder naar achteren. 'Jullie kunnen toch niets doen in het ziekenhuis. Zorgen jullie maar dat we winnen.' Onopvallend zuchtte hij het weeïge gevoel in zijn maag weg en dat was Alies Ouwekerk niet ontgaan.

'Gaat het nog, Danny?'

Danny knikte stoer, maar in werkelijkheid voelde hij zich beroerd. Het verkeerslicht sprong op groen en ruw duwde Alies de versnellingspook in zijn één. Ze draaide de auto de provinciale weg op en trapte het gaspedaal in. De snelheidsmeter schoot zenuwachtig omhoog. Tien minuten later parkeerde Alies de auto voor het toegangshek van de hockeyclub en liet de jongens vervolgens uitstappen. Via de achteruitkijkspiegel hield ze de groep in de gaten. Frits drukte de achterklep open en tilde de sporttassen en de hockeysticks uit de achterbak. 'Pas op voor mijn lak,' waarschuwde Alies haar zoon. Die gromde iets en stak toen zijn duim op naar Danny, die hetzelfde terugdeed. De auto trok op.

'Als hij nou maar niets zegt over de plofkraak,' zei Steef die de auto nakeek.

'Hij is niet achterlijk.' Peter gooide zijn sporttas over zijn schouder, raapte zijn stick van de grond en liep voor de anderen uit naar de kleedkamer, waar de coach ongeduldig op het groepje zat te wachten.

Er zaten twee mensen in de wachtkamer toen Danny en Alies bij de huisartsenpost binnenkwamen. Danny nam tegenover het echtpaar plaats, terwijl Alies zich bij de balie ging melden.

'Het kan wel even duren,' mopperde de man in een rolstoel tegen Danny. 'In het bejaardentehuis zijn ze nog sneller dan hier.' Hij riep het hard genoeg, zodat de vrouw achter de balie het kon horen. 'Hoelang duurt de koffiepauze hier eigenlijk? De dokter had toch allang terug moeten zijn. Hij is al meer dan een halfuur van de kamer.'

'Piet!' Zijn vrouw gaf hem bestraffend een tik op de arm, maar dat scheen hem niet te kalmeren.

'Lieg ik dan?' richtte hij zich kwaad tot de vrouw. 'Zit er soms kruipolie in de koffie? Ze zijn niet vooruit te...' Er ging een deur open en een vrouw gekleed in een smetteloos witte overjas verscheen in de deuropening. 'Meneer Hermans, komt u maar verder.'

'Dat zal tijd worden.' De man seinde naar zijn vrouw dat zij de rolstoel moest duwen.

'Piet, toe nou...' Met een verontschuldigend gebaar naar de arts stond de vrouw op en deed wat haar man zei. De deur werd gesloten, maar Danny kon de man aan de andere kant nog horen foeteren. 'Wat nou, mens. Ik crepeer van de pijn terwijl mevrouw hier uitgebreid een lunchpauze houdt.'

'Piet!'

Alies Ouwekerk liet zich naast Danny op een stoel zakken en legde een formulier op het bijzettafeltje neer. 'We moeten even het een en ander invullen. Ze willen wat meer gegevens van je.' Ze zette haar handtas op haar schoot en viste er een pen uit. 'Wat is je geboortedatum?' Ze klikte de zilverkleurige balpen open en keek hem vragend aan.

'Zeventien maart negentien achtennegentig.'

'Danny Bisguet. Bisguet is toch met g-u-e?' Danny knikte. Adres: Gravinnenlaan...'

'Negen.'

'Klacht: een ontstoken snijwond veroorzaakt door een...'

'Schroevendraaier. Ik ben uitgeschoten met een schroevendraaier,' vulde Danny aan.

Ze keek op van haar schrijfwerk. 'Het was toch een spijker?'

Danny's mond bewoog wat zenuwachtig. 'Ja, dat ook. Ik prikte met een schroevendraaier in mijn hand en trok toen iets te wild mijn hand terug. Ik raakte een spijker. Het was gewoon een stom ongeluk.'

Alies mompelde iets onverstaanbaars en vulde zijn verklaring in. 'Wat is je telefoonnummer?'

Het was even stil. 'Waarom willen ze dat weten?' reageerde Danny onverwacht fel.

'Wellicht om je te bellen als het nodig is. Bijvoorbeeld bij een nacontrole. Is dat een probleem?'

'Ze krijgen mijn nummer niet. Mijn nummer is privé. Ze hebben toch mijn adres? Dat moet genoeg zijn.'

Hij draaide zijn hoofd weg, terwijl hij nerveus met zijn knie op-en-neer wipte.

Alies Ouwekerk trok haar wenkbrauwen op en gaf de zenuwen de schuld van zijn botte houding. 'Het komt wel goed,' zei ze terwijl ze opstond om het formulier bij de verpleegster in te leveren.

Op dat moment ging de deur van de behandelkamer open en werd de man in de rolstoel door zijn vrouw naar buiten gereden. De arts volgde hem tot aan de balie.

'Aan het einde van de gang rechts,' zei ze en ze wees de richting aan. 'Zodra de röntgenfoto's zijn gemaakt, zie ik u hier weer terug.'

'Als u maar weet dat ik niet weer uren ga wachten,' beet de man de arts toe.

'Dat gaat niet gebeuren, meneer Hermans.' De dokter bleef voor de balie staan en keek met een glimlach het echtpaar na. 'Jij bent aan de beurt, jongeman,' zei de arts die van de verpleegster Danny's formulier aangereikt kreeg. 'Loop maar met me mee.'

Bij de deur bleef ze staan en deed uitnodigend een stapje opzij. Ze stak haar hand uit en Danny schudde die wat ongemakkelijk met zijn linkerhand. Ze knikte naar een stoel voor het bureau waar hij plaats kon nemen en ging tegenover hem op een kruk zitten. Vluchtig las ze het formulier door en rolde toen op haar kruk achter het bureau vandaan.

'Je hebt je hand opengehaald aan een spijker?' De kruk kwam voor Danny tot stilstand. 'Hoe krijg je dat nou voor elkaar? Laat mij eens zien.' Ze pakte de hand en drukte met haar vingers zachtjes op de zwelling. 'Roestige spijkers zitten vol met bacteriën. Je krijgt voor de zekerheid een tetanusprik. We spoelen de wond schoon en laten hem even doorbloeden zodat de wond zichzelf reinigt.' Met twee vingers drukte ze de wond dicht. 'Het is een behoorlijke snee. Om te zorgen dat het mooi heelt en geen lelijk litteken wordt, plak ik de wond dicht met een wondstrip.' Ze zag zijn gezicht betrekken. 'Het prikje is misschien vervelend, maar van de rest voel je weinig. Het is zo gedaan.'

21

De bal lag nog niet terug op de middenstip of de Flamingo Boys hadden de aanval al ingezet. De stand was 2-1 in het voordeel van Geel-Blauw en ze hadden nog twintig minuten te gaan. De Flamingo Boys zetten alles op alles om de wedstrijd te winnen. De bal stuiterde over het gras en werd door een van de spelers van Flamingo Boys behendig opgevangen. Die sprintte met de bal het veld over en Frits had hem moeten stoppen, maar kwam te traag op gang. De tegenspeler maakte daar dankbaar gebruik van en haalde uit. Met al zijn kracht knalde hij de bal in het doel van Geel-Blauw. Een handjevol toeschouwers aan de linkerkant van het veld begon te juichen, aan de rechterkant werd gevloekt. 'Frits, doe je doppen open. Wat ben je aan het doen?'

Frits haalde verontschuldigend zijn schouders op. De bal kwam opnieuw zijn richting op en hij wist hem met zijn hockeystick te stoppen. Zijn ogen zochten het veld af. Maurice stond vrij en Frits wilde hem een voorzet geven, maar had de afstand klaarblijkelijk verkeerd ingeschat. De bal was ruim twintig meter uit koers. Maurice zette een sprintje in om de misser te corrigeren, maar werd met een schouderduw tegen de grond gewerkt. De Flamingo Boys renden schreeuwend over het veld op het doel van Geel-Blauw af en wederom belandde de bal in het net.

Nog twaalf minuten te gaan. Steef sloeg een strakke bal naar voren en dit keer wist Frits hem wel te stoppen. Hij slalomde met de bal langs een van de tegenspelers en rende het veld over. Het shirt plakte aan zijn rug en zijn gezicht was rood van inspanning. Hij haalde uit en raakte de bal op de punt van zijn stick. De bal wipte omhoog en suisde door de lucht, richting de goal. Rakelings schoot de bal langs het net en raakte met een knal het reclamebord langs de zijlijn.

De scheidsrechter blies op zijn fluit en de spelers renden naar het midden van het veld. Met een verbeten gezicht sloeg Frits zijn hockeystick tegen de grond.

'Frits! Frits...'

Zijn frustratie was op slag verdwenen toen hij Asrin en Sami langs de lijn zag staan. Asrin riep zijn naam en hij stak zijn hand op om er zeker van te zijn dat Frits hen zou zien. Geschrokken staarde Frits het tweetal aan en zijn hart begon overspannen tegen zijn borstkas te bonken. Hij had Asrin nog nooit bij een wedstrijd gezien en nu stond hij daar met zijn neef. Sami hield een sigaret tussen zijn tanden geklemd en stak smalend zijn hand op. Dit voorspelde weinig goeds.

De bal suisde voorbij. Er werd naar Frits geroepen, maar die scheen het niet te horen. Met een stug knikje liep hij de twee gasten voorbij. Zijn benen leken van rubber en kwamen uiterst traag in beweging. De fluit van de scheidsrechter snerpte over het veld, de supporters begonnen te joelen.

Nerveus knipperde Frits het zweet uit zijn ogen en zocht het veld af naar zijn vrienden, die nietsvermoedend achter de bal aan schoten. De bal rolde langs en wat sullig keek hij die na.

'Let op, eikel,' riep Frans de Rooijer, de aanvoerder, toen hij voorbijkwam. 'Die had je makkelijk kunnen hebben. Sta niet te slapen, man. Lopen!'

Verdoofd liep Frits in draf naar voren en probeerde het tweetal langs de zijlijn te negeren. 'Peet...'

Peter hield zijn pas in en keek hem onderzoekend aan. 'Wat?'

'Die twee gasten, aan de rechterkant, bij de goal...'

'Die met dat ringbaardje en die kleine met krullen? Wat is daarmee?'

'Die hebben mij de bom verkocht.'

Peter keek nog eens achterom. 'Wat komen ze doen?'

'Hoe weet ik dat nou? Ik vertrouw ze niet...'

'Je moet ze afbluffen.'

'Afbluffen? Waarmee?'

'Je zegt dat ze rotzooi hebben verkocht en dat je je geld terug wilt.'

'En dan?'

'Dan verdwijnen ze vanzelf.'

'Ben je wel lekker? Heb je die vent wel eens goed bekeken?'

'Gaat het goed, dames?' blafte Frans de Rooijer die plotseling achter hen opdoemde. 'Hebben jullie een gezellig onderonsje? Voor het geval dat jullie het niet in de gaten hebben: we worden ingemaakt. Het zou fijn zijn als jullie de laatste vijf minuten nog even meedoen met het spel.' En weg was hij weer. Peter kwam in beweging en Frits volgde hem.

De Flamingo Boys wonnen de wedstrijd met 4-2. Frans de Rooijer had woedend zijn scheenbeschermers door de kleedkamer gegooid. Hij hield Frits verantwoordelijk voor de nederlaag die ze hadden geleden. Het was dat hij de aanvoerder was van de groep, anders had hij Frits allang de huid vol gescholden.

'We hebben ons best gedaan,' vond Steef, die Frans een duw richting de douches gaf. 'Doe niet zo kinderachtig, man. Het is maar een wedstrijd.'

'Een wedstrijd die we gemakkelijk hadden kunnen winnen,' mokte Frans terwijl hij de warmwaterkraan opendraaide.

'Achter je...' smiespelde Peter zo onopvallend mogelijk tegen Frits.

Asrin kwam de kleedkamer binnenlopen en nam Peter nieuwsgierig, maar niet onvriendelijk van top tot teen op. Met een gemaakte glimlach zei hij Frits gedag. 'Mooie wedstrijd,' riep hij amicaal met een zangerige klank in zijn stem. 'Jammer dat je naast schoot. Maar luister, mati... Sami en ik willen in de kantine even met je babbelen. Een biertje drinken en over zaken praten, snap je? Dus schiet een beetje op. Douche maar een andere keer. Sami houdt niet van wachten. Daar wordt hij onredelijk van en als Sami het op zijn heupen krijgt...' Asrin maakte een knarsend geluid met zijn tanden. Frits had geen idee wat hij daarmee bedoelde, maar het klonk onheilspellend genoeg om de uitspraak als een bedreiging op te vatten. Er gleed een arrogant glimlachje over Asrins gezicht toen hij met een soepele tred de kleedkamer weer uit liep.

'Wie was dat?' wilde Maurice weten terwijl hij de jongen nakeek.

'Hij heeft Frits de bom verkocht,' zei Peter op zachte toon, zodat de anderen hem niet konden horen.

'Ze willen met me praten. Jullie gaan toch wel mee naar binnen?' Frits had zijn sportbroek laten zakken en pakte zijn shirt van het haakje. 'Als groep staan we sterker. Vier tegen twee...' Hoopvol keek hij Peter aan.

'Hoezo? Je gaat toch niet knokken?' vroeg Maurice met de nadruk op 'je'.

Frits had zijn shirt over zijn hoofd getrokken en schopte zijn schoenen uit. 'Nee, natuurlijk niet. Steef... ga je mee?' Een zweem van hoop klonk door in zijn stem.

Peter liep de douches binnen en seinde naar Steef dat hij moest meekomen. Hij fluisterde hem iets in het oor en het gezicht van Steef betrok. 'Wat komen ze doen?'

Peter haalde zijn schouders op. 'Ze willen praten.'

Steef trok nerveus met zijn mond. 'Praten? Hier!' Hij viste een handdoek uit zijn sporttas en droogde zich af. 'Hoe weten zij dat wij vandaag deze wedstrijd hadden?'

Frits strikte zijn veters vast en tilde zijn hoofd op toen hij antwoord gaf. 'Weet ik niet. Zo goed ken ik ze niet. Ik weet niet hoe ze erachter zijn gekomen. Schiet nou maar op. Ik ga niet alleen naar binnen.'

Steef trok zijn onderbroek langs zijn benen omhoog en pakte zijn spijkerbroek van de bank. 'Misschien dat ze iemand van de tegenpartij kennen en jou toen toevallig op het veld hebben gespot. Dat kan toch?'

Maurice trok een moeilijk gezicht. Hij tilde zijn sporttas van de grond en keek afwachtend toe wat Steef ging beslissen. Steef pakte zijn spullen, seinde met zijn hoofd dat hij er klaar voor was en volgde Frits en Peter naar de kantine. Krachtig kneep Maurice in zijn hockeystick en liep schoorvoetend achter hen aan.

Sami wenkte toen het viertal de kantine binnenkwam en ging staan. Hij zei iets tegen Asrin die opsprong en twee extra stoelen bij het tafeltje sleepte. Sami torende met zijn imposante lijf boven de jongens uit. Vriendschappelijk sloeg hij Frits op de schouder en schudde hem de hand. 'Hé, vent. Hoe is het met jou? Zijn dit je vrienden?' Hij stak zijn hand uit naar de anderen en na een korte kennismaking maakte hij een gebaar dat ze moesten gaan zitten. 'Drink wat van mij. Wat willen jullie drinken? Een biertje? Sinas, cola?' Ze bestelden cola en Sami wilde bier. Terwijl Asrin de bestelling ging ophalen, vertelde Sami dat hij al jaren aan kickboksen deed. Hij kende zijn eigen krachten niet, want hij had al menig tegenstander het ziekenhuis ingeslagen. Hij moest er zelf smakelijk om lachen, terwijl hij met zijn knokkels op het tafelblad roffelde.

Het viertal voelde zich behoorlijk geïntimideerd door deze snelle jongen met zijn gangsteruiterlijk. Vluchtig en onopvallend zochten ze oogcontact met elkaar.

Toen Asrin met een vol dienblad aan tafel schoof, veranderde Sami plotseling van onderwerp. 'Volgens mij zijn jullie een hechte groep. Samen stappen, samen eten, samen een bommetje leggen.' Hij grijnsde toen hij Frits van kleur zag verschieten. 'Geen paniek. Wij kunnen een geheim bewaren, niet dan, neef?'

Asrin nam een slok van zijn cola en knikte. 'Meer dan dat… Wij zijn ook geen lieverdjes.'

'Waar hebben jullie het over?' reageerde Peter met een air van iemand die niet met zich liet sollen. Hij draaide het glas rond in zijn hand en keek Sami donker aan. Ondertussen probeerde hij zijn op hol geslagen hartslag te temperen en maakte zichzelf wijs dat de macho en de dwerg in een overvolle kantine niets zouden beginnen. Er waren te veel getuigen.

'Over die plofkraak op de Groenhornkade,' zei Asrin een tikkeltje ongeduldig.

Sami legde zijn jonge compagnon met een snel gebaar het zwijgen op. 'Het was vanmorgen uitgebreid op het nieuws. We zeiden nog tegen elkaar: dat kan onze vriend Frits toch niet zijn geweest?' Hij legde zijn arm rond Frits' schouder en schudde hem plagerig door elkaar. 'Je ging toch een wasmachine opblazen, geen pinautomaat? Asrin zei nog: Frits zou nooit tegen ons liegen.'

Sami liet de schouder los en boog zich over de tafel naar voren. Hij keek Peter uitdagend aan. 'Je hoeft het niet te ontkennen, want ik weet wat mijn bommen aanrichten. Of ga jij nou beweren dat ik uit mijn nek zit te zwammen?' Aan het eind van de vraag kreeg zijn stem een honende klank, alsof hij heel goed wist hoe de vork in de steel zat.

'Dat speelgoedding dat je ons verkocht hebt, deed het niet,' beet Peter hem toe, nog steeds overtuigd dat hij veilig was in een overvolle kantine. 'Het gaf niets meer dan een hoop rook en wat kleine krasjes op het ijzerwerk. We willen ons geld terug.'

Het was een paar seconden stil. Sami veerde met een spottend lachje achterover in de stoel, terwijl hij een slok nam van zijn bier. 'Als jullie mij duidelijk hadden verteld wat jullie van plan waren, dan had je een ander explosief gekregen. Deze bom was voor een wasmachine en niet voor een stevig beveiligde geldautomaat. Als jullie dit soort zaken willen aanpakken, dan moet je ons in vertrouwen nemen. Wat verwacht je voor tachtig euro? Voor een zwaarder exemplaar ben je gemakkelijk het dubbele kwijt. Dat soort shit is alleen weggelegd voor echte mannen. Of onderschat ik jullie nu? Zijn jullie echte mannen?'

Frits schoof ongemakkelijk op zijn stoel, naarstig op zoek naar een manier om zijn zelfrespect terug te winnen.

Peter liet een honend lachje horen. 'Als die bom goed was geweest, dan was de rest een eitje. Wij zijn geen stel amateurs, we weten wat we doen.' Enigszins gespannen wierp hij een blik op de kickbokser, wiens reactie hij probeerde te peilen.

Steef humde om aan te geven dat de bewering van zijn vriend correct was en zelfs Maurice knikte dapper.

'Ja, jullie lijken mij wel een stel slimme gasten. Volgens mij is dit niet jullie eerste klus.'

'Pff.' Steef maakte een wegwerpgebaar met zijn hand. Hij wilde maar al te graag indruk maken op deze stoere gast die zo uit een gangsterfilm leek te komen. 'Wij zijn al maanden met van alles bezig. De plofkraak had voor geld moeten zorgen, zodat we ons volgend project kunnen financieren.'

'Welk project?' Samenzweerderig boog Sami naar voren. Zijn ogen flikkerden.

'Daar praten we niet over,' antwoordde Frits, bang dat zijn vrienden te loslippig werden. 'Er zijn hier te veel nieuwsgierige oortjes.'

Sami keek om zich heen en knikte. 'Wat hebben jullie nodig? Geld, wapens, munitie, explosieven?' Hij ratelde de hele lijst op. 'Informatie over beveiliging, bouwtekeningen van banken?'

Maurice knipperde met zijn ogen. Wapens? Bouwtekeningen van banken? Die vent dacht dat ze tot iets groots in staat waren. Het was de anderen ook niet ontgaan dat Sami hen verkeerd had ingeschat en je zag Steef en vooral Peter groeien.

'Het klinkt wel interessant,' zei Peter, terwijl hij naar Frits knikte. 'We kunnen wel wat wapens gebruiken. Hoe duur is een vuurwapen?'

Frits beet op de binnenkant van zijn wang. Waar was de idioot mee bezig?

'Dat hangt ervan af, wat wil je? Wil je het beste van het beste?'

'Ja, natuurlijk,' snoof Peter.

Asrin haalde een aantekenboekje uit zijn binnenzak en

schoof het over de tafel naar Sami. Er kwam een pen tevoorschijn en Sami bladerde door de aantekeningen. ‘Een doorsnee 9mm-pistool ligt tussen de 500 en 750 euro. Voor een automatisch vuurwapen betaal je tussen de 1000 en 2000.’

Maurice verslikte zich maar Peter hield zijn gezicht strak. ‘Je bent veel duurder dan onze vaste leverancier.’ Peter knipperde niet eens met zijn ogen toen hij dat zei.

Er gleed een glimlach over Sami’s gezicht. ‘Ik maak wel een mooi prijsje. Ik heb tenslotte nog wat goed te maken met jullie. Vier stuks?’

Peter viel stil.

‘We hebben er vijf nodig,’ zei Frits plotseling, die daarmee duidelijk wilde maken dat hij degene was die de uiteindelijke beslissingen nam. ‘We zijn met ons vijven.’

22

Danny deed een stap terug, zodat het tweetal hem bij de deur kon passeren.

Sami bedankte hem met een stug knikje en beende het gebouw uit, richting het parkeerterrein waar hij in een donkerkleurige BMW plaatsnam.

Danny nam weinig notitie van de mannen. Hij keek door de glazen klapdeuren de kantine in en zag zijn vrienden achterin bij het raam zitten. Breedgrijnzend liep hij op hen af, zijn ingepakte hand hield hij opvallend voor zijn borst. 'De schade viel mee.' Hij liet zich op een stoel zakken en legde demonstratief zijn hand op tafel. Het was een grote witte bal waar alleen nog de toppen van zijn vingers uitstaken. 'De hele hand is twee keer zo dik geworden.' Zijn lach verdween toen hij de serieuze gezichten zag. 'Wat is er?'

'Die twee idioten tegenover je aan tafel hebben wapens gekocht,' smiespelde Maurice nerveus, terwijl hij over zijn schouder keek om er zeker van te zijn dat niemand hem kon horen.

'Ja, dat zal best... Vertel nou wat er aan de hand is.'

'Het is geen geintje,' zei Steef. 'Die twee jongens die net naar buiten liepen...'

'Die spierbundel en dat kleintje?'

'Dat zijn dezelfde gasten die Frits de bom hebben aangesmeerd. Ze gaan ons pistolen leveren. Vijf stuks.'

'Echt?' Danny keek Frits onderzoekend aan. Hij geloofde er geen woord van, maar hij liet zich niet kennen en speelde het spel mee. 'Als de kwaliteit net zo goed is als van die verrekte bom, dan kunnen we onze lol op.'

'We hebben helemaal geen wapens nodig,' siste Maurice zijn kameraden toe. 'We kunnen ze niet eens betalen ook al verkoopt hij ze voor een zacht prijsje. Lager dan vijfhonderd euro wordt het nooit. Waar halen we zo veel geld vandaan?'

Danny fronste zijn voorhoofd. 'Het is serieus?'

Frits knikte alleen maar en Danny's ogen werden groot. 'Ik heb altijd al een pistool willen hebben. Wat hebben jullie besteld? Ik hoop een Glock 17. Een Glock is echt een gaaf wapen.'

'Als we gepakt worden met een wapen...'

'We worden niet gepakt,' snauwde Peter over tafel naar Maurice. 'Hou toch op met dat gejammer. Als je de druk niet aankan, moet je ermee stoppen. Niemand houdt je tegen, mietje!'

'Ja, huilebalk. Word dan lid van een breiclubje.' Steef gaf de stoel waarop Maurice zat een trap. 'Ga maar snel naar huis en laat ons met rust.'

Maurice sprong op en graaide zijn tas en de hockeystick van de grond. 'Mij best, eikels! Ik doe hier niet aan mee. Het is gewoon een... een stom, debiel, achterlijk plan.' Van nijd sproeide zijn speeksel in het rond.

'Ga je nou weer huilen?' vroeg Steef sarcastisch en hij kreeg lachend bijval van de anderen. Maurice trilde van woede. Een rode kleur trok vanuit zijn nek omhoog naar zijn wangen. Hij stak zijn middelvinger op en beende toen gefrustreerd de kantine uit.

'Doe toch niet zo lullig. Straks stapt hij uit de groep en wat dan? We hebben hem nodig,' verdedigde Frits zijn vriend.

'We hebben hem helemaal niet nodig. Het is een eikel eersteklas,' zei Steef. Hij stak zijn hand op toen Maurice zich bij de deur nog even had omgedraaid. 'Groeten thuis!'

Frits gaf hem een stomp op zijn arm.

'Wat nou? Hij heeft altijd wel iets te zeiken.'

Peter helde over de tafel en begon te fluisteren. 'Ik weet hoe we aan geld voor de wapens kunnen komen. Met mijn opdracht kunnen we behoorlijk wat geld binnenhalen. Dit weekend zou perfect uitkomen.'

'Gaat dat wel lukken met je hand?' Steef prikte met zijn vinger een deuk in Danny's verband dat langzaam weer in model veerde.

'Zolang ik niet hoef te klimmen moet het lukken,' zei Danny. 'Wat is je opdracht?'

'Zijn jullie wel goed bij jullie hoofd?' siste Frits die zich over de tafel naar voren had gebogen. 'Zoiets bespreek je toch niet in een overvolle kantine.' Hij seinde met zijn hoofd naar de deur en stond op. 'Laten we naar de chalet gaan.'

'Wat doen we met Maurice?' Steef keek de kring rond. 'Wat als hij ons met zijn boze kop verlinkt?'

Danny grijnsde veelbetekenend. 'Ik handel het wel met hem af.'

De deur van de chalet was op slot. Frits had de gordijnen dichtgeschoven en de lamp boven de eethoek aangeknipt. Er stonden dit keer maar vier flesjes bier op tafel. Het briefje met de laatste opdracht lag dichtgevouwen op tafel. Steef schoot met zijn wijsvingers het papiertje van zich af. ‘Het is jouw opdracht. Lees jij hem maar voor.’

Peter pakte het briefje op en deed alsof hij het plan in zijn handpalm afwoog. ‘Het is een woninginbraak. Nou ja, ook weer niet echt een inbraak. Ik heb de sleutel.’

Er viel even een stilte.

‘Wil je bij je eigen huis gaan inbreken? Is het om de verzekering op te lichten?’ Danny trok enigszins teleurgesteld met zijn mond. Hij had toch wel iets spannenders verwacht.

‘Nee, we breken bij mijn pa in.’

‘Het huis van je pa?’ Frits begon misprijzend te lachen terwijl hij Steef aankeek voor bijval. ‘Dat is pas echt ziek.’

De opmerking raakte een gevoelige snaar bij Peter en hij ging direct in de aanval. ‘Mijn vader is ziek, niet ik. Hij heeft mijn moeder kapotgemaakt met zijn geile avontuurtje. Hij heeft ons ingeruild voor een huppeltrut van kantoor en alsof dat niet erg genoeg is, neemt de loser ook nog een kind met haar. Hij is verdomme over de vijftig. En nu is hij plotseling zo gelukkig!’ Peter snoof. ‘Wij bestaan niet meer voor hem. Alles draait alleen nog om dat stomme wijf en dat kind. Het wordt tijd dat hij ook eens wat ellende tegenkomt. Als jullie niet mee willen doen dan doe ik het alleen. Ik wil mijn wraak. Ik sloop alles wat in huis staat: de leren bank, de Italiaanse designkeuken, de jacuzzi, de hightech geluidsinstallatie, alles gaat in stukken. En als bonus neem ik zijn verzameling dure horloges mee. De klokjes zijn ruim tienduizend euro waard. We ruilen een paar horloges in voor de wapens en de rest verpatsen we op Marktplaats. Van wat overblijft, gaan we leuke dingen doen.’ Hij keek afwachtend zijn vrienden aan, terwijl hij zijn boosheid probeerde weg te slikken.

'Ik heb er geen problemen mee,' zei Danny. 'Of we nu een pinautomaat kraken of een meisje mishandelen... Het is allemaal even ziek. Dit is Peters keus en de afspraak is dat we het zouden doen.'

'Dat is waar, ik doe mee,' zei Steef weinig enthousiast.

'Ik vind de opdracht apart, maar dat wil nog niet zeggen dat ik afhaak,' zei Frits om zo zijn reactie van daarstraks wat af te zwakken. Hij stak zijn fles met bier in de lucht. 'We gaan ervoor.'

'Mooi! Aankomend weekend zou perfect zijn. Mijn pa heeft een vakantiehuisje in Limburg gehuurd. Er is niemand thuis. Ik heb de sleutel van het woonhuis en ik ken de code van het alarmsysteem uit mijn hoofd. Het wordt een makkie.'

De deurbel kaatste door de gang de woonkamer binnen. Met een zucht liet Maurice zijn stripboek zakken en probeerde via het keukenraam een glimp van de beller op te vangen. Het was zondagmiddag en zijn ouders waren, zoals elke zondag, naar zijn oma in het verzorgingstehuis. Hij lag languit op de bank en had geen zin om overeind te komen. Gewoon negeren, dacht hij. De bezoeker ging uiteindelijk vanzelf wel weg. De bel kwam weer tot leven, twee keer kort en daarna een paar seconden lang. Vloekend zwaaide Maurice zijn lange benen op de grond. Hij weifelde nog even, maar toen opnieuw de irritante bel klonk kwam hij overeind.

'Is er ergens brand?'

Hij trok de deur open en een gevulde vuilniszak werd in zijn handen geduwd. 'Je was je slaapzak vergeten.'

Het hoofd van Danny stak boven het plastic uit. Onuitgenodigd deed hij een stap de gang in en sloot de deur achter zich. Ze bleven tegenover elkaar staan, Maurice een beetje ongemakkelijk en onzeker in zijn houding. Danny was nog nooit bij hem thuis geweest en nu stond hij plotseling op de stoep.

'Ben je alleen?'

Maurice knikte en liet de vuilniszak onder de kapstok op de grond zakken. 'Je had hem niet hoeven brengen.'

'Ik was toch in de buurt. Wat ben je aan het doen?'

'Niks bijzonders.' Maurice stopte zijn handen in de achterzakken van zijn jeans. Hij was toevallig in de buurt? Hij woonde aan de andere kant van de stad. Alsof het normaal was dat je met een vuilniszak op pad ging.

Ontwapenend keek Danny hem aan. 'Krijg ik niets te drinken?'

'Ja, natuurlijk... We hebben alleen geen alcohol in huis. Wil je een colaatje?'

'Dat is goed.' Danny volgde Maurice naar de keuken. Nieuwsgierig dwaalden zijn ogen in het rond. 'Leuke hut. Wat doet je vader voor werk?'

'Hij is ingenieur. Hoe is het met je hand?' Om zeker te zijn dat Danny op afstand bleef, keek Maurice over zijn schouder voordat hij bukte. Hij pakte de fles uit de koelkast en kwam toen snel omhoog. 'Neem een kruk...' Hij wachtte tot Danny aan de keukenbar had plaatsgenomen en trok toen pas het keukenkastje open.

'Het gaat wel. Tegen de middag begin ik wat last te krijgen. Ik moet eigenlijk een mitella dragen, maar ik heb geen zin om de hele dag met zo'n lap om mijn nek te lopen.'

Maurice schoof een vol glas cola naar hem toe en bleef zelf aan de andere kant van de bar staan. Hij beet op zijn lip, terwijl hij roerloos naar het verband bleef staren. 'Dat is knap klote,' zei hij om maar iets te kunnen zeggen.

'Ja...' Het was even stil. 'Weet je wat ook klote is...' Danny trok zijn hand weg zodat Maurice hem wel moest aankijken. '... dat jij ervandoor bent gegaan.'

'Wat moest ik dan? Ik werd als een eikel behandeld. Vond jij de opmerking van Steef normaal dan?' kwam Maurice in verweer.

'Je weet hoe Steef is.'

'Dan nog hoeft hij niet zo lullig te doen. Ik heb iets tegen wapens, dat kan toch?'

'Het is toch niet gezegd dat we ze gaan gebruiken?'

'Dus we betalen een paar honderd euro om die dingen in een la te leggen? Daar geloof ik geen zak van. En trouwens... We hebben nog één opdracht te gaan, die van Peter, en dan is het toch over? Hebben we daar een wapen voor nodig?'

Danny ging daar niet op in. 'Dus je doet niet meer mee?'

Maurice aarzelde en schudde toen dapper zijn hoofd. 'Niet als jullie wapens kopen. Als je die hebt, ga je ze uiteindelijk ook een keer gebruiken. Daar pas ik voor.'

Danny schudde bedenkelijk zijn hoofd. 'Hoe weten we dat je te vertrouwen bent?'

'Wat bedoel je?'

'Wij willen blijven doen wat we doen. Het saaie leven hebben we afgezworen. Wij willen die kick blijven voelen. Het gevaar is dat jij ons verlinkt.'

Het snel onderdrukte lachkreetje van Maurice klonk schel en nerveus. 'Waarom zou ik? Als jullie gepakt worden, ben ik automatisch ook de lul. Ik heb ook meegedaan.'

'Laten we hopen dat je dat niet vergeet en dat je niet in paniek raakt. Want als je tegen je ouders, vrienden of politie je mond voorbijpraat, ben je zeker de lul. Geloof mij. We willen de wapens niet gebruiken, maar als het moet...' Terwijl hij met zijn hoofd knikte, bleef hij Maurice strak aankijken. 'We hebben geen keus.'

Maurice slikte en was enigszins in de war. Begreep hij het nu goed: werd hij met de dood bedreigd? In zijn eigen huis, door zijn vrienden? Hadden ze gistermiddag onder het genot van een biertje dit scenario besproken? Zijn maten... Nee! Hij snapte er niets van. Hij kende Frits bijna zijn hele leven. Hoezo hadden ze geen keus? Maurice wist even niet of hij moest gaan lachen of huilen. 'Maak je nou een grapje?'

Danny schudde resoluut zijn hoofd en liet zich van zijn kruk glijden. 'Daar maak ik geen geintjes over. We schieten je kapot en als het ons niet lukt, dan huren we een mannetje in. Daar hebben we straks genoeg geld voor, weet je.' Hij zei het zonder enige aarzeling, alsof het de normaalste zaak van de wereld was. Net als zijn idool uit de film *The Bandits of Z*, Teddy Clens, een meedogenloze crimineel met wie Danny zichzelf graag identificeerde. Hij gebruikte dezelfde woorden als uit de film toen het spaak bleek te lopen, dezelfde stoere blik.

'We hebben een paar gave klussen bedacht. Misschien is het wel beter dat jij er niet bij bent, want waarschijnlijk doe je het bij de eerste stap al in je broek.' Hinnikend begon hij te lachen en Maurice kon niet meer doen dan hem wat schaapachtig aankijken. Zijn hersenen waren druk bezig om de bedreiging te verwerken en te beseffen in wat voor situatie hij was beland.

Danny sloeg het restje cola in één teug achterover en zette toen het glas op de keukenbar terug. Zijn rol als gangster was vergeten. 'Bedankt voor de cola. Ik zie je nog wel bij de hockeyclub. De mazzel.' Hij sloeg Maurice vriendschappelijk op de schouder en liep toen de keuken uit naar de voordeur. De voordeur viel met een klap in het slot.

Versteend staarde Maurice door het keukenraam naar buiten, totaal in shock. Hij zag dat Danny nog even zijn hand opstak, voordat hij zijn scooter startte en wegreed.

23

Rechercheur Kuguksloe hield haar schrijfmap onder haar arm gekneld en tikte met de achterkant van haar autosleutel op het raam. Ze gluurde naar binnen en probeerde het donker te doorgronden. Geen beweging te zien. Met een zucht liep ze terug naar haar auto, die ze voor het pand had geparkeerd. Ze opende het portier, smeet nonchalant haar schrijfmap op de achterbank en viste een pakje sigaretten uit haar jaszak. Ze leunde tegen de auto toen ze de sigaret opstak.

Ondertussen liet ze onverschillig haar ogen langs de ramen op de bovenverdieping dwalen. Het leek er niet op dat de woning boven het café werd verhuurd. Ze had vanmorgen vroeg eerst haar twee kinderen naar haar moeder gebracht, zodat Maran daar geen omkijken naar had en bij zijn vader kon zijn. Daarna had ze vier cafés bezocht, maar tot nu toe had het geen bruikbare informatie opgeleverd. Er stonden nog twee locaties op haar lijst en het was halfdrie.

Ze tikte de as van haar sigaret en sloot even haar ogen. Haar hoofd bonkte en een ongekende moeheid gijzelde haar lichaam. Na vijf slapeloze nachten was dat niet verwonderlijk. Automatisch bracht ze de sigaret naar haar mond, maar deze bleef als bevroren hangen toen ze haar telefoon in haar jaszak voelde trillen. Een stoot adrenaline joeg door haar lijf. Ze veerde omhoog en graaide haar telefoon uit haar zak. De naam van haar man verscheen op het schermpje en haar adem stokte. Ze wist wat hij haar ging vertellen. Ze bedwong haar tranen en drukte het gesprek open. 'Ik kom eraan,' zei ze.

In de auto zocht ze in haar adressenbestand en drukte het nummer in. Vrijwel onmiddellijk werd er opgenomen: 'Heleen Resmann, Recherche...'

Sera hapte naar adem en probeerde zich groot te houden. 'Mijn schoonvader is overleden. Ik ga naar huis. Ik kan het onderzoek niet verder...' Haar stem sloeg over en geruisloos begon ze te huilen.

'Het onderzoek loopt niet weg,' hoorde ze Heleen zeggen. 'Je bent thuis nodig. Wij redden het hier wel. Sterkte!'

Verdoofd startte Sera de auto en reed de straat uit.

Rob van Buren wist op het moment dat Heleen hem vertelde dat Sera voorlopig niet kwam werken, dat het onderzoek daarmee stil kwam te liggen. Van Buren had gehoopt dat hij iets meer tijd zou krijgen om de resultaten van het Nederlands Forensisch Instituut in zijn onderzoek te kunnen verwerken. Verleden week had hij het shirt met de bloedspatten opgestuurd en misschien, heel misschien, had het NFI een match in de DNA-databank gevonden. Als dat het geval was, dan werd zijn onderzoek naar een hoger niveau getild. Dan zouden er plotseling wel genoeg rechercheurs zijn die zijn team kwamen versterken en zou hij alle medewerking krijgen die hij wenste. Het was een kwestie van tijd en geluk. Hij had hooguit nog twee tot drie dagen nodig.

Teleurgesteld schoof Van Buren zijn bril van zijn neus omhoog naar zijn voorhoofd, toen Linthorn de kamer binnenkwam. Extra tijd was hem dus niet gegund. Hij wreef met zijn hand over zijn gezicht. 'Harrie, wat kan ik voor je doen.'

De recherchechef gaf niet direct antwoord. Hij trok een stoel naar zich toe en liet zich met een zucht zakken. 'Ik heb het nieuws van Sera gehoord.' Er volgde een tweede zucht. 'Jammer, maar ik kan niet anders dan het onderzoek bevriezen. Zodra ze weer komt werken kunnen we bekijken of er een herstart kan plaatsvinden.' Hij gaf Van Buren geen ruimte om te protesteren. 'Ik plaats Heleen in een nieuw team waar ze als ondersteuning in de administratie gaat werken.' Hij beet op zijn tanden toen hij zich realiseerde dat hij die laatste zin anders had moeten formuleren.

Van Buren gooide zijn leesbril op tafel en fronste zijn wenkbrauwen. 'Een nieuw team? Dat van mij wordt opgeheven omdat er niet voldoende personeel is.'

De recherchechef hief zijn hand op om Van Buren de mond te snoeren. 'Gisteravond heeft een stel amateurs een pinautomaat in de binnenstad opgeblazen. Een dergelijk geweldsdelict zorgt voor behoorlijk wat onrust onder de burgers. We moeten wel in actie komen. De schade is enorm en de PD ligt bezaaid met sporen.'

Van Buren fronste meewarig zijn voorhoofd en wachtte op het moment dat Linthorn hem zou sommeren om de coördinatie van het nieuwe onderzoek op zich te nemen. Een mooi moment om eens flink van leer te trekken.

'Je kunt je morgen weer melden bij het fraudeonderzoek in Nijmegen.'

Van Buren was even van zijn stuk gebracht. Hier klopte iets niet. Hij herstelde zich snel en boog naar voren, steunend op zijn ellebogen, terwijl zijn bloed langzaam begon te borrelen. 'Ik ben heel benieuwd wie dat nieuwe onderzoek coördineert?'

Linthorn trok een zuinig mondje en gaf met tegenzin antwoord op de vraag. 'Jonas Verbiest. De zaak heeft de nodige componenten waar hij een hoop van kan leren.'

Van Buren knikte traag. 'En dat is genoeg reden om hem het onderzoek te laten leiden? Een hoop componenten! De knaap heeft geen enkele ervaring op recherchegebied.'

'Het is goed dat je daarover begint...' De recherchechef schraapte zijn keel. Hij wist dat de hel ging losbarsten als hij zijn plan op tafel legde. Maar dit keer hield hij zijn poot stijf. Het werd tijd dat Van Buren zich ging realiseren dat hij niet altijd in de positie was om eisen te stellen. Er waren ook nog andere prioriteiten die zwaar meewogen. 'Ik wil dat jij vanaf de zijlijn het werk van Verbiest bekijkt. Als hij iets over het hoofd ziet of als jij iets bedenkt wat nog gedaan kan worden in het onderzoek, dan laat je hem dat weten. Daarvoor hoef je niet naar dit bureau te komen, dat kan gemakkelijk via de mail terwijl je in het fraudeteam assisteert. Je krijgt de volledig inzage in het werkdossier van Verbiest.'

Van Buren leunde verbluft achterover in zijn stoel. 'Dit is echt té belachelijk voor woorden.' Langzaam sprak hij de woorden uit en de woede was duidelijk hoorbaar in zijn stem. Hij had zijn handen om de leuningen van zijn stoel geklemd, alsof hij wilde opstaan. Zijn knokkels trokken wit weg, zijn ogen schoten vuur. 'Dus ik mag het Wereldwonder van ons korps vanuit Nijmegen aansturen? Hij klungelt wat aan en ik mag ervoor zorgen dat de schade zoveel mogelijk beperkt blijft. Waarom plaats je mij niet gewoon in het onderzoek als observator, zodat ik betere sturing kan geven?'

'Omdat je niet echt tactvol bent en je daarnaast een opvliegend karakter hebt. Je zult Verbiest alleen maar ontmoedigen met je grove uitspraken.'

'Als hij niet tegen kritiek kan, dan moet hij niet bij de politie gaan werken. Het is hier geen kinderdagverblijf.' Hij snoof verontwaardigd zijn neus. 'Wordt het geen tijd dat de selectiecriteria bij de politie worden aangescherpt?'

'Mag ik er even op wijzen, Van Buren, dat jij niet het beleid bepaalt. Jonas Verbiest is een zeer competente collega,' reageerde Linthorn op een rustige toon.

'Broodje aap,' bulderde Van Buren.

Linthorn ging staan en schoof zijn stoel terug naar zijn plek in de hoek. 'Dat is jouw mening, maar ondanks jouw ongezouten uiteenzetting gaat het toch volgens ons plan gebeuren.'

'En wat als ik niet aan deze poppenkast wil meewerken?'

Linthorn leek niet verrast door de uitspraak, want hij had zijn antwoord klaar. 'Als het moet, dan maak ik er een officieel dienstbevel van. Je kent de consequenties. Het niet opvolgen van een dienstbevel heeft een schorsing en een onherroepelijk strafontslag tot gevolg. Maar zo ver laten we het niet komen. Toch? De banen liggen tegenwoordig niet voor het oprapen.' Hij klopte Van Buren bemoedigend op zijn schouder. 'Ik verwacht een inzet van honderd procent. Kan ik op je rekenen?'

Nijdig keek Van Buren zijn meerdere aan. Daar had de hufter een pijnlijk punt aangesneden. Wie zat er op een rechercheur van vierenvijftig jaar te wachten? Misschien een beveiligingsbedrijf waar hij de nodige nachtdiensten mocht gaan draaien.

'Ik zie aan je ogen dat het een "ja" is. Ik ben blij dat ik op je kan rekenen.' Er gleed een tevreden lachje over Linthorns gezicht toen hij de kamer uit liep. Hij had de opstandige rechercheur voor eens en altijd duidelijk gemaakt wie de leiding had over de afdeling.

Rechercheur Van Buren had zijn jas van de kapstok gegraaid en was woedend het politiebureau uit gebeend. Hij liep gebogen, tegen de wind in, richting het winkelcentrum en probeerde zijn kalmte te hervinden. Bij cafetaria Bolle Jan ging hij naar binnen en nam achterin plaats aan een tafeltje. Hij plukte de menukaart uit de houder en bestelde patat met extra pindasaus, een broodje hamburger en twee kroketten. Terwijl hij op zijn bestelling zat te wachten, overdacht hij het belachelijke voorstel van zijn meerdere.

Ze hadden hem op een onsmakelijke manier buitenspel gezet en dat had zijn trots gekrenkt. Linthorn had hem het mes op de keel gezet door te dreigen met ontslag. Hij wilde oorlog, nou, oorlog kon hij krijgen. Hij zou Wonderboy feedback geven, meer dan goed voor hem was. De knul ging ervaren wat het echte recherchewerk inhield. De meeste nieuwkomers dachten dat ze na een paar jaar opleiding de klus konden klaren. Maar de kneepjes van het vak leerde je op straat en niet vanachter de computer. Er kwam zoveel meer bij kijken: doorzettingsvermogen, een flinke dosis mensenkennis, volharding, de nodige argwaan en een onderbuikgevoel. Hij ging Jonas Verbiest niet ontzien omdat zijn pa de nodige sterren en strepen had. Rangen en standen maakten op Van Buren geen indruk. Sterker nog: die hadden eerder een tegenovergesteld effect. En natuurlijk ging hij zo tactvol mogelijk te werk. Een kwaadaardig lachje gleed over zijn gezicht. Als hij maar zijn opvliegerige karakter in bedwang kon houden. Negen van de tien keer was dat niet het geval. Hij wreef in zijn handen toen een groot bord met patat voor hem neer werd gezet. Zijn frustraties was hij even vergeten.

Jonas Verbiest was een pezige jongeman van vijfentwintig jaar. Hij had een opvallend hoekig gezicht, bolle ogen en bruinkleurig piekhaar dat met een lading gel op zijn plaats werd gehouden. Hij wilde vroeger, zoals de meeste jongens op jonge leeftijd, profvoetballer worden. In de loop van de jaren stelde hij zijn keuzes bij en wilde hij straaljagerpiloot, automonteur, fysiotherapeut, makelaar en toen uiteindelijk weer automonteur worden. Een functie bij de politie stond niet op zijn wensenlijst, terwijl hij zijn hele leven omringd was door mensen in blauwe uniformen.

Opa Verbiest was hoofdcommissaris en na zijn pensionering volgde Jonas' vader hem op. Opa Verbiest had nog twee zoons die beide als inspecteurs bij de regionale politie werkten. Jonas' vader ontmoette zijn vrouw op de politieschool en ze trouwden op jonge leeftijd. Tussen de twee zwangerschappen door bleef Jonas' moeder werken en had het ondertussen tot commissaris in Gelderland-Midden geschopt. Zijn zus Beth was onlangs gepromoveerd tot brigadier en het zag ernaar uit dat zij hem in rap tempo voorbij zou streven. Jonas was streberig genoeg om dat niet te laten gebeuren. Op de politieschool haalde hij redelijke cijfers en zijn inzet bij het korps was niet echt spectaculair. Wat wel spectaculair was, was de snelheid waarmee hij promotie maakte. Het was zelfs uitzonderlijk te noemen.

Het was simpel te verklaren: Jonas Verbiest kwam uit een goed nest en daar had hij zijn succes aan te danken. Men verwachtte van hem dezelfde prestaties als die zijn opa en ouders in de loop der jaren hadden neergezet. Hij werd voorgedragen als hulpofficier en een stageplek bij de recherche zou een extra pluspuntje kunnen zijn om die functie in de wacht te slepen.

Hij was redelijk in zijn nopjes toen Linthorn hem belde om te vertellen dat hij een onderzoek mocht coördineren. Hij kreeg twee collega's uit de uniformdienst en een vrouwelijke parttimekracht om de klus te klaren.

Onder het avondeten had hij met zijn familie de mogelijkheden besproken en hij moest eerlijk bekennen dat het hem goed deed om zijn ouders zo enthousiast te zien.

Rond halfacht was Jonas naar zijn nieuwe werkplek in Tiel vertrokken en had zich gemeld bij de baliemedewerker in de hal. Hij had met gepaste trots zijn politiebadge laten zien en gemeld dat hij coördinator was van een rechercheonderzoek. De man had hem de hand geschud en vervolgens op een lijst gezocht naar zijn naam. 'U bent niet aangemeld. Ik bel even naar de afdeling om te horen of er iemand is die u kan komen ophalen. De afdeling is namelijk beveiligd en zonder toegangspas komt u niet binnen.'

Licht gepikeerd over het feit dat men niet op de hoogte was van zijn komst, nam Jonas in de wachtruimte plaats. Na vier telefoontjes leek de man achter de balie eindelijk succes te hebben. Na een paar minuten legde hij de telefoon neer en richtte zich tot Verbiest. 'Het is gelukt. Er komt iemand aan.'

24

Het was niet de recherchechef die Jonas Verbiest kwam ophalen uit de wachtkamer. Er kwam een vrouw van middelbare leeftijd, gekleed in een donkere spijkerbroek met gympen, de wachtruimte binnen. Ze had een asgrauw gezicht en droeg een felgekleurde hoofddoek. Ze zei dat ze Heleen heette en na een slap handje had ze hem binnengelaten.

Jonas was enigszins teleurgesteld over de afgevaardigde die het afdelingshoofd had geselecteerd. Hij had op zijn minst een brigadier kunnen sturen in plaats van deze onbeduidende vrouw. Waarschijnlijk hadden ze haar ergens in een stoffig hoekje van de postkamer opgeduikeld.

Ze namen de lift, iets wat tegen zijn principes was en dat had hij haar ook subtiel gemeld: de trap was beter voor de conditie en het milieu. Ze had alleen geknikt en was ondanks zijn protest zonder aarzeling de lift in gestapt. Knarsetandend was hij haar gevolgd. Het leek hem niet verstandig om op de eerste dag al op zijn strepen te gaan staan. Hij zou haar later op haar respectloze gedrag wijzen. De lift kwam met een klein schokje op de tweede etage tot stilstand en langzaam schoof de deur open. Ze kwamen in een lange gang met aan weerskanten kamers waarvan de deuren openstonden.

'Harrie Linthorn zit in de briefing,' zei de vrouw terwijl ze voor hem uit de gang door liep. 'Ik breng u alvast naar de kamer, zodat u zich ondertussen kunt installeren.'

Hij knikte goedkeurend. Een eigen kamer! Dat was tenminste keurig geregeld. 'Kunt u ook voor een parkeerplaats op het terrein zorgen? Ik sta nu aan de overkant in een woonwijk geparkeerd.'

Haar mondhoeken trokken spottend omhoog. 'U kunt met een toegangspas de poort van het parkeerterrein openen. De pas ligt klaar op uw bureau.'

Ze stapten een kamer binnen waar twee bureaus en vier ijzeren archiefkasten de ruimte domineerden. Het bureau bij het raam lag bezaaid met dossiers, kladbriefjes, wikkels van allerlei snoepgoed en gebruikt serviesgoed. Hij verschoot van kleur toen ze naar het bureau wees.

'U wilt toch niet beweren dat ik daaraan moet werken?' Verontwaardigd keek hij haar aan, zijn vuisten in zijn zij geplant.

'Uw voorganger was niet een... hoe zal ik het zeggen... opruimerig type.' Haar lach opende haar gezicht. 'Hij is onverwachts overgeplaatst en heeft klaarblijkelijk alleen meegenomen wat op dat moment belangrijk was. En dat was de transistorradio.' Ze zag aan de reactie van de nieuwkomer dat hij in ieder geval geen gevoel voor humor had.

Zijn gezicht liep rood aan en hij priemde met zijn vinger naar het opgeruimde bureau aan de andere kant van de kamer. 'Waarom kan ik dat bureau niet nemen?'

'Omdat het mijn bureau is. Ik werk al weken aan dat bureau en ik ben niet van plan om te verkassen. U moet het helaas met de werkplek van rechercheur Van Buren doen.'

'Dit is toch te erg voor woorden.' Met een ruk had Verbiest

de bureaustoel naar achteren getrokken en de kruimels van de zitting geveegd. 'Dus je werkt op mijn kamer?' Om de een of andere reden vond hij het nodig om haar te tutoyeren.

'Ja! Dit is de teamkamer en ik werk in het team.'

'In dat geval had je de rommel wel mogen opruimen. Je wist dat ik kwam.'

Heleen vernauwde haar ogen en observeerde de rug van haar kwelgeest. Het kostte haar moeite om hem niet een hatelijke opmerking naar het hoofd te slingeren.

'Daar brand ik mijn vingers niet aan,' zei ze terwijl ze toekeek hoe hij de telefoon onder de paperassen vandaan trok. 'Als er straks iets kwijt is, ben ik de pineut. Meneer Van Buren mag zelf zijn werkplek komen kuisen.'

Met een vies gezicht schoof Verbiest met zijn voet de prullenbak een halve meter naar links. 'Wil jij dan meneer Van Buren bellen en vragen of hij zo spoedig mogelijk zijn troep komt opruimen?'

'Ik denk niet dat het veel nut heeft, maar ik wil het voor u proberen. Er worden vanmiddag nog twee extra bureaus met de nodige randapparatuur gebracht.'

Zijn hoofd kwam met een ruk omhoog. 'Zit ik met drie personen op een kamer?'

'Ja, zoals ik al zei: dit is de teamkamer.'

Hij gromde wat binnensmonds en knalde zijn tas boven op een stapel tijdschriften. 'Ik heb een notitieblok, een markeerstift en een pen nodig. Wil jij dat even regelen?'

'Verder hebt u geen wensen?' vroeg ze cynisch. Aan de ene kant vond ze het wel amusant dat Verbiest dacht dat hij haar als een soort van voetveeg kon gebruiken. Ze besloot het spel even mee te spelen voordat ze hem ging choqueren met de harde werkelijkheid.

'Ja, en zwarte koffie met extra suiker.' Hij liet zich op de stoel zakken en verplaatste een stapel brieven naar de vensterbank. Met zijn hand wapperde hij naar de deur om aan te geven dat ze kon gaan. Heleen beet op haar lip. Het beloofde een interessante samenwerking te worden.

De overige teamleden meldden zich samen met Harrie Linthorn op de teamkamer, waar Verbiest ondertussen in een hoek de spullen van zijn voorganger had gedumpt. De nieuwe rekruten waren twee mannen van achter in de dertig. Mick Posuma en Jacob Span, beiden in uniform.

Jacob Span was klein van stuk, kalend en droeg een overhemd dat overduidelijk een maatje te klein was. Zijn buik hing over zijn broekriem en zijn knopen stonden op springen.

Mick Posuma was het tegenovergestelde van zijn collega Span. Een Indonesische man: lang en tenger van postuur en met een licht getinte huid. Hij had een opvallende, brede mond en als hij glimlachte, en dat deed hij regelmatig, werd een rij witte tanden zichtbaar. Zijn donkerbruine haar was kort geknipt en strak achterovergekamd.

Harrie was bij Verbiest op het puntje van het bureau gaan zitten en overhandigde hem een grijskleurige map met de nodige informatie om het onderzoek te starten. Hij had overduidelijk haast, want hij keek om de twee minuten op zijn horloge.

Toen de mannen zich aan elkaar hadden voorgesteld, vertelde Linthorn dat er een ervaren rechercheur op afstand het team ging monitoren. Verbiest, nog steeds witheet over de troep die hij op zijn bureau had aangetroffen, nam niet de moeite om naar een naam te vragen. Er volgde nog een korte uiteenzetting van de regels die nageleefd dienden te worden en ondertussen was Linthorn gaan staan. Met de mededeling dat zijn deur altijd openstond verliet hij uiteindelijk de kamer.

'Juist!' Verbiest kwam omhoog uit zijn stoel en legde het dossier op een stapel vergeelde kranten in de vensterbank. Hij trok zijn jas van de rugleuning en seinde naar de deur. 'Het lijkt mij zinvol als wij een kijkje gaan nemen op de plaats delict. Heleen blijft hier om de binnenkomende telefoontjes te beantwoorden. Misschien kun je in de tussentijd een kapstok op de kamer regelen.' En het drietal vertrok.

Mopperend pakte Heleen het dossier van de stapel en begon erin te bladeren.

Plofkraak pinautomaat: Groenhornkade. Technisch sporenonderzoek afgerond door technisch rechercheur H. de Koning. Sporen aangetroffen en veiliggesteld.

Terwijl ze met een markeerstift de gegevens arceerde, dronk Heleen haar inmiddels koud geworden thee.

Kruitsporen: kaliumnitraat, houtskool, zwavel... zwartkleurig tape. Videobeelden.

De telefoon op het bureau van Verbiest kwam tot leven. Ze liet hem een paar seconden rinkelen voordat ze opstond en de hoorn van het apparaat graaide. 'Met Heleen Resmann, Recherche Gelderland-Zuid.'

'Ik durf te wedden dat je me mist.'

'Ook goedemorgen, meneer Van Buren.'

'Is Wonderboy al gearriveerd op het honk?'

Heleen schoot in de lach. 'Ik neem aan dat Wonderboy jouw verbastering is voor Jonas Verbiest?'

'Is hij op het bureau?'

'Je hebt geen geluk. Hij loopt net naar buiten.'

'Wat vind je van het wereldwonder? Is hij niet geweldig?'

'Tot nu toe ben ik nog niet erg onder de indruk van hem.'

'Met dit soort mensen gaan we anders wel in de toekomst de criminaliteit bestrijden. Ik heb net zijn persoonsdossier doorgenomen. Hij heeft naast de politieacademie een rits aan cursussen afgerond. Daarnaast heeft hij de juiste genen. Zijn pa is hoofdcommissaris en moeders is commissaris.'

'Ik zal maar niet vragen hoe jij aan zijn persoonsdossier komt.'

Van Buren lachte. 'Waar is Verbiest mee bezig?'

'Dus jij bent de ervaren rechercheur die op afstand dit team gaat coachen? Harrie heeft zoiets laten vallen in zijn uitleg van hooguit tien minuten.'

'Ja, ik mag de minkukel het een en ander bijbrengen over het recherchewerk. Na bedreiging met ontslag heb ik mij vrijwillig aangemeld.'

Het was een paar seconden stil. Die gekwetste, ironische toon kende Heleen maar al te goed en ze had met hem te doen. 'Ze zijn naar de plaats delict om de schade te bekijken.'

'Heeft hij al contact gezocht met de technische rechercheur?'

'Nee.'

'Heeft hij een teamdossier in het systeem geopend zodat ik kan meelezen?'

'Ook dat niet.'

'Zijn er dienstauto's geregeld?'

'Wil je dat ik...'

'Nee, dat wil ik niet. Ik wil niet dat jij zijn taken overneemt, anders heb ik niets te foeteren. Ontneem mij dat plezier niet.'

'Alleen als je belooft dat je hem je ongezouten mening geeft.'

'Wat heeft Wonderboy jou aangedaan?'

'Ach, wat zal ik zeggen... Hij heeft nogal een vreemde kijk op vrouwen en de taakverdeling.'

‘En ik maar denken dat ik ouderwetse opvattingen heb.’
‘Vergeleken bij hem ben je heilig.’
‘Zo erg?’
Ze lachte.

25

Het was een koele avond met een zacht briesje. De vier jongens zaten in de voortuin op hun hurken, verscholen achter de ligusterheg tussen de koningsvarens en de hosta's.

Peter had dit keer de leiding over de hele operatie. Zijn hart ging als een bezetene te keer. Zijn fantasie werd nu werkelijkheid en het voelde zo anders dan hij had verwacht. De tuin van zijn vader, de uit rode steen opgetrokken villa met zijn glas-in-lood ramen, de garage met de houten, openslaande deuren... Het was allemaal bekend terrein, maar toch...

Hij wees naar de roestvrijstalen buitenlampen aan de garagemuur. Ze hadden bewegingsensors en de kans bestond dat, als ze aansprongen en de voorkant van het pand in een zee van licht werd gezet, de buren gealarmeerd werden. Ze konden dit probleem omzeilen als ze door het bloemenperk en achter de pluimhortensia's naar voren kropen.

Peter seinde naar de struiken en stak zijn duim op. Zijn adem vormde grijze wolkjes in de lucht. Hij kwam iets omhoog en onder dekking van de ligusterhaag in zijn rug liep hij naar voren. Ze worstelden zich door het struikgewas langs de zijkant van de garage en kwamen uiteindelijk aan de achterkant van het huis uit. Ze liepen langs de rand van het gazon tot aan het terras. Peter wees naar de lamp boven de achterdeur en drukte toen zijn rug tegen de muur. De anderen volgden zijn voorbeeld.

Frits liet voorzichtig zijn rugtas zakken, trok het koord los en deelde de latex handschoenen uit. Daarna duwde hij een spuitbus in Peters hand en deed zijn rugzak dicht.

Centimeter voor centimeter schoof Peter langs de muur, richting de achterdeur, terwijl de anderen bleven wachten. Hij dook achter de groencontainer weg en schatte de afstand naar de bewegingssensor in. Drie, hooguit vier meter. Hij haalde diep adem, trok de groencontainer achterover op de wielen en duwde toen het plastic gevaarte naar voren. De lamp schoot aan en verlichtte het terras en een deel van het gazon. Peter reed de container tegen de muur, onder de lamp, en trok zich toen omhoog. De dop van de spuitbus vloog uit zijn handen en stuiterde via de tegels in het hoge gras. Hij ging op zijn tenen staan, rekte zijn arm uit en spoot toen met zwarte verf het oog van de bewegingscensor dicht. Snel sprong hij van de container op de grond en zocht dekking onder de grijze, betonnen tuintafel. Vanuit zijn schuilplaats gluurde hij naar zijn kompanen die zich in de schaduw van de muur hadden teruggetrokken. Na een paar seconden viel het licht uit en werd het terras weer ondergedompeld in het zwart.

Ze luisterden met ingehouden adem. In de verte was het geraas van verkeer hoorbaar, maar verder was het stil.

Peter kroop onder de tafel vandaan en haalde de sleutel uit zijn broekzak tevoorschijn.

Voor de zekerheid was Frits op handen en voeten over het gras naar de voorkant gekropen en hield de oprit in de gaten.

Geen beweging te zien. Hij holde terug en seinde dat de kust veilig was.

'Jullie blijven buiten wachten totdat ik het alarm heb uitgeschakeld,' fluisterde Peter naar de drie schimmen die enkele meters verderop naar hem stonden te kijken. Hij draaide de sleutel in het slot om, hield zijn hand op de deurklink en telde tot drie.

'Schiet nou op!' siste een stem achter hem.

Hij trok de deur open, ging naar binnen en klapte het afdekvenster van het alarmsysteem omlaag. 3056#. Zijn vingers vlogen nerveus over het toetsenbord terwijl het rode waarschuwingssignaal begon te knipperen. Het rode signaal veranderde in een groen vinkje en opgelucht haalde hij adem.

'Gelukt!' riep hij vanuit de gang naar zijn kameraden. In het donker liep hij naar de kast in de woonkamer en viste een afstandsbediening uit de bovenste la. Met een druk op de knop gleden langzaam de gordijnen dicht.

'Gaaf,' vond Steef die over de schouder van Peter meekeek hoe hij met de afstandsbediening de lampen bediende.

Danny werd als een magneet naar het halfronde aquarium naast de zitbank getrokken. Terwijl hij zich stond te vergapen aan de kleurrijke vlindervissen die traag langs het glas voorbij zwommen, hield Frits vanachter het gordijn de voortuin in de gaten.

'Wow... Is dat echt koraal?' zei Danny

'Ja, het is een zeeaquarium, mijn vaders grootste trots.'

'Het ziet er duur uit. Wat kost nou zo'n visstick?' Danny tikte tegen het glas en de vissen schoten alle kanten op.

'Veel te veel,' gromde Peter.

'Laten we opschieten,' vond Frits. 'We komen hier niet om vissen te kijken.'

'Je hebt gelijk.' Peter liep over het Perzische kleed naar het kantoor van zijn vader. 'We slopen als eerste de computer, zodat die ouwe voorlopig niet meer thuis kan werken. Hoe minder tijd hij bij zijn oogappeltje kan zijn hoe beter dat is.'

Steef graaide een kandelaar van tafel en volgde hem. Het was een ruim kantoor met een noten bureau. Op de hoek stonden naast een zilveren pennenstandaard twee foto's van het nieuwe gezin. In het midden stond de computer met het toetsenbord. Met een armzwaai sloeg Peter de foto's van het bureau en plantte zijn hak op het glas. Het glas knarste onder zijn schoenen. Hij stak zijn hand uit en Steef overhandigde hem de kandelaar.

'Wacht...' Frits trok een bundel stekkers uit de computer en deed een stap achteruit. 'Anders krijg je straks een stroomstoot.'

De kandelaar kwam met een harde klap tegen het beeldscherm en het plastic omhulsel kraakte. Stukken plastic vlogen over het bureaublad en op de grond. Danny begon te juichen toen de kandelaar op het toetsenbord knalde.

'Mag ik even?' Frits was op de bureaustoel gaan zitten, met zijn voeten vooruit. 'Duwen, Steef!' In volle vaart knalde Frits tegen de stalen kastdeuren. Het dunne staal boog en bij elke aanval werd de deuk dieper en groter.

'Wat is dit?' Danny stak een trofee in de lucht.

'Een of andere stomme prijs voor zijn tropische vissen.'

'Ik wist niet dat je daar wedstrijden in had.' De trofee knalde tegen de muur en viel in stukken op de grond. De zilveren brievenopener verdween tot aan het heft in de gecapitonneerde leren bank voor het raam en Frits trok er een winkelhaak in.

Papieren vlogen door de lucht, samen met de boeken en

kranten die in de kast lagen opgeslagen.

Het viertal verdween naar de slaapkamer, waar ze zich languit op het waterbed lieten vallen. Er werd aan elkaar getrokken en geduwd. Gierend van de pret werd er op het bed gedanst. Uiteindelijk had Danny met een mes gaten in het waterbed geprikt. Ze hadden een fles ketchup tussen het schone beddengoed leeg geknepen en de la daarna weer netjes dichtgeschoven.

De baldadige sfeer liep steeds hoger op en het ene na het andere wilde idee stak de kop op. Er werd naar een sekslijn gebeld en de hoorn werd ernaast gelegd. De flatscreen-tv werd overgoten met een fles rum uit de drankkast, het kleed werd besprenkeld met siroop en chloor en in de rugleuning van de bank werd met een mes het woord klootzak gekerfd. Frits had een zak popcorn samen met een blik perziken in de voorraadkast gevonden. Ze zaten in de woonkamer op de bank, hun voeten op de glazen tafel, terwijl ze handenvol met popcorn naar binnen propten.

'Waar zijn nou die horloges waar je al die tijd over loopt te pochen?' wilde Steef weten.

'In de kluis,' antwoordde Peter op luchtige toon. 'Je denkt toch niet dat hij ze in de keukenla heeft liggen?'

'Heeft die ouwe van jou een kluis?' Danny spuwde een stuk perzik door de kamer en kwam omhoog. 'Waar dan? Achter een schilderij of zo?'

'Natuurlijk niet. Zoiets zie je alleen in een film. De kluis is in de kelder.

'Een kluis in een vochtige, bedompte kelder... Dat is wat voor jou, Frits. Jij bent onze explosievenexpert. Heb je geen bom bij je?' Danny lachte om zijn eigen grap.

'Krijg de tering,' snauwde Frits terwijl hij Danny met een hand popcorn bekogelde.

‘Laten we die kluis gaan kraken.’ Peter stond op en ging hen voor naar de gang waar hij een deur opentrok. Hij knipte het licht aan en liep de trap af.

Het was een ruime, vierkante kelder en hoog genoeg om rechtop in te staan. Tegen de zijkant van de muur stonden stalen wijnrekken gevuld met flessen, netjes in het gelid. In de hoek ronkte een apparaat om de luchtvochtigheid op peil te houden.

‘Dit is hem.’ Peter wees naar de muur waar een indrukwekkende kluis was ingebouwd. Groen van kleur met een zwarte cijferplaat.

‘Wow... Dat is een echte.’ Danny klopte met zijn gezonde hand tegen het ijzerwerk en het maakte een dof geluid.

Peter zakte door zijn knieën en toetste uiterst traag de code in. Hij wilde indruk maken en dat lukte hem aardig. Er volgde een klik toen hij aan de hendel trok. De kluisdeur zwenkte open en de jongens dromden nieuwsgierig dichterbij.

Er lag een stapel papier op de bodem en daarop stond een twaalftal doosjes tegen de achterwand van de kluis opgestapeld.

Frits pakte een bruinkleurig doosje uit de kluis, maar Peter rukte het verontwaardigd uit zijn handen. ‘Ze zijn van mijn pa.’

‘Ik dacht dat we ze zouden stelen?’

‘Dat doen we ook, maar dan nog zijn ze van mijn pa. Ik haal ze uit de kluis.’

Steef had de rugtas op de grond gezet en een voor een liet Peter de horloges in de tas zakken.

‘Dit is een Zwitsers klokje, een echte Breitling. Die brengt alleen al met gemak vijfduizend euro op. En dit is een Cartier, die herken je aan de wijzerplaat.’

‘Wat moet die eikel met zo veel klokjes?’ Danny bekeek de

Breitling van alle kanten. 'Vijfduizend euro.' Hij floot tussen zijn tanden.

'Volgens mijn pa was het een goede investering. We zullen snel merken of dat inderdaad zo is.'

De jongens lachten. 'Ik wil zijn gezicht wel eens zien als hij de kluis openmaakt en merkt dat alles weg is,' zei Peter.

'We moeten een boodschap voor hem achterlaten,' vond Steef.

'Hij kan een grote boodschap van mij krijgen.' Peter gespte theatraal zijn broekriem los en de jongens begonnen opgewonden te schreeuwen.

'Dat durf je niet.'

Zijn broek gleed omlaag. 'Donder op, dan kan ik op mijn gemak even kakken.'

'Je bent niet wijs.' Schaterend rende Steef de keldertrap op, gevolgd door Frits en Danny die de kelderdeur met de schouders barricadeerden. 'Je stinkt als een bunzing. Wie heeft er trek in een ijsje? Ik heb een volle doos in de vrieskist gevonden.'

De barricade was vergeten en Danny liep de keuken in waar Steef de inhoud van de vrieskist op het aanrechtblad had uitgestald.

'We nemen het ijs mee naar huis. Ik denk dat we hier klaar zijn.' Peter gooide de volle rugtas op het aanrechtblad en keek op zijn telefoon. 'Het is halfvijf, laten we gaan. We lopen eerst alle kamers door om te kijken of we geen sporen hebben achtergelaten.'

'Zoals jouw aandenken in de kelder?' Frits schudde lachend zijn hoofd. 'Ik inspecteer het kantoor, Steef de slaapkamer en Danny de keuken.'

Peter knikte. 'Ik neem de woonkamer voor mijn rekening.'

Hij gooide de rugtas over zijn schouder en liep naar de kamer. In de deuropening bekeek hij de schade. Het had erger gekund, dacht hij zo. Zijn oog viel op de fles met chloor op het vloerkleed en hij raapte hem op. Hij was nog voor de helft gevuld. Met een grijns liep hij naar het aquarium en opende het luik boven in de kap. Hij hield de fles schuin, maar nog voordat hij de inhoud in het zeewater kon gieten, hield de stem van Danny hem tegen.

'Doe normaal, man. Dat overleven die beestjes niet. Dat is toch hartstikke zonde, dierenbeul.'

Peter trok een spijtig gezicht. 'Je hebt gelijk...' Hij draaide zich half om en knipoogde naar zijn vriend. Langzaam draaide hij de fles om en liet de chloor in het water lopen. 'Dat overleven zijn kostbare visjes niet,' herhaalde hij op lijzige toon. Het chloor spatte op en er vormde zich een gele kring in het water.

'Je bent een zieke hufter!' beet Danny hem toe.

Onverschillig haalde Peter zijn schouders op en gooide de lege fles door de kamer. 'Kunnen we gaan?' vroeg hij.

'Moeten we niet de deur forceren?' vroeg Frits met gepaste trots omdat hij de enige was die daaraan dacht. 'Denk je niet dat de politie het verdacht vindt als er geen inbraaksporen zijn? Een dief met een sleutel? Kom op zeg... Ze komen automatisch bij jou uit.'

'Dat wilde ik net gaan doen,' loog Peter. Hij vervloekte zichzelf omdat hij zo stom was om een belangrijk detail als dit over het hoofd te zien. Hij trok de deur in het slot en stak zijn hand uit. 'Steef, ik heb een schroevendraaier nodig.'

Steef groef in zijn rugtas en viste het voorwerp naar boven. Peter duwde het ijzer tussen de sponning van de deur en begon eraan te wrikken.

'Sla gewoon het glas kapot,' opperde Danny die het gestuntel niet langer kon aanzien. 'Hier heb ik een steen. Stap opzij.' Hij duwde Peter opzij en ramde de steen door het glas. 'Zo doe je dat.'

'De buren!' siste Frits boos. 'Straks hebben ze ons gehoord.'

'Welnee,' ontzenuwde Danny het commentaar. 'Denk je dat ze op een dergelijke afstand dat beetje glas horen vallen.'

'Ik maak nog wat krassen in de verf en rond het slot,' zei Peter. 'Voor de zekerheid.'

Met de punt van de schroevendraaier hakte hij in het hout. 'Schijn eens wat licht bij?'

Steef drukte zijn telefoon aan en scheen het licht op het resultaat. 'Dat lijkt mij wel voldoende. Laten we gaan.'

Peter bewoog naar voren, door zijn knieën gezakt en met voorovergebogen hoofd en schouders. Door het bloemenperk en achter de pluimhortensia's langs.

26

Maurice Beemster lag nachten achtereen te woelen in zijn bed. De angst hield hem uit zijn slaap en als hij uiteindelijk in slaap viel, dan schrok hij na twee uurtjes weer wakker. De lakens waren drijfnat en zaten rond zijn benen gewikkeld. Hij werd geplaagd door een telkens terugkomende nachtmerrie. Krampachtig probeerde hij aan leuke dingen te denken in de hoop dat het de nare droom zou verdrijven. Maar de beelden bleven door zijn hoofd spoken.

Ze hielden een wapen tegen zijn hoofd gedrukt: Peter, Steef, Danny en zelfs Frits. Er stond een vrouw langs de zijlijn die hen aanspoorde om de trekker over te halen. Ze schreeuwde met een scherpe stem, bijna hysterisch: 'Schiet, schiet z'n bolle kop eraf.'

Haar gezicht was een wazige vlek maar na de zoveelste nachtmerrie herkende hij haar uiteindelijk: Bianca van het Kruksepad. 'Schiet, laat hem niet ontsnappen.'

Frits haalde als eerste de trekker over en raakte hem in zijn knieschijf. Hij zakte door zijn benen en met zijn knieën in het zand smeekte hij om genade. Maar er was geen medelijden. Het wapen van Danny ging af, toen dat van Steef en daarna dat van Peter. Huilend werd hij wakker uit de droom. Overdag was het niet veel anders. Hij keek constant over zijn schouder en speurde de straat af, want stel dat ze hem stonden op te wachten. Hij ging niet meer naar de hockeytraining, omdat hij wist dat ze daar waren. De paranoia had hem bij de keel en verstikte hem langzaam. Hij meende een klik in zijn mobiel te horen en wist bijna zeker dat hij werd afgeluisterd. Zijn concentratie was zo goed als nihil en het regende onvoldoendes op school. Het zou niet lang duren voordat z'n ouders vragen gingen stellen. En dan moest hij met een verhaal komen, een leugen. Hij moest wel liegen, want de waarheid ging niemand geloven. Maurice zat in de kamer op de bank en staarde met een strak gezicht naar de tv. Niet dat de film hem boeide. Het ontging hem allemaal. Zijn gedachten gingen alle kanten op, zonder enige orde.

'Lieverd...'

Zijn moeder had een broodje met rosbief en mayonaise voor hem gemaakt en zette het voor hem op tafel. Het was zijn lievelingskostje. Ze was tegenover hem in de leunstoel gaan zitten en sloeg hem gade terwijl ze zelf ook een broodje at. Haar ogen brandden op zijn huid. Hij wist dat de vragen gingen komen en nerveus had hij het bord van tafel gepakt. Met een onderdrukte zucht nam hij een muizenhapje van het brood. De zucht was haar niet ontgaan. Hij gaf de laatste tijd steeds meer signalen af. Hij at slecht, hij was prikkelbaar en sloot zich op in zijn kamer. Ze had hem zelfs een keer in zijn slaap horen huilen.

'Voel je je wel goed? Je ziet de laatste tijd zo bleek.'

Zijn kaken maalden traag het brood door zijn mond.

'Maurice?' Hij keek haar geschrokken aan. 'Wat is er met jou aan de hand?'

'Niets! Wat zeur je nou?'

'Zeg, jongeman, doen we even normaal.'

Hij schoot vijandig rechtop. Een verkeerd woord en hij zou de kamer uit stampen. Dan was elke vorm van communicatie gedaan. Ze besloot haar boosheid te laten varen.

'Ik ben je moeder en ik zie aan je dat het niet goed gaat. Heb je ergens pijn? Of maak je je ergens zorgen over? Vertel het gewoon...'

Hij staarde naar zijn handen, zijn lippen stijf opeengeklemd. Hij twijfelde...

'Is er iets op school gebeurd waardoor je zo van streek bent? Word je gepest? Is het een meisje?'

'Mam, hou op!' Er blonken tranen in zijn ogen. Hij wilde niets liever dan in haar armen kruipen en zijn hoofd tegen haar borst leggen. Dat ze zijn haren zou strelen en lieve woordjes in zijn oor fluisterden. Maar zijn moeder kon hem niet beschermen. Als hij haar in vertrouwen nam, zou ze het alleen maar erger maken.

'Nee, ik hou niet op. Ik ga door totdat ik weet wat je mankeert. Waarom ben je dit weekend eigenlijk thuisgebleven? Je gaat altijd naar Frits. Heb je ruzie met de jongens?'

'Ik heb met niemand ruzie, mam. Ik mag toch wel een keer thuisblijven? Ik zit in het examenjaar en ik ben gewoon hartstikke moe.'

'Misschien heb je bloedarmoede of een tekort aan vitaminen. Ik maak maandag een afspraak met de huisarts voor een controle.'

Hij knikte om van haar gezeur af te zijn. 'Ik ga trouwens over een uurtje even bij Frits langs.'

Maurice wist dat zijn moeder rond drie uur naar haar praktijkruimte ging om aan de administratie te werken. Dat deed ze elke zondagmiddag, het zou nu niet anders zijn. Toen ze de gang in liep, stond hij ook op. 'Ik ga naar Frits,' riep hij haar na.

'Kom niet te laat thuis. We eten om halfzeven. Opa en oma eten vandaag mee en dan is het wel zo gezellig als je rond vijven thuis bent.'

'Dat is goed.' Hij was via de keukendeur de tuin in gelopen en keek naar de ramen of iemand hem in de gaten hield. De kust leek veilig. Natuurlijk was hij niet van plan om naar Frits te gaan. De klootzak had hem laten vallen. Maar hij moest de schijn ophouden. Hij trok de garagedeur open en klom de zolder op. Hij keek weifelend in het rond. Hier kon hij het gemakkelijk een paar uur uithouden. Hij sleepte een paar dozen naar achteren en stapelde ze op elkaar. Daarna zocht hij in de kampeerspullen naar het luchtbed en zijn slaapzak en trok zich terug achter zijn zorgvuldig opgebouwde muur van dozen. Het voelde veilig, geen nieuwsgierige vragen, geen bezorgde blikken. Niemand zou hem hier zoeken. Hij controleerde de tijd op zijn mobiel. Hij moest zich twee uur koest houden. De volgende keer nam hij iets te lezen mee.

'Heeft pa nog gebeld?'

Silvia Adeler keek haar zoon ontstemd aan. 'Waarom zou jouw vader mij willen bellen?'

'Hij is dit weekend toch weggeweest? Misschien heeft hij iets van zich laten horen.'

'Dat zou dan ook voor het eerst zijn.'

Peter haalde zijn schouders op. 'Het zou toch kunnen.'

'Ik zou er maar niet te veel op rekenen. Je hebt trouwens nog niets over je nieuwe schoenen gezegd,' veranderde zijn moeder van onderwerp. Ze had moeite om niet boos uit te vallen zodra

Peter over zijn vader begon. Volgens de psycholoog, waar ze in het begin van haar scheiding wekelijks kwam, moest ze accepteren dat haar zoon behoefte had aan contact met zijn vader. Dat was gemakkelijker gezegd dan gedaan. Na al die jaren koesterde ze nog steeds een wrok tegen hem en het was moeilijk om haar zoon daar niet mee te vergiftigen. Daarom vermeed ze elk gesprek waar haar ex in voorkwam.

'Vind je ze niet mooi? Vrijdag hebben we drie paar binnengekregen om ze te showen in onze rubriek: 'new and hot'. Het is een belachelijk duur merk en precies jouw maat. Ik heb een paar achterovergedrukt.' Ze knipoogde naar hem en hij antwoordde met een grijns.

'Ze zijn gaaf, bedankt.' Hij zette zijn mobiel aan en checkte zijn berichten. Niets! Zijn vader had nog niet de moeite genomen om hem op de hoogte te brengen van de ravage in zijn huis. Zo onbelangrijk was hij dus voor hem. Hij zat de hele dag in spanning te wachten op een telefoontje. Een telefoontje... De klootzak! Maar misschien was hij nog niet thuis. Misschien zijn ze eerst in een restaurantje iets gaan eten, zonder hem. Dan kwamen ze later thuis. Maar dan hadden de buren ondertussen de rotzooi toch wel opgemerkt? Iemand moest toch die verrekte vissen voeren?

Hij hield het niet langer uit. 'Ik ga naar mijn kamer,' riep hij naar zijn moeder die in de keuken aan het eten begonnen was. Terwijl hij de trap op liep, drukte hij het nummer van zijn vader in. De ringtone ging over: vijf, zes, zeven keer. Op het moment dat hij wilde ophangen hoorde hij zijn vaders stem.

'Peter, ben jij het?' Het klonk nors en kortaf.

'Ja, ik bel even om te vragen hoe je vakantie was.'

'Ik heb nu geen tijd voor prietpraat. Ik heb de politie over de vloer. Ze hebben de hele boel overhoopgehaald.'

Peter stond stil op de trap, zijn hart klopte in zijn keel. Hij slikte. 'Is er bij je ingebroken?'

'Ja, de kolerelijers hebben mijn vissen gedood. Ze drijven allemaal op hun rug.'

Peter hoorde allerlei achtergrondgeluiden en daarna begon zijn vader te vloeken.

'Ik kom naar je toe,' zei Peter en snel drukte hij het gesprek weg. 'Ma, ik ga even naar pa.' Hij denderde de trap af. 'Er is bij hem ingebroken en al zijn vissen zijn dood. Hij is behoorlijk overstuur, je weet hoe hij met zijn vissen is.'

Silvia verscheen in de deuropening terwijl ze haar handen droogwreef aan een theedoek. 'Dat is niet fijn thuiskomen,' zei ze zonder enig spoor van medeleven. 'En waarom moet jij daar nu met zo veel haast naartoe? Wat wil je daar gaan doen?'

'Gewoon, kijken.' Hij strikte zijn veters en pakte zijn jas van de kapstok. 'Nou heeft hij ook een keertje pech.'

Zijn uitspraak deed haar wenkbrauwen fronsen. 'Je gaat er heen voor leedvermaak?'

'Ja, zoiets.' Hij trok de deur open en holde naar buiten. 'Ik ben over een uurtje weer thuis.'

Peter zigzagde met zijn fiets om de geparkeerde politieauto heen en hobbelde over het grasveld naar de voordeur toe. Hij kneep onbedoeld hard in de remmen en gleed met het achterwiel onderuit. Vloekend krabbelde hij omhoog en liet zijn fiets in het gras liggen. De voordeur stond open en het licht in de gang scheen naar buiten.

'Pa?' Hij rende naar binnen en struikelde bijna over de koffers die in het gangpad waren neergegooid.

'Rustig aan, kerel,' zei een onbekende man. Hij was in een witte, papieren overall gekleed en hield een camera in zijn hand, terwijl hij de doorgang versperde.

'Mijn pa woont hier,' liet Peter de man weten. 'Bent u van de politie?'

De man knikte en deed een stap opzij. 'Nergens aankomen. Je kunt naar de woonkamer lopen, daar ben ik klaar.'

In de woonkamer trof hij zijn vader aan, samen met nog twee andere rechercheurs. Hij hoorde zijn zusje Kim boven in haar slaapkamer huilen.

'Jongeman?' Een van de rechercheurs liep op hem af, waarschijnlijk met de bedoeling hem naar buiten te werken.

'Dat is mijn zoon, Peter.' Zijn vader wenkte en toen Peter naast hem ging staan, legde hij zijn hand op zijn schouder. Als een soort troost.

'Wat een kolerebende,' zei Peter, terwijl hij als een volleerd acteur geschrokken in het rond keek. 'Hebben ze nog wat meegenomen?'

'De horloges uit de kluis en nog wat geld.'

'Geld?' Peter probeerde zijn verbazing te verbergen. 'Hoeveel geld hebben ze meegenomen?'

'Minstens twaalfduizend euro.'

'Dat is heel wat. Waarom heb je dan ook zo veel cash in huis?'

Zijn vader maakte een wegwerpgebaar. 'Ja, stom. Voor de vakantie heb ik nog een belangrijke deal gesloten. Er was geen tijd om het geld naar de bank te brengen.'

Zijn vader keek van hem weg. De gluiperd. Peter voelde een machteloze woede opborrelen. Natuurlijk probeerde zijn vader er weer een slaatje uit te slaan door de verzekering op te lichten.

Er was geen geld in huis, geen stuiver hebben ze gevonden, maar hij kon er moeilijk iets van zeggen. Nou leek het of hij zijn vader een dienst had bewezen. Verdomme!

'Het is maar geld,' hoorde hij zijn vader zeggen. 'Het ergste vind ik nog dat ze mijn vissen hebben gedood. Eeuwig zonde.' Met zijn handen in zijn zakken en met afhangende schouders was hij naar het aquarium gelopen. Hij slaakte een diepe zucht, terwijl hij naar de lijkjes in het water keek.

'Hoe hebben ze het gedaan?' vroeg Peter, die naast hem was komen staan. 'Je kunt ze moeilijk een voor een vangen en de nek omdraaien.'

'Ze hebben rotzooi in het water gegooid,' antwoordde Govert mat.

'Wat een klootzakken.' Peter keek zo somber mogelijk, terwijl hij in gedachten een vreugdedansje door de kamer maakte. Gelukkig had hij zijn vader toch nog met iets weten te pakken, anders was deze hele onderneming waardeloos geweest. 'Wat dan?'

Zijn vader keek hem geïrriteerd aan.

'Wat hebben ze in het water gedumpt?' verduidelijkte Peter zijn vraag.

'Dat weet ik niet. Ik heb het water nog niet getest. Ik ben net een paar uurtjes binnen.'

'Meneer Briedenoord, kunnen we even praten?'

'Natuurlijk!' Govert had zich naar de rechercheur omgedraaid.

'Wilt u meelopen naar de kelder.'

Govert kwam in beweging. 'Ga even bij je zusje kijken. Het hummeltje is totaal van streek,' zei hij tegen zijn zoon, die van plan was om hem te volgen.

'Nee, ik ga liever met jullie mee de kelder in.'

'In dat geval kun je beter naar huis gaan. Je loopt hier alleen maar in de weg.'

'Doe niet zo flauw. Ik loop echt niet...'

'Er valt niets te zien. Ga naar huis en kom morgen anders even terug.'

Nijdig draaide Peter zich om en beende de kamer uit. Wanneer zag zijn vader een keer in dat hij niet meer dat jochie van twaalf was dat hij rond kon commanderen. Als hij dacht dat hij hem kon afpoeieren, dan had hij het mooi mis. Er was nog genoeg te verzinnen om hem nog een keer aan te pakken. Peter snoof.

Het zou interessant geweest zijn als hij de vragen en opmerkingen van de rechercheur had kunnen horen. Die stomme dienders tastten natuurlijk volkomen in het duister. Zoals dat bij elke zaak die hij en zijn vrienden tot nu toe hadden beraamd het geval was. Ze hadden waarschijnlijk geen idee in welke richting ze moesten zoeken.

27

De jongens hadden de buit, samen met hun kleding, in zakken onder de chalet in de grond verstopt. De inbraak was nu ruim een week geleden en het nieuws had zich als een lopend vuurtje door de villawijk verspreid.

Het verhaal was totaal uit zijn proporties getrokken toen het uiteindelijk bij de jongens en hun ouders terechtkwam. Volgens de geruchtenstroom waren er niet alleen sieraden ter waarde van vijftigduizend euro gestolen, maar ook geld. Vier ton om precies te zijn. De buurvrouw had maar liefst tien buitenlandse jongens in de tuin betrapt, terwijl ze bezig waren het meubilair in een bus te laden. Ze hadden zonder pardon de vierenzestigjarige vrouw met een honkbalknuppel bewusteloos geslagen. Alle muren van de woning waren besmeurd met ontlasting en de overgebleven meubels die niet in de vrachtwagen pasten, waren met een bijl kort en klein geslagen. De kostbare vissen lagen op de vloerbedekking tussen de scherven te happen naar lucht toen de politie arriveerde. De verontwaardiging in de villawijk was groot en men vervloekte de gewetenloze kliek die dit op zijn geweten had.

'Ophangen dat tuig,' had de vader van Frits gebulderd.

'Voor de rest van hun leven opsluiten,' vonden de ouders van Steef. En zelfs zijn broer, die zelf ook geen heilig boontje was, was het daarmee eens.

'Naar heropvoedingskampen sturen,' mijmerde de moeder van Danny. 'Schande. Gajes. Uitschot...'

Ook bij Maurice werd de boute inbraak bij Govert Briedenoord uitgebreid besproken. Maurice wist maar al te goed wie er verantwoordelijk waren voor deze bizarre inbraak. Maar hij hield keurig zijn kaken stijf op elkaar.

Frits kreeg het ondertussen Spaans benauwd bij het idee dat de horloges bij hem in de tuin begraven lagen. Als die werden ontdekt, viel er nog weinig te ontkennen. Ze moesten er zo snel mogelijk vanaf. Hij had geopperd om de boel te verkopen en toen zijn vrienden akkoord gingen, had hij Asrin op school benaderd en gevraagd of Sami misschien geïnteresseerd was in een partij kostbare sierraden. Waar moesten ze anders heen met het spul? Ze konden moeilijk met een zak merkhorloges bij een pandjesbaas aankloppen. Waarschijnlijk belden die dan direct de politie. Asrin had hem dezelfde dag nog laten weten dat hij hem woensdagmiddag, na schooltijd, naar Sami zou brengen. Maar Frits was niet van plan om de verkoop alleen af te handelen en sommeerde zijn vrienden om mee te gaan.

Ze stonden met hun scooters op de hoek van de Kerkstraat op Asrin te wachten. Ze hadden rond vieren met hem afgesproken en om tien over vier kwam Asrin op zijn grijszwarte scooter aanrijden. Hij was niet alleen. Een lange slungel met een integraalhelm die voor de helft over zijn voorhoofd hing, zat achterop. Hij had een bleek gezicht met smalle bakkebaarden en een sikje. Zijn grote, bruine ogen keken het viertal uitdagend aan. Asrin schoof zijn vizier omhoog en zei, zonder hen te begroeten, dat ze hem moesten volgen. Hij draaide zijn gashendel open en trok direct weer op. Haastig duwden de jongens de scooters van de standaard en volgden hun gids. Asrin slingerde door de straten, terwijl zijn duopassagier de hele rit achteromkeek en de stoet in de gaten hield. Ze reden een woonwijk met hoge flats achter het centrum van de stad binnen. Door straten waar de jongens uit de chique villawijk normaal gesproken nooit kwamen. Hier had men geen bewakingscamera's aan de gevel hangen en had men geen lange oprijlanen en hekken om de tuinen af te sluiten voor ongewenste bezoekers.

Asrin parkeerde zijn scooter voor een flat met groezelig wit pleisterwerk en wachtte totdat de slungel was afgestapt. Hij schopte de standaard naar buiten, draaide de tweewieler op het stuurslot en liep toen naar de ingang. Hij drukte quasinonchalant op de zoemer van nummer zesendertig en na een paar seconden klikte de deur uit het slot. Ze stapten een met graffiti bespoten hal binnen waar een indringende urinelucht hun neuzen prikkelde.

'De lift is kapot. We nemen de trap,' bromde de slungel en hij ging hen voor.

Ze liepen de galerij op, langs een rij afgebladderde voordeuren. Bij nummer zesendertig stond een extreem mager, jong meisje voor de deur te roken. Haar haren hingen slordig langs haar bleke gezicht. Ze keek om toen ze de hakken van de bezoekers op de betonnen vloer hoorde naderen. Asrin seinde met zijn kin en ze deed een stap opzij. Berekenend nam ze de nieuwelingen op, ogenschijnlijk om in te schatten wat dit groepje Sami en zijn mannen te bieden had.

In een somber ogende en zo goed als lege woonkamer bleven de jongens staan. Het stonk naar sigaretten, bier en zweet. De grijze, versleten bank was gescheurd. In het midden stond een bekraste salontafel met volle asbakken en lege bierflesjes. Op de grond lagen lege sigarettenpakjes, verscheurd en vertrapt. De muren waren kaal en voor het raam hing een verschoten rolgordijn dat voor de helft naar beneden was getrokken. Op een matras voor de tv lagen drie jongens van rond de zeventien, achttien jaar. Naast hen lagen een stapel geopende en ongeopende post en wat ranzige zakdoeken.

'Hé, Asrin, heb je iets te smoken meegenomen?' vroeg er een toen ze binnenkwamen.

'Ik ben je bitch niet. Als je iets te smoken wil, dan kom je van je luie reet af en loop je naar de winkel,' gromde Asrin.

De jongen met het opgeschoren kapsel begon te giechelen en hij kreeg een stomp.

'Sami...' Asrin riep zijn neef, seinde naar de bank dat de jongens konden gaan zitten en liep toen de kamer uit.

'Hebben jullie iets te paffen?'

'Ik rook niet,' antwoordde Frits en Steef schudde ter ondersteuning met zijn hoofd.

'Niemand van jullie?'

'Niemand!' zei Peter en hij zocht oogcontact met Danny toen de knaap in het Arabisch iets tegen zijn vrienden zei. Waarschijnlijk was het grappig, want ze moesten lachen. Danny trok met zijn mond. Ze lachten hem uit. Verdomde klootzakken.

'Ewa, mannen!' Sami kwam de kamer binnen met Asrin en nog twee mannen in zijn kielzog. 'Hazan, haal wat te drinken voor onze gasten.'

Een van de jongens stond op van de matras en liep naar de keuken.

'Bier?' schreeuwde hij.

‘Nee, een cappuccino met slagroom,’ snauwde Sami. ‘Wat denk je zelf?’

Sami liet zich tegenover de jongens op een stoel zakken. Met een glimlach bekeek hij de gasten op zijn bank. ‘Asrin vertelde dat jullie iets te koop hebben?’ Hazan was terug en zette een tray bierblikjes op tafel. Hij ging naast Frits op de armleuning van de bank zitten.

‘We hebben een buitenkansje voor je,’ zei Frits. Hij gaf Peter een por en die haalde een plastic tas onder zijn jas vandaan. ‘Topkwaliteit,’ zei hij toen Peter de tas over de tafel naar Sami schoof. Sami schudde de tas leeg op tafel en pakte er een horloge tussenuit. De mannen op de matras kwamen nieuwsgierig naar voren.

‘En bloedlink...’ Sami gooide het klokje terug op de stapel. ‘Ik geef jullie er vijfenzeventig euries voor.’

‘Ze zijn anders wel een paar duizend euro waard,’ protesteerde Peter verontwaardigd.

‘In de winkel misschien, maar de straatwaarde is niet meer dan een paar tientjes. Niemand brandt zijn vingers aan dit spul. Het is gestolen.’

‘Sinds wanneer heb jij daar problemen mee?’ flapte Danny eruit.

Dreigend kwam Hazan omhoog en deed een paar passen in zijn richting. ‘Niet te bijdehand. Wie denk je voor je te hebben, droplul.’

Sami stak een hand op om hem tegen te houden. ‘Oké, Ik geef je honderd euries voor alles.’

‘Honderd euro?’ snoof Peter.

‘Dat is mijn laatste bod. Take it or leave it. Over geld gesproken. Ik heb de wapens besteld, maar ik wil vooruit betaald worden. Ik krijg tweeduizend van jullie, rattenkoppen. En dan heb ik jullie behoorlijk gematst.'

Steef verslikte zich in een slok bier en liep kuchend en proestend rood aan.

'Ik wil morgen mijn geld.'

'Dat hebben we niet,' stamelde Frits. 'We hebben meer tijd nodig om het geld bij elkaar te krijgen. We dachten dat we met die horloges meer konden verdienen.'

'Ja, met honderd euro komen we niet ver,' voegde Peter er met een zuinig lachje aan toe. 'Dan probeer je die troep ergens anders te slijten,' antwoordde Sami onverschillig. Hij stak een sigaret tussen zijn lippen en gaf zichzelf vuur. 'Ik geef jullie een week betalingsuitstel.'

Frits slikte zijn wanhoop weg. 'Misschien is het beter als we van de koop afzien.'

De drie jongens op de matras gingen staan. Hun gezichten stonden op onweer.

'Dat gaat niet meer lukken,' zei Sami met een neerbuigend lachje. 'Het is een hele organisatie om 'schone' wapens naar Nederland te smokkelen. En met schoon bedoel ik ongebruikt. De jongens zijn er al druk mee bezig. Als alles in gang is gezet, kun je niet meer terug. Het is jullie bestelling. Wat moet ik met vijf wapens in de kast?'

'We hebben er maar vier nodig,' liet Steef zich ontvallen. 'Maurice is ermee gestopt.'

Sami's gezichtsuitdrukking werd harder. Hij blies de rook omhoog, terwijl zijn gefronste blik op het groepje bleef hangen. 'Dat gejengel van jullie begint irritant te worden. Ik krijg eind volgende week tweeduizend euro en zo niet...' Hij knikte naar Hazan die met een groots gebaar een stiletto tevoorschijn haalde en het steekwapen opendrukte. Het lemmet zag er gevaarlijk scherp uit. 'Dan mogen mijn vrienden het verder met jullie afhandelen. En geloof mij, je kunt beter met mij zaken doen dan met die opgefokte fuckers.'

De jongens hadden alleen nog oog voor de man met de stiletto, die met het puntje van het mes zijn nagels aan het schoonmaken was. Frits vloekte afkeurend.

De aanval van Hazan kwam onverwacht en snel. Hij sleurde Frits aan zijn shirt uit de bank omhoog en prikte het mes onder zijn kin. Zijn schreeuw deed de anderen geschrokken opspringen. Steef was al halverwege de deur, maar zijn vluchtpoging werd gestopt door een van de mannen die voor hem sprong. De man tilde zijn overhemd op, waardoor zijn behaarde buik zichtbaar werd. Er stak een vuurwapen tussen zijn broekriem en langzaam liep Steef achteruit. De jongens van de matras hielden Peter en Danny met een dreigende blik in bedwang.

'Hazan, Mo, Farier... nokken. Het zijn nog steeds onze vrienden en ze krijgen een eerlijke kans,' riep Sami.

Het mes zakte naar beneden. Frits kreeg een duw en viel terug in de kussens. Ook Mo en Farier trokken zich terug.

Met een diepe zucht masseerde Sami met zijn vingers ritmisch zijn slapen. 'Ik ben een zakenman en het is slecht voor de zaken als ik niet snoeihard zou optreden. Ik heb een reputatie, weet je. Normaal ben ik niet zo mild, maar ik vind jullie toffe gasten. Misschien kan ik jullie een eind op weg helpen. De deal met de wapenleverantie gaat natuurlijk gewoon door en het geld moet er komen. Wapens zijn een goede investering. Met die kruimeldiefstalletjes komen jullie niet ver. Jullie moeten het professioneel aanpakken. Denk groots, iets met weinig risico's. Iets wat in één klap veel geld oplevert. Genoeg geld waar jullie weken op kunnen teren, maanden als het nodig is. Ik weet iets interessants.' Danny's ogen begonnen te glimmen en Peter schoof geïnteresseerd naar voren. Zij waren de intimidatie vergeten, maar Frits niet. Hij wreef over de pijnlijke plek onder zijn kin en kon maar aan een ding denken: zo snel mogelijk weg uit deze slangenput. Koud zweet sijpelde langs zijn ruggengraat omlaag.

'Wij hebben een plan dat jullie misschien kunnen kopen. Het is... Nee! Dat is voor jullie iets te hoog gegrepen.' Met een spijtig gezicht schudde Sami het hoofd.

'Ik denk dat ze daar wel de ballen voor hebben,' speelde Hazan het spel mee. 'Vooral die gast met zijn hand in het verband. Dat lijkt mij wel een taaie.'

'Ik heet Danny.' Danny's trots was gestreeld.

'Hmm.' Sami wreef bedenkelijk met zijn hand langs zijn kin. 'Het zou perfect voor ze zijn, want zo ingewikkeld is het niet. Alles is al uitgedacht, ze kunnen zo instappen...

'Ja, daarom.' Mo leunde mokkend met zijn handen in zijn zakken tegen de muur. 'Waarom zou je de klus aan die kaaskoppen geven? Het is hooguit een halfuurtje werk, naar binnen en weer naar buiten.'

'Omdat we erbij gebaat zijn als onze vrienden hun rekening kunnen betalen. Ik heb geen zin in onnodige ruzie. Als beloning krijgen wij, laten we zeggen, dertig procent van de winst. Het is tenslotte ons plan en wij zorgen voor het materiaal en het vervoer.'

'We kunnen het beter zelf doen,' gromde Mo en Farier was het met hem eens.

'Nee!' Sami was resoluut. 'Onze vrienden hebben de klus en de ervaring nodig. Wij verzinnen wel iets nieuws.'

'En wat als blijkt dat de kaaskoppen het lef niet hebben?'

snauwde Farier. 'Als wij het hun vertellen, dan kunnen wij er niets meer mee. Dan zijn al de voorbereidingen voor niks geweest.'

Sami's ogen knepen samen. 'Dat is waar. Wat denken jullie: hebben jullie de ballen voor iets groots? Het echte werk?'

Nee, had Frits willen roepen. We willen het niet weten. Maar de woorden leken halverwege zijn strottenhoofd vast te zitten. Hij had de moed niet om het hardop te zeggen. Hij hoopte dat Peter en Danny ook door hadden dat er een vies spelletje werd gespeeld. Het zou Sami alleen maar meer macht over hen geven. Het eind zou voorgoed zoek zijn. Hij zocht naar de juiste woorden, zonder dat die Sami's woede zouden opwekken. Maar hij was te laat.

'We doen het,' hoorde hij Peter zeggen.

28

Henk de Koning scrolde door zijn fotobestand en leunde achterover in zijn stoel toen hij gevonden had wat hij zocht. Hij bestudeerde het beeld op het scherm en daarna de foto die hij voor zich op het bureau had liggen. Tijdens het onderzoek in de villa van Briedenoord meende hij een patroon te herkennen. De zinloze vernielingen, de etensresten op de vloer, de teksten op de muur... Hij had het eerder gezien: Bakkerij De Knip aan de Vaneffeweg. Ook hier was het duidelijk het werk van enkele losgeslagen pubers. Geen enkel persoon bij zijn volle verstand neemt uitgebreid de tijd om zo veel rommel en schade te maken. De crimineel probeert juist zo onopvallend mogelijk te werken, want schade betekent sporen en sporen kunnen funest zijn. Hij bekeek de tekst op de vitrine in de winkel: 'klootzak'. Exact hetzelfde woord als wat men in de zitbank van de villa had gekerfd. Dezelfde lussen in de letter K en L. De Z met hetzelfde uithaaltje aan het eind. Popcorn op de grond, stukken perzik, ijs uit de vriezer. Ook hier had men ervan gegeten. Zoetigheid! Het paste bij een puber. Net als de teksten die duidelijk bedoeld waren om hun minachting over het slachtoffer duidelijk te maken, net zoals de ontlasting in de kluis. Dit was meer dan alleen een simpele inbraak. Dit leek op wraak. Een kinderachtige vergeldingsactie.

Bij De Knip zat de sleutel van de achterdeur in het slot. Er was iemand met een klein postuur door het wc-raam gekropen. Die had daarna de sleutel van het haakje achter de deur gepakt. Alsof hij wist waar hij de sleutel kon vinden. Het interessante bij de inbraak in de villa was dat de alarminstallatie was uitgeschakeld. Was de eigenaar vergeten het alarm aan te zetten? Het zou kunnen, maar Briedenoord beweerde van niet. Het raampje was kapot en het slot van de achterdeur was beschadigd. Men had met een scherp voorwerp krassen in de verf en op de slotplaat aangebracht. Maar een paar krassen en een ruitje van vijftien bij vijftien centimeter waren niet genoeg om een deur mee open te krijgen. En dan was er ook nog de kluis. Een kluis met een massieve deurdikte van 15 mm. Een mangaanstalen slotbepantsering van 2 mm dik en een manteling rondom van 5 mm dik staalplaat. Alleen met een code was de kluis te openen en het had een cijfercombinatie met 1.440.000 instelmogelijkheden. Het vinden van de juiste code was beslist geen gelukstreffer. Twee codes die door een stel pubers op een avond werden gekraakt? Dat was onmogelijk.

De Koning keek op de klok. Over vijf minuten begon de briefing bij de recherche. Als hij snel was kon hij nog aanschuiven en zijn ontdekking met het inbrakenteam bespreken. Het was hun taak om uit te zoeken of de twee slachtoffers een gemeenschappelijke vijand hadden. Hij graaide zijn gegevens bij elkaar en beende de kamer uit.

De telefoon rinkelde en Jonas Verbiest trok het toestel aan het snoer naar zich toe. Met een gewichtige klank in zijn stem nam hij op. 'Verbiest, hoofd rechercheonderzoek.'

Het was een paar seconden stil. 'Meneer Van Buren...'

Heleen spitste haar oren terwijl haar blik op het computerscherm bleef hangen.

'Mag ik u even onderbreken. Er liggen hier wat spullen van u en ik zou het op prijs stellen als u...'

Weer een stilte.

'Natuurlijk zijn er belangrijkere dingen dan... U hebt geen tijd.' Enigszins gepikeerd schraapte Verbiest zijn keel. 'Ja, allicht...' Hij bracht zijn pen in gereedheid. 'De bloedspatten zijn door de technische man veiliggesteld en naar het NFI opgestuurd voor onderzoek,' deelde hij zijn mentor mede.

Alsof hij niet wist hoe hij een DNA-onderzoek op gang moest brengen. Van Buren kon hem echt niets meer leren. Sterker nog, hij zou deze oude rot het een en ander bijbrengen over moderne opsporing. Meestal liepen de oudjes qua techniek hopeloos achter en zaten ze vastgeroest in eeuwenoude gewoontes. 'Nee, er is nog geen uitslag binnen. De bewakingscamerabeelden van de bank waren waardeloos. De daders droegen bivakmutsen, donkere kleding en handschoenen. Daar kunnen we weinig mee. Hoe bedoelt u: overige camerabeelden?' Ongeduldig tikte Verbiest met zijn pen op het nog onbeschreven notitieblok. 'Bij de winkels in aangrenzende straten? De bibliotheek? Ja, misschien hebben zij ook camera's hangen, maar wat heeft dat met ons onderzoek te maken? Bewakingscamera's gericht op de deur... beelden van personen die langs de winkels lopen? Dat zou kunnen, maar ze droegen bivakmutsen en... Nee, juist... Ze zullen inderdaad niet de hele route met bivakmutsen over straat hebben gelopen. Ja, dat valt op. Parkeerterreinen zegt u? Tankstations in de buurt, flitspalen, fietsroutes...'

De pen kraste over het papier.

'Buurtonderzoek?' Hij lachte opgelucht. 'Daar zijn mijn mannen Posuma en Span vandaag aan begonnen. 'Ja, het is wat laat, maar de opstart van dit team heeft... Ja, ik begrijp het. U hebt geen tijd. Natuurlijk... Tot ziens.' Met een rood hoofd knalde hij de hoorn op het toestel. Hij vloekte en was zich er plotseling pijnlijk van bewust dat hij niet alleen in de kamer was. 'Heleen...' Hij knipte met zijn vingers om haar aandacht te trekken en deed alsof het telefoongesprek van daarstraks hem niet had geraakt. 'Kun jij voor een overzicht zorgen van tankstations en flitspalen rond de plaats delict?'

Heleen trok haar la open en stond op. Hij keek verbaasd toen ze een A4'tje op zijn bureau neerlegde.

'Wat is dit?'

'Een overzichtslijst. Daar vroeg je toch om?'

'Had je het overzicht al die tijd klaarliggen?'

Ze knikte en hij liep rood aan.

'En waarom krijg ik dit nu pas onder ogen?'

'Omdat je het nu pas vraagt. Je vindt het toch niet nodig dat ik bij de briefing van ons team aanwezig ben?'

'Je werkt drie miezerige uurtjes per dag. Dan ga ik niet een derde van je tijd opofferen aan een overleg.'

'Dan weet ik ook niet welke kant jullie met het onderzoek opgaan. Misschien sta je nog versteld over de input die ik kan geven.'

Verbiests kaken verstrakten en hij deed alsof hij haar opmerking niet had gehoord. Maar ze kon wel raden wat hij nu dacht: waar haalt dat stomme wijf het lef vandaan!

'Wil je een kop koffie voor me halen?' zei hij neerbuigend. Hij had zich over zijn werk gebogen. 'Geen suiker want ik ben op dieet.'

Ze rechtte haar rug. 'Nee, je loopt zelf maar. Ik heb meer kwaliteiten dan alleen koffie halen. Ik ben hier om te assisteren in een onderzoek en daar ben ik verdomd goed in. Ik weet niet waarom je denkt dat je mij kunt gebruiken als voetveeg, maar ik laat het niet gebeuren. Het is tot zover leuk geweest en nu wil ik serieus aan de slag. Als je geen fatsoenlijke opdrachten voor me hebt dan vraag ik overplaatsing aan naar een ander team. Wellicht dat men daar wel blij is met mijn drie 'miezerige' uurtjes.' Ze draaide zich om en liep de kamer uit.

'Heleen!' Teun Bedrand van de administratie zwaaide met een envelop door de lucht en wenkte haar. 'De onderzoeksresultaten van de verkrachtingszaak zijn binnen,' riep hij vanuit zijn kamer de gang in. 'Maar omdat de zaak is stilgelegd, weet ik even niet wat ik met de post moet.'

Heleen liep naar zijn bureau en stak haar hand uit. 'Geef maar. Ik heb het dossier in mijn kast staan. Ik berg de uitslag daar wel in op.'

'Hoe gaat het met je? Je ziet wat bleek.'

Ze wuifde zijn opmerking weg, pakte de envelop aan en draaide zich direct weer om. 'Ik voel me goed, wat moe, maar dat schijnt erbij te horen,' zei ze. Ze had medelijden in zijn ogen gelezen en medelijden maakte haar onzeker. Terwijl ze haar vinger onder de plakstrook wurmde, liep ze naar het koffieapparaat. Ze scheurde de envelop open en trok het rapport eruit. Een treffer zou betekenen dat het onderzoek met spoed zou worden heropend en dat was dan gelijk het eind van de samenwerking met die arrogante dienstklopper die de plek van Van Buren had ingenomen. Ze deed een schietgebedje toen ze een plastic bekertje onder de warmwaterboiler zette en de heetwaterknop indrukte. Zorgvuldig las ze de uitkomst door.

Het celmateriaal op het shirt van het slachtoffer Veugel is afkomstig van het slachtoffer en is vermengd met celmateriaal van een tweede, onbekend individu. Er is van het DNA*-monster een* DNA*-profiel gemaakt en dit is vergeleken met de* DNA*-profielen in de* DNA*-profielenregistratie/*DNA*-databank. Het onbekende* DNA*-profiel kon met geen enkel profiel in het* DNA*-registratiesysteem in verband worden gebracht. Het onbekende* DNA*-profiel is opgenomen in de* DNA*-profielregistratie.*

Geen treffer. Teleurgesteld liet Heleen het formulier zakken en hengelde een theezakje in het hete water. Voorlopige was de samenwerking met Verbiest nog niet gedaan.

'Je ziet zo bleek...' De woorden van Teun hadden zich in haar hoofd genesteld. Ze sloot even haar ogen. Nog een krap uurtje en dan zat haar werktijd erop. Ze was moe en ze wilde zo snel mogelijk naar huis. Het kostte haar extra veel energie om zich te concentreren op wat ze deed. Zelfs de kleine dingen, die voorheen zo vanzelfsprekend waren, vergden veel van haar. Volgende week had ze haar eerste controle. Zou Teun iets aan haar gezien hebben? Ze werd al nerveus bij de gedachte en haalde diep adem.

Positief blijven, Resmann, sprak ze zichzelf streng toe. Er zijn jou honderdduizenden moedige vrouwen voorgegaan. Zij hebben het gered. Waarom zou het voor jou anders moeten zijn? Teun was niet helderziend!

'Wat sta jij hier te doen? Ben je aan het bidden?'

Heleen opende met tegenzin haar ogen en keek Verbiest giftig aan.

'Ik heb wat opdrachten op je bureau gelegd.' Zijn stem klonk iets milder dan normaal. 'Je kunt voorlopig vooruit.'

'Fijn!' zei ze en liep toen weg.

Hij keek haar na. Hij wist het niet zeker, maar hij meende haar 'sul' te horen mompelen.

Heleen had het dossier Veugel open op haar bureau liggen. Ze had het rapport in het systeem vastgelegd en voorzien van een nummer. Toen Verbiest de kamer binnenkwam, keek ze niet op. Ze bladerde door de stukken en negeerde hem. Ze hoorde dat hij dichterbij kwam en zette zich schrap voor wat komen ging.

'Je bent je thee vergeten,' zei hij en hij zette het plastic bekertje voor haar op het bureau neer. Ze draaide zich naar hem toe, haar armen over elkaar geslagen en keek hem aan.

'Bedankt.'

Er verscheen een voorzichtig glimlachje op zijn gezicht. 'Ik haal voortaan zelf wel mijn koffie. Ik denk dat het sneller gaat.'

Heleen wist niet goed of hij een grapje maakte of bot tegen haar deed. 'Dat lijkt mij een strak plan.'

Hij bleef wat ongemakkelijk voor haar staan en zocht naar de juiste woorden. 'Ik zou het waarderen als je morgen bij de briefing aanschoof.'

Heleen ontvouwde haar armen. 'Dat doe ik,' zei ze wat ongemakkelijk.

Hij knikte en liep met grote stappen naar zijn bureau, waar hij zich met een strak mondje op zijn stoel liet zakken.

Heleen verbrak de verbinding en noteerde de informatie op een lijst. Ze had een overzicht gemaakt van de winkels en bedrijven rond de plaats delict en ze moest nog vijf telefoontjes plegen. Tot nu toe hadden vier van de twaalf winkels een bewakingscamera. Volgens de getuige waren de jongens de steeg naast de pinautomaat in gerend en die kwam uit op een klein parkeerterrein. De getuige was de steeg halverwege in gelopen en hij had geronk van motoren gehoord. Bang dat ze zijn richting uit zouden komen, had hij zich snel omgedraaid en was naar huis gerend. Heleen had de vluchtroute op Google Earth bestudeerd en zag dat de route langs het parkeerterrein van de openbare bibliotheek lag. Ze keek naar de tijd, rechts onderin haar beeldscherm. Ze kon nog even met de bibliotheek bellen voordat ze naar huis ging. Ze drukte het nummer in en wachtte totdat er iemand opnam.

Mevrouw Kwassel, hoofd van de administratie, stond Heleen te woord. Ze kon Heleen vertellen dat er inderdaad bewakingscamera's bij de ingang van het pand hingen en dat de beelden werden opgeslagen.

Heleen beëindigde het gesprek en stond met een glimlach op. Ze werkte vierendertig jaar bij de politie en je zou denken dat na al die jaren een camera aan een gevel haar niet meer kon beroeren. Het tegendeel was waar. Want juist dit soort subtiele informatie kon voor een doorbraak zorgen. Haar inzet was weer waardevol gebleken en dat gaf een onbeschrijflijk prettig gevoel.

'Jonas...' Ze had haar jas aangetrokken en bracht haar aantekeningen naar zijn bureau.

29

Sami zoog de rook naar binnen en pufte die na een paar seconden weer langzaam naar buiten. 'Als ik het jullie vertel dan is er geen weg meer terug.'

Rusteloos keek Steef om zich heen. Met een kort knikje liet Danny weten dat het voor hem geen probleem was. Peter grijnsde en Frits keek wat benauwd.

'Als Frits ook meedoet,' was het slappe excuus van Steef.

Danny schoof met een verbeten gezicht wat onrustig heen en weer op zijn stoel. 'Je bent toch niet een matennaaier zoals Maurice?' viel hij tegen Frits uit toen hij hem zag aarzelen. 'Zeg nou maar gewoon ja.'

Peter schopte Frits tegen zijn been om hem daarmee over te halen. 'Je hebt altijd zo'n grote bek. Durf je niet meer?'

'Tuurlijk wel,' zei Frits verontwaardigd.

'Mooi!' Er verscheen een boosaardige, geamuseerde blik op Sami's gezicht. 'Er kan weinig fout gaan. Wij hebben alles voorbereid. Het is zoals Mo al zei: binnen dertig minuten sta je weer buiten.' Sami nam een hijs van zijn sigaret en bouwde een pauze in.

'We gaan ergens inbreken?' raadde Danny ongeduldig.

'Inbreken!' echode Farier. De minachting droop van het woord af. 'Inbreken? Dat is iets voor mijn nichtje van twaalf. Daar doen wij niet aan.' Zijn vrienden moesten lachen en Danny lachte schaapachtig mee.

'Het is een overval,' hielp Sami hem uit de droom.

'Een overval?' herhaalde Frits fel, in een vlaag van paniek. 'En dat noem je makkelijk? Dat is niet even een bank binnenwandelen en om geld vragen. Daar heb je een hoop ervaring voor nodig en zoiets hebben wij nog nooit gedaan.'

'Het is een makkie,' verzekerde Asrin hem.

'Het is geen overval op een bank,' ging Sami op rustige toon verder met zijn uitleg. Hij gooide zijn peuk in een leeg bierflesje, waar die zachtsissend doofde. 'Jullie gaan een casino beroven. Het is niet zo enorm groot als Holland Casino, maar de omzet is de moeite waard. Dit casino heeft een kleine speelhal met een kantoortje en een keukentje. Erg overzichtelijk en daarom te behappen voor vier rappe gozers. Een prettige bijkomstigheid is dat er weinig bezoekers komen.'

'En waar mag dat dan zijn, want ik ken hier in de buurt geen kleine casino's,' zei Danny en hij leek nog steeds geïnteresseerd.

'Het is niet in deze stad, dat is het mooie van dit plan. De politie gaat er meestal vanuit, dat de daders in de omgeving wonen. Een geslepen crimineel rijdt tegenwoordig op de fiets, omdat hij daarmee sneller door het verkeer kan manouvreren dan met een auto. Maar jullie niet. Jullie nemen een taxi. Dat is het laatste waar de juut aan denkt: een groep criminelen die per taxi de stad uit vlucht. Ze zijn zo gefocust op fietsers en scooters, dat een taxi vrij baan krijgt. Voordat ze de oprit van de snelweg hebben afgezet, zijn jullie al de stad uit.'

Frits en Steef keken elkaar steels aan. 'Dus de taxi blijft ergens in een zijstraat op ons wachten?' vroeg Frits met een nauwelijks waarneembaar vleugje ironie.

Sami knikte terwijl hij een pakje sigaretten uit zijn broekzak viste.

'Denk je niet dat de taxichauffeur argwaan krijgt als wij met bivakmutsen en donkere kleding instappen? Voordat we terug zijn, heeft hij de politie al gebeld.'

'Ja, waarschijnlijk wel,' gaf Sami toe. Hij gaf zichzelf vuur, nam een lange trek en keek naar het gloeiende puntje van de sigaret. 'Als je een gewone taxi neemt.' Hij wees naar de man die zich bij de deur had geposteerd en tot dan toe nog geen woord had gesproken. 'Heb ik jullie al voorgesteld aan Metin?'

De jongens keken de man onderzoekend aan. Hij leek op Sami, dezelfde brede schouders, de smalle bakkenbaarden tot aan de kin, de trendy kleding.

'Hij is mijn neef.' Metin grijnsde bij wijze van groet. 'Het mooie in dit verhaal is dat mijn neef taxichauffeur is. Zijn vader heeft een taxibedrijf en er is niemand die zijn ritten controleert. Hij rijdt jullie heen en weer. Jullie trekken opvallende kleren aan, gaan wat drinken in een café en na een uurtje willen jullie naar de andere kant van de stad. Uiteraard bellen jullie een taxi. Rijke, blanke gozers zoals jullie nemen meestal een taxi. Je zorgt dat de kastelein jullie in de smiezen krijgt en zoveel mogelijk van jullie gesprek hoort. De taxi rijdt voor en bam…' Sami hield de sigaret tussen zijn lippen geklemd en sloeg zijn handen in elkaar. 'Één perfect alibi. Onder het rijden trekken jullie andere kleding en schoenen aan. Om de hoek bij het casino is een parkeerterrein. Daar zet Metin jullie af en blijft daar op jullie wachten.'

Peter begon goedkeurend te knikken. Zijn hart roffelde wild

in zijn borstkas. Dit was het avontuur waar hij al maanden naar uitkeek. Dit was het echte werk.

'Wij hebben het casino een paar keer bezocht en op zaterdagavond na twaalven zijn er alleen maar wat oude kereltjes. Daar hebben jullie weinig van te vrezen. En verder zijn er hooguit drie medewerkers, onder wie een vrouw. Wij zorgen voor nepblaffers met knalpatronen, zodat het er allemaal professioneel uitziet. De blaffers maken een hoop herrie en zijn bijna niet van echt te onderscheiden. Zo kunnen jullie wat oefenen en daarbij kunnen jullie niemand per ongeluk bezeren. Je zet het wapen bij de manager tegen het hoofd, je vraagt naar de kassa, la open en je vult de tassen. Als je hard genoeg schreeuwt en af en toe een gaspatroon afschiet, is er echt niemand die tegenwerkt. Binnen een halfuurtje sta je weer buiten. Je rent de steeg door, springt in de taxi en hup... de snelweg op. Omkleden en dan weer braaf een cafeetje in. Als iemand iets vraagt, dan hebben jullie daar zogenaamd de hele avond zitten drinken.' Sami nam een diepe haal van zijn sigaret en liet de peuk in het bierflesje vallen.

'Makkie,' meende Asrin en Mo knikte. 'Je haalt zeker een dertigduizend euries binnen in dertig minuten tijd. Dat is duizend euries per minuut.'

'Dat is snel verdiend,' zei Hazan.

Sami vouwde zijn handen ineen en leunde met zijn kin op zijn knokkels. Afwachtend keek hij de jongens aan.

'Het klinkt goed,' gaf Peter gretig toe.

'Het klinkt goed? Man, het is briljant,' beweerde Farier.

Sami knipte met zijn vingers. 'Hazan, de wapens...'

Hazan liep de kamer uit en kwam met een plastic tasje terug. Hij kieperde de inhoud op de salontafel. 'Probeer maar even,' adviseerde hij. 'Ze liggen zwaar in de hand.'

Danny pakte als eerste het zilverkleurige handvuurwapen van tafel en woog het gevaarte in zijn hand.

'Ze zijn van ijzer,' zei Mo en hij gooide er een in de schoot van Steef. 'Aan de onderkant in het handvat zit het magazijn. Daar zitten vijf knalpatronen in.'

Mo haalde bij een van de wapens het magazijn uit het handvat en hij herhaalde de handeling een paar keer.

'Jij! Frits...' Sami stond op en wenkte dat Frits hem moest volgen. Onzeker kwam Frits uit de bank omhoog.

'Luister, mati.' Sami sloeg zijn arm rond Frits' iele schouders en trok hem mee de kamer uit. Enigszins jaloers keek Peter het tweetal na. Sami troonde Frits mee naar de galerij, waar het uitgemergelde meisje leunend op de reling van de balustrade de straat afzocht.

'Annabel, oprotten.' Sami duimde over zijn schouder en ze schoot het huis in.

'Sorry van daarstraks.' Hij greep ruw Frits gezicht vast en controleerde het zorgvuldig. 'Je hebt geluk. Hazan is vaak erg onhandig met zijn mes, maar je hebt geen schram. Je begrijpt natuurlijk wel dat ik mijn naam hoog moet houden. Het is allemaal toneel. Elke vorm van zwakte wordt direct afgestraft. Het is puur zakelijk. Laat het een les voor je zijn. Laat nooit een spoor van zwakte zien, anders word je door je mannen genaaid. Zorg dat je ze de baas blijft.'

Frits was zijn angst voor de man vergeten en voelde zich vereerd dat Sami hem als leider van de groep had herkend. Net zoals Sami een leider was van zijn groep.

'De gozer die is afgehaakt...'

'Maurice?'

'Heb je hem wel onder controle? Weet je zeker dat hij zijn bek houdt?'

'Danny is bij hem langs geweest voor een goed gesprek.'

Sami lachte goedkeurend. 'Als hij problemen geeft, dan laat je mij dat weten. Dan stuur ik Hazan op hem af.'

'Dat is niet nodig,' wees Frits het voorstel af. 'Desnoods reken ik zelf wel met hem af.'

'Ik weet zeker dat wij maatjes worden. Ik zie mezelf in jou, toen ik nog jong was. Het is moeilijk om de top te bereiken en te behouden, maar ik heb besloten om jou te coachen, want ik mag jou. Heb je een telefoon?' Sami viste zijn mobiel uit zijn broekzak. 'Wat is je nummer? Voor het geval dat ik je nodig heb.'

Terwijl Frits zijn telefoonnummer opdreunde, haalde hij ook zijn mobiel tevoorschijn.

Sami schudde resoluut zijn hoofd. 'Mijn nummer heb je niet nodig. Ik weet jou te vinden. Kom...' Hij liep het huis weer in. 'Laten we gaan kijken wat jouw mannen van de blaffers vinden.'

Opgewonden en uitgelaten reden de jongens over de provinciale weg naar huis. De zak met wapens lag onder de buddyseat van Danny en rammelde bij elke hobbel tegen het ijzeren frame. Ze waren officieel gangsters met wapens en een goed uitgedacht plan. Volgende week waren ze rijk en stonden hun daden op de voorpagina van de krant. Ze werden beroemd en berucht. De meisjes lagen aan hun voeten. Eindelijk! Ze wilden zo snel mogelijk naar hun rovershol om met de vuurwapens te kunnen spelen.

Lachend en zingend slingerden ze met hun scooters over het asfalt. Er klonk een claxon achter hen en Peter stak uitdagend zijn middelvinger op naar het rode autootje dat hem rechts voorbijreed. Wie maakte hen nog wat?

Danny claxonneerde terug en de rest volgde zijn voorbeeld.

Ze stuurden de scooters het gras op en hobbelden het terrein over, naar de chalet. Frits gooide de deur open en smeet zijn helm op de bank. Hij bleef in het midden van de kamer staan, met zijn handen boven op zijn hoofd, nog steeds onder de indruk van het hele gebeuren. Danny knalde de plastic zak op tafel en gaf Frits joelend een stomp op de arm. Peter schreeuwde dat het super was en maakte een soort van overwinningsdansje door de kamer. Ook Steef werd meegesleurd door al de commotie en sprong in de kussens van de bank en begon te zingen: 'We are the champions.'

'Biertje? We hebben iets te vieren,' brulde Danny boven het gejoel uit. Hij had de koelkast opengetrokken en stak een flesje omhoog.

'We moeten oefenen,' vond Peter. Hij had een wapen in zijn hand genomen en richtte het op Steef.

'Doe effe normaal,' zei Frits. 'We kunnen binnen geen patroon afschieten. We weten niet hoeveel herrie dat ding maakt. Straks staat mijn moeder op de stoep.'

'Hoeveel munitie hebben we eigenlijk?' Danny begon te tellen. 'Vijf patronen bij elk wapen.' De patronen gingen van hand tot hand en werden grondig bekeken. Steef probeerde er een in de patroonhouder te proppen maar dat mislukte.

'Wat zeggen we als we binnenvallen? Handen omhoog?' Peter zwaaide met zijn wapen van Frits naar Danny en toen weer terug.

'Je bent toch geen cowboy,' hinnikte Danny en ook hij had een wapen gepakt. Hij stak het vuurwapen tussen zijn broekriem en beende op de kast af. 'Dat kunnen we oefenen. In *The Bandits of Z 3* overvallen ze een bank. We kunnen kijken hoe zij het doen.'

'Goed plan,' vond Peter en hij liet zich met een flesje bier in de bank vallen.

Danny drukte de tv aan en spoelde door de beelden. 'Hier is het stuk dat ze de bank binnengaan. Pak een pen en papier...' Hij ging naast Peter zitten en Steef volgde zijn voorbeeld.

'Motherfuckers... Dat kunnen we vertalen naar klootzakken. Op de grond. Liggen, snel... Heb je het opgeschreven?'

'Ja,' zei Frits kortaf. Het idee dat Peter hem orders gaf, beviel hem niet.

Danny drukte op de pauzeknop en ging staan. 'Steef, jij speelt even voor een bezoeker en ik kom binnen. Ga op de stoel zitten.'

Steef deed wat hem gevraagd werd, terwijl Danny zich terugtrok in de wc.

'Een, twee, drie...' De deur zwaaide open en Danny stormde naar buiten. Met gestrekte armen hield hij het wapen vast. 'Dit is een overval. Liggen, klootzak.'

'Je houdt je blaffer verkeerd vast,' meende Frits. 'Je lijkt nu meer op een juut. Kijk naar de beelden. Ze houden het wapen zo vast...' Frits hield zijn wapen schuin en verdraaide zijn stem. 'Liggen, plat op de grond. Motherfuckers!'

'Dat klinkt stoer,' bekende Peter. 'We moeten onze stem wat zwaarder maken. Dat maakt meer indruk. Liggen, nu! Geld, waar is het geld?' Hij porde met zijn wapen bij Steef in de rug. 'Liggen.'

'Spoel eens terug. Ik wil het stukje nog een keer zien.'

30

'Wat heb jij nou in je zak?'

Steef keek op en zag zijn moeder met zijn spijkerbroek in de deuropening staan. Ze stak een patroon in de lucht en keek hem fronsend aan.

'O, dat...' Hij voelde dat zijn gezicht rood werd terwijl hij krampachtig naar een smoes zocht. 'Die heb ik gistermiddag in het Maximaplatsoen gevonden. Ik wil hem meenemen naar school. Misschien dat Harmsen, onze scheikundeleraar, weet wat het precies is.'

'Het is een kogel,' antwoordde zijn moeder droogjes. 'Dat ziet elke leek.'

'Ja, mam. Dat weet ik ook wel. Maar deze ziet er toch anders uit en ik wil weten met wat voor wapen je zoiets afschiet.'

'En dan steek jij zoiets in je zak. Wat als het ding ontploft?'

'Dat kan niet, mam. Het ding is gebruikt, dat zie je toch...' Hij begon te hakkelen. 'Geef nou maar, dan stop ik hem alvast in mijn tas.'

'Echt niet. Ben jij nou helemaal gek geworden? Dit moet je bij de politie aangeven.'

Nerveus knipperde Steef met zijn ogen. Dit ging de verkeerde kant op. Shit! 'Doe nou niet truttig, ma. De politie ziet je aankomen met een lege huls. Geef nou. Ik heb hem gevonden.'

Afkeurend schudde ze haar hoofd en gooide de patroon uiteindelijk in een boog naar hem toe. 'Stop hem weg.' Ze liep de kamer uit.

Steef liet zich achterover op het bed vallen en draaide het roodkleurige kokertje in zijn hand rond. Ze gingen een casino overvallen. Met een zenuwachtig lachje probeerde hij zijn angst te camoufleren. Ze leken wel gek, maar hij kon niet meer terug. Hij was geen matennaaier zoals Maurice, hield hij zichzelf voor. Hij ging het gewoon doen, samen met de anderen. Er kon niets fout gaan. Ze hadden dagen achtereen geoefend. Steeds een ander scenario, zodat ze niet voor verrassingen kwamen te staan. Ze hadden de wapens niet mee naar huis genomen, maar verstopt achter de plint in de keuken van de chalet. Daar lagen ze droog en veilig. Maar hij had met zijn stomme kop per ongeluk een patroon in zijn zak gestopt. Als een soort automatisme. Zoals hij ook met zijn mobiel of sleutelbos deed. Hij beet op de binnenkant van zijn lip en het zweet stond in zijn handen. Nog vier dagen.

Rijk Bisguet checkte zijn agenda. 'Zaterdagmiddag start de cursus. De eerste dag. Zijn jullie nerveus?' vroeg hij.

'Nu het steeds dichterbij komt, vind ik het toch wel eng worden,' bekende zijn vrouw. Ze kwam overeind om de kopjes naar de keuken te brengen.

'Ik kan niet,' zei Danny plotseling opstandig. 'Ik heb zaterdag een afspraak. Had je niet eerst even aan mij kunnen vragen of ik die dag wel kon?'

'De planning stond in de brief en de brief heeft weken op de kast gelegen. Ze kunnen de cursus niet aan jouw agenda aanpassen. Zo werkt het niet.'

'Nou, ik kan niet,' riep Danny terwijl hij zijn handen in de lucht wierp.

Op dat moment kwam zijn moeder de kamer weer in en keek hem afkeurend aan. 'En je kunt je afspraak niet verzetten? Wat is er zo belangrijk dat je ons daarvoor laat stikken?'

'Ja, hoor eens... is het mijn schuld dat we naar therapie moeten?'

'Danny!' Zijn vader sloeg met zijn vlakke hand op tafel. 'We hadden afgesproken dat we elkaar niets zouden verwijten. Hoe laat is jouw afspraak?'

'Zeven uur. Direct na het eten.'

'Ik zorg dat jij om zeven uur naar je afspraak kunt. Afgesproken?'

Danny wierp een boze blik naar zijn moeder en knikte met tegenzin.

'Fijn.' Rijk keek zijn vrouw toen dwingend aan en seinde met zijn ogen.

'Sorry dat ik tegen je uitviel,' zei ze toen. 'Dat had ik niet moeten doen. Ik was even bang dat je zou afhaken en zonder jou gaat het mij echt niet lukken.' Er gleed een voorzichtige glimlach over haar gezicht. 'We moeten het samen doen.'

'Ik laat je heus niet stikken,' mompelde Danny.

Ze woelde even snel met haar vingers door zijn sluike haar. Grijnzend dook hij onder haar handen vandaan. 'We gaan toch niet klef doen?'

Haar ogen begonnen te glimmen en dit keer glimlachte ze voluit. Spontaan greep ze hem vast en drukte plagend een kus op zijn voorhoofd.

'Gadver, mam.'

Zaterdagmiddag: 15.20 uur. Danny deed het voor haar. De hele cursus kon hem verder gestolen worden. Zijn moeder was bloednerveus. Hij begreep niet goed waarom? Maar hij zag haar handen trillen toen ze een kalmeringspilletje met een glas water wegspoelde. Het scheen te helpen, want toen ze in het lokaal arriveerde, zag ze er ijzig kalm uit.

Er waren zestien cursisten en hij was de jongste van de groep. Er zaten drie vrouwen van wie zijn moeder er een was en de rest waren mannen. De cursusleider was een man van middelbare leeftijd. Een geitenwollensokkenagoog die het zootje ongeregeld weer op de rails moest krijgen. Hij had halflang, grijs haar dat in een staartje achter in zijn nek bungelde. In zijn bruine slippers droeg hij sokken en dat maakte het plaatje voor Danny compleet: een loser. Benjamin Herwijn was zijn naam, maar de cursisten mochten hem met Ben aanspreken. Er volgde een introductieverhaal van vijfentwintig minuten, waarbij de agoog als een overspannen balletdanser door de ruimte fladderde.

Daarna moesten de cursisten zich een voor een voorstellen. Danny was snel klaar. Hij was gaan staan, had zijn naam en leeftijd gezegd en was toen weer gaan zitten. Geregeld checkte hij de tijd op zijn telefoon. De onrust joeg door zijn lijf terwijl hij het stappenplan in zijn hoofd doornam. 19.30 uur: kleding afgeven aan Metin. 20.00 uur: een biertje drinken bij De Harlekijn. 21.45 uur: de taxi haalt ons op in het café. 22.30 uur: aankomst bij casino. 22.38 uur overval vindt plaats. 23.10 uur: taxi brengt ons naar café De Overkant. 01.00 uur: naar huis.

Danny wreef zijn zweethanden droog aan zijn broek en gluurde naar de handtas van zijn moeder. Die stond naast haar voeten op de grond. Nog vijf uur te gaan… Misschien kon hij in de pauze haar tas doorzoeken. Hij moest… Hij checkte zijn mobiel: nog vier uur en vijfendertig minuten voordat ze in actie kwamen. Zijn blik ging weer naar de handtas. Wanneer kwam die verdomde koffiepauze?

19.30 uur. De jongens hadden met Metin op de hoek van de Prins Bernhardlaan afgesproken. Ze hielden hun sporttassen tussen de benen geklemd en keken oplettend in het rond. Frits zag de taxi als eerste in de verte naderen. Metin stopte de taxi langs de stoep en liet de motor draaien toen hij uit de auto sprong. Zonder een woord te zeggen liep hij met grote passen om de auto heen en drukte de kofferbak open. Danny tilde als eerste zijn tas in de achterbak en Peter volgde zijn voorbeeld.

'Kwart voor tien bellen,' bromde Metin. Hij stapte weer in zijn auto, duwde de versnellingspook in zijn eerste versnelling en trok op. Steef had zijn handen achter in zijn broekzak gestoken en keek zijn vrienden afwachtend aan.

'Laten we gaan,' zei Frits. 'Het is nog een behoorlijk stuk lopen naar De Harlekijn.'

'Hadden we niet beter een paar dagen van tevoren bij het casino kunnen gaan kijken hoe de situatie is?' vroeg Steef zich hardop af.

'Natuurlijk niet,' snauwde Peter. 'Stel dat de een of andere alerte medewerker ons ziet rondneuzen en niet veel later is er een overval. Door vier mannen... Nee, dat valt niet op!'

'Ik vertrouw Sami, hij is een vriend,' zei Frits. 'Hij weet wat hij doet.'

'Maar je kent hem niet eens,' sputterde Steef tegen.

'Wat lul je nou?' Frits keek hem nijdig aan. 'Krijg je het nou weer op je heupen. Dat kunnen we nu niet gebruiken. We moeten op je kunnen bouwen. We zijn een team.'

‘Alsof jullie niet in je broek schijten.’

‘Daar heb ik wel wat voor.’ Danny haalde een plastic buisje uit zijn zak. ‘Ik heb de kalmeringstabletten van mijn moeder gejat.’ Hij las de naam van het medicijn op het etiket hardop. ‘Oxazepam. Als je daar een of twee pilletjes van neemt, heb je geen last meer van je zenuwen. Het is een of ander paardenmiddel. Je kunt de hele wereld weer aan.’

‘Dan neem ik er wel drie,’ grijnsde Steef en hij sloeg Peter bemoedigend op zijn schouder. ‘Zo mag ik het horen.’

31

Heleen Resmann liep neuriënd de postkamer binnen. Ze had zich in maanden niet zo goed gevoeld. Vanmorgen, in de spiegel, ontdekte ze nieuwe donshaartjes op haar hoofd. Emotioneel had ze voorzichtig met haar hand door het weinige haar gewreven. Het voelde zacht en fragiel als babyhaar. Nog een paar weken en dan was ze verlost van de broeierige hoofddoeken en mutsen. Verlost van de onderzoekende blikken als ze over straat liep, verlost van de mensen die hun gezicht afwendden als ze oogcontact zocht. Dan kon ze weer blootshoofds naar buiten.

Ze pakte de stapel enveloppen uit het overvolle postvak en liep daarmee naar het koffieapparaat. Ze legde de enveloppen naast het apparaat op tafel en drukte de heetwaterknop in. Terwijl ze een theezakje uit de la viste, keek ze met één oog naar de bovenste envelop: Nederlands Forensisch Instituut.

Het warme water dat in het plastic bekertje sijpelde was vergeten. Nieuwsgierig pakte ze de envelop en scheurde die open. Er verscheen een frons op haar voorhoofd en terwijl ze voor de tweede keer de uitslag las, begon haar hart sneller te kloppen. Ze hadden een treffer.

Het biologisch sporenmateriaal dat op de 'plaats delict/plofkraak' is aangetroffen, heeft een match gemaakt met het DNA-*profiel dat eerder in een ander onderzoek is veiliggesteld.*
DNA-*profiel gekoppeld aan zaaknummer: 3219/290 -Aanranding Kruksepad gemeente Tiel. Aangetroffen: bloedsporen.*
DNA-*profiel is van een nog onbekend mannelijk persoon.*

Ze beende opgewonden naar de teamkamer en vloekte toen ze zag dat Jonas niet achter zijn bureau zat. Mick en Jacob waren naar de winkelpanden gereden om de eventueel aanwezige camerabeelden te bekijken en God mocht weten waar Jonas uithing.

Ze belde Jonas' nummer en kreeg de voicemail. Ze sprak een bericht in om hem te laten weten dat er een DNA-match was binnengekomen. Vervolgens zette ze de computer aan en begon aan het uittypen van het NFI-rapport. Na drie kwartier hoopvol maar vruchteloos wachten op haar teamgenoten, besloot ze om Van Buren te bellen. Hij nam snel op.

'Dag jongedame, wat kan ik...'

'We hebben een DNA-match,' viel ze hem grof in de rede. 'Je raadt nooit in welk onderzoek de dader voorkomt.'

'Ook goedemorgen.' Hij lachte. 'Ik weet niet zo snel een tweede kraak te noemen.'

'Dat is het nou juist. Het is geen plofkraak. Het is een totaal andere modus operandi.'

'Een afwijkend MO. Het feit dat je mij belt, betekent dat wij het onderzoek hebben gedraaid. Laat mij denken...' Het was even stil.

'Denk aan het Kruksepad,' zei ze ongeduldig.

'De aanrandingszaak? Ben je serieus?'

'Anders bel ik je toch niet.'

'Waar is Verbiest?'

'Dat weet ik niet. Hij zit niet op de kamer en hij neemt zijn telefoon niet op.'

'Zijn de camerabeelden van de bibliotheek al bekeken?'

'Mick en Jacob halen ze vandaag op en doen gelijk een rondje langs de winkels die mogelijk beveiligingscamera's hebben hangen.'

Van Buren slingerde een vloek de lucht in. 'Dat had veel eerder moeten gebeuren. De kans is groot dat men de avond erna over de beelden van de plofkraak heen heeft opgenomen. Zeg nog even niets tegen Linthorn. Ik spring direct in de auto en kom eraan.'

Van Buren liep door de gang, zijn passen waren groot en doelgericht. Zijn grijskleurige regenjas wapperde rond zijn benen. 'Harrie!' De recherchechef had zich half opgericht achter zijn bureau toen Van Buren naar binnen stormde. Tegelijkertijd nieuwsgierig en ontstemd nam hij de rechercheur op.

'Ben je verdwaald, Van Buren. Werk jij niet op een ander bureau, vijftig kilometer hier vandaan?'

Van Buren incasseerde de steek onder water zonder commentaar. 'Het NFI heeft de plofkraak gelinkt aan de aanrandingszaak op het Kruksepad. Twee verschillende MO's van een dadergroep die overduidelijk tot alles in staat is. Dit onderzoek wordt te complex voor iemand met zo weinig ervaring als Verbiest. Er komt beslist nog meer rottigheid boven water drijven. We kunnen ons geen fouten permitteren, anders krijg je binnen no-time de media op je nek.'

Linthorn liet zich, enigszins verbluft, achterover in zijn stoel vallen. Van Buren had daar een punt en op media-aandacht zat het korps beslist niet te wachten. Ze waren de laatste maanden al genoeg negatief in het nieuws geweest door de uit de hand gelopen rellen in de achterstandswijken.

'Het onderzoek gaat veel te langzaam. Ze hebben vandaag de beveiligingscamerabeelden opgehaald, terwijl ik verleden week al heb geadviseerd om dit te doen. Zo blijf je achter de feiten aanhobbelen,' dramde Van Buren door.

De recherchechef legde zijn bril op zijn bureau en wreef met zijn handen over zijn gezicht.

'Ze hebben meer rechercheurs met ervaring nodig. Wie gaan de camerabeelden bekijken? Alleen Heleen heeft daar ervaring mee en die werkt halve dagen. Is Sera weer aan het werk?'

'Ze is eergisteren bij het inbraakteam begonnen,' antwoordde Linthorn korzelig.

'Als je mij niet op het onderzoek wil zetten, prima! Maar plaats Sera in hemelsnaam in het team. Dan heb je tenminste nog een kans dat er iets wordt opgelost.'

'Nee!' Linthorn trok de telefoon naar zich toe. 'We gaan het anders doen. Jij coördineert vanaf nu samen met Verbiest het onderzoek. Nog even voor de duidelijkheid: ik zei "samen".' Hij had zijn hand al op de hoorn gelegd. 'Ik regel het met Verbiest en met de teamleider in Nijmegen. Misschien dat een andere rechercheur jouw taken daar kan overnemen.' Hij gromde iets onverstaanbaars toen er op het gezicht van Van Buren een glimlach verscheen.

Verbiests importantie en zijn air van superioriteit waren op slag verdwenen toen Van Buren zijn jas over de rugleuning van de stoel drapeerde. Gefrustreerd trok Jonas met zijn mond toen binnen twee uur een bureau met het nodige kantoormateriaal voor de indringer werd gebracht. Er werd een geplastificeerde stratenkaart aan de muur gehangen en hij kreeg zelfs een eigen printer.

Op het moment dat Van Buren de kamer was binnengestapt, regende het orders, ook richting Verbiest. Er was een buitenlandse collega bij gekomen, een vrouw en die kreeg in Verbiests ogen meer respect dan hij dat kreeg van Van Buren. Voorzichtig en zichtbaar geïrriteerd had Verbiest wat tegengas gegeven, maar Van Buren leek daar niet gevoelig voor te zijn. Als een nukkig klein kind had hij toen met zijn armen over elkaar naar het relaas van de rechercheur geluisterd. Daarna was hij achter de vrouwen aan naar de uitwerkkamer gelopen om de camerabeelden te bekijken. Van Buren bleef met een stapel dossiers en een kop koffie achter zijn bureau zitten. Er waren vier cd's met bewakingsbeelden van de nacht waarin de plofkraak had plaatsgevonden veiliggesteld. De zwart-wit beelden die winkeleigenaren hadden ingeleverd, bleken van wisselende kwaliteit en totaal onbruikbaar voor het onderzoek. De camerabeelden van de openbare bibliotheek zagen er echter veelbelovend uit.

Van Buren zat al kauwend op een boterham in het dossier te bladeren toen Heleen hem kwam halen. In haar ogen waren duidelijk opwinding en sensatie te lezen. Van Buren nam achter het uitkijkstation plaats, terwijl de rest van het team over zijn schouder meekeek. Het 180-gradenbeeld toonde een derde deel van het parkeerterrein dat tegenover de openbare bibliotheek lag. Een straatlantaarn verspreidde een matig licht over het nagenoeg lege terrein. De digitale klok rechtsonder in beeld gaf de tijd aan: 04:03. Van Buren scrolde door de tijd en de beelden schoten in rap tempo over het beeldscherm voorbij. 04:12.

Vanaf de zijkant verscheen er een scooter in beeld en van Buren drukte op de slowmotionknop.

De donkerkleurige scooter met een dubbele bies over de zijkant werd gevolgd door twee andere scooters. Ze verdwenen in het donker en Van Buren spoelde de beelden terug.

De tweewielers schoten nogmaals over het parkeerterrein voorbij en Van Buren telde vijf personen met helm.

'Nog even geduld,' zei Heleen. 'Het beste moet nog komen.'

Het duurde ruim zes minuten voordat een van de mannen zonder helm weer in beeld kwam. Hij was lang van postuur en had donkere kleding aan. Zijn gezicht was een donkere vlek. Hij keek achterom, maakte een gebaar en trok toen een capuchon over zijn hoofd. Niet veel later liepen er drie mannen voor de camera langs. Het was toen duidelijk te zien dat ze bivakmutsen droegen met daaroverheen de capuchon van een trui. Onder de straatlantaarn werden even de ruggen van de mannen beschenen. Een paar seconden later verdwenen ook zij buiten het bereik van de camera.

Van Buren speelde de beelden nogmaals af, en daarna nog een keer. Hij tikte met zijn balpen op het scherm. Een van de mannen hield iets zwarts en ronds in zijn hand. Het leek op een koker. De ander droeg een donkerkleurige tas over zijn schouder. Door het schijnsel van de straatlantaarn kwamen de koker en tas duidelijk in beeld.

Van Buren zette het beeld stil op het moment dat het logo op de rugtas oplichtte. Hij boog zich naar het beeld en kneep zijn ogen tot spleetjes. De lens zoemde in op de letters achter op de tas, maar het resulteerde in een wazig geheel. Na enkele minuten staren meende Mick het logo van G-Star te herkennen. Of het was iets wat daarop leek.

Van Buren drukte op play en het beeld kwam weer in beweging. De mannen liepen gebogen en met hun rug langs de gevel de zijstraat in. Een van de mannen was waarschijnlijk bij de scooters achtergebleven.

Negenentwintig minuten later rende plotseling nummer vijf door het beeld. Tot 04.57 uur was er geen beweging op straat te bespeuren. Uiteindelijk kwamen twee knapen, een met de tas, hollend de zijstraat uit en verdwenen in de richting waar de scooters stonden geparkeerd. 05.04 uur: de drie anderen kwamen voorbijrennen. Een van hen keek telkens paniekerig achterom naar zijn maatje dat wat houterig in de achterhoede sjokte. Hij ondersteunde zijn arm en hield deze wat krampachtig tegen zijn borst gedrukt. Het beeld spoelde terug.

'Hij lijkt wel gewond,' zei Jacob.

'Dat verklaart het bloed dat we op de plaats delict hebben aangetroffen,' meende Van Buren. 'Toen de getuige de jongens aansprak, gingen ze er niet direct vandoor. Hij kreeg het idee dat een van de knapen bekneld zat.'

Van Buren leunde achterover toen hij zag dat de laatste scooter uit het zicht van de camera verdween. 'Het zijn net zoals bij de aanranding mannen met bivakmutsen, maar dit keer rijden ze op scooters. Jammer dat we het merk van de scooters niet kunnen lezen. Het zijn nog jongens, niet veel ouder dan achttien, negentien jaar.' Hij dacht even na.

'Heleen doorzoekt het politiesysteem op incidenten waar een groep van vier tot vijf jongeren met scooters of fietsen bij betrokken zijn. Sera en Jonas vragen het telefoonverkeer een halfuur voor en een halfuur na de aanranding op. Doe dat ook voor de plofkraak.'

'Telefoonverkeer?' Het rolde wat sullig bij Verbiest uit zijn mond, maar Van Buren gaf geduldig een uitleg.

'Zolang een telefoon aanstaat, zoekt die automatisch elk kwartier contact met een zendmast. Het zijn jonge knullen, die kunnen niet zonder een telefoon. We controleren of dezelfde nummers tijdens de aanranding en de plofkraak zijn geregistreerd. Als dat zo is, dan plaatsen we die telefoonnummers onder de tap en luisteren we elk gesprek mee.'

Verbiest was duidelijk onder de indruk.

'Mick, bij de aanranding is tape op de plaats delict gevonden. Bij de plofkraak is ook tape gebruikt. Laat bij de technische jongens onderzoeken of het hier om dezelfde tape gaat en in welke bouwmarkt in de buurt het spul te koop is. Jacob...'

Jacob veerde omhoog.

'Een van de jongens lijkt gewond aan zijn hand of borst. Informeer bij de eerste hulp van het ziekenhuis of zich in de afgelopen drie dagen een jongeman heeft gemeld met een vleeswond. Laat het mij direct weten als jullie op iets bruikbaars stuiten. En nu aan de slag. We hebben genoeg tijd verspild. We gaan boeven vangen.'

32

Café De Harlekijn was gelegen aan de Groenkade, midden in het centrum van de stad. Het had door de bruine tafeltjes en stoelen, de verzameling basketbalpetjes aan het plafond en de uitgestalde buitenlandse biersoorten op de planken langs het plafond een oubollige uitstraling. Er zat een handjevol mannen van midden dertig aan de bar. Twee vrouwen van ongeveer dezelfde leeftijd fladderden aanstellerig om het groepje heen. In een hoek zaten drie mannen te kaarten en ze keken even op toen de jongens wat schichtig het pand binnenstapten.

Frits koos een tafel bij het raam uit en ze namen plaats. De barkeeper wreef zijn handen droog, gooide de theedoek over zijn schouder en kwam op hen af.

'Vier biertjes van de tap,' zei Peter stoer.

'Mag ik jullie ID even zien? Aan jongeren onder de achttien mag ik geen alcohol schenken.'

'We zijn achttien,' blufte Danny.

'Laat jullie ID-kaart nu maar zien. Ik heb geen zin om mijn vergunning voor een stel pubers te verliezen.'

'Onze vriend hier is jarig,' beweerde Peter en hij wees op Steef die het beaamde. 'Je kunt toch wel een uitzondering maken. Er komt toch nooit iemand controleren?'

De barkeeper leunde met zijn knokkels op de tafel en keek zijn gasten met een vermoeide blik in zijn ogen aan. 'ID!'

Met een theatrale zucht viste Frits zijn ID uit zijn broekzak en liet het de man zien.

'Zestien jaar,' las de man hardop.

Met een protesterend gejoel liet de rest hun identiteitskaart controleren.

'Zestien, zestien en zestien. Dat wordt een sapje of niets. Zeg het maar.'

'Vier cola,' grijnsde Frits en de man grijnsde met hem mee. Hoofdschuddend verdween hij naar de bar. 'Ik zei toch dat het ons niet ging lukken,' fluisterde Steef.

'Dat is juist de bedoeling,' siste Frits terug. 'We kunnen nu niet gaan zitten zuipen. Maar we weten in ieder geval zeker dat die vent onze gezichten voorlopig niet vergeet. Als er vragen komen dan zijn we gedekt.' Hij veerde snel achterover toen de barkeeper met een vol dienblad hun richting op kwam lopen.

'Ik heb er een gratis schaaltje snacks bij gedaan. Als pleister op de wond.'

'Dat is tof,' zei Danny en hij bedankte de man met een amicaal klopje op zijn arm. De barkeeper liep langs een tafeltje waar nog wat vuile glazen stonden en nam het glaswerk mee naar achteren.

'Hoe laat is het?' vroeg Steef en zijn handen trilden toen hij het glas naar zijn mond bracht.

'Drie minuten over tien. Wil je alvast een pilletje?'

Steef knikte.

'Geef mij er ook maar een,' zei Frits. 'Voor de zekerheid.'

Danny haalde het buisje uit zijn broekzak en frummelde onder tafel het schroefdopje los. 'Een of twee?'

'Doe maar twee,' zei Steef. Danny schoof de pillen over tafel. Met een slok cola spoelde Steef de medicijnen weg.

'Je moet nu bellen. Het is kwart over tien geweest,' spoorde Peter Frits aan.

'Het komt echt niet op de minuut aan,' antwoordde Frits nerveus. Hij pakte zijn mobiel van tafel en zocht in zijn adressenbestand naar het nummer van Metin. Hij drukte het nummer in en wachtte totdat Metin opnam. 'We willen graag een taxi bestellen,' zei Frits wat overdreven luid. 'We wachten op u in café De Harlekijn aan de Groenkade. Dank u.' Hij verbrak de verbinding en seinde dat Peter de rekening moest gaan betalen.

Met zijn portemonnee in de aanslag liep Peter naar voren. 'Ik wil alvast afrekenen,' zei hij tegen de barkeeper die de glazen stond te spoelen. 'We hebben een taxi gebeld en we weten niet hoelang het duurt voordat die voor de deur staat. Dan kunnen we beter afgerekend hebben. We gaan naar een café, aan de andere kant van de stad. Misschien dat we daar een biertje kunnen scoren.'

'Ik betwijfel het,' zei de man terwijl hij het briefje van twintig euro overnam. 'Heb je niet kleiner?' Peter schudde spijtig zijn hoofd. Nadat hij betaald had liep hij de wc in en draaide de deur achter zich in het slot. Hij leunde met zijn rug tegen de muur en likte zijn droge lippen nat. Misschien had hij beter ook een pilletje kunnen nemen. Er werd op de deur gebonkt.

'Peter, de taxi staat voor.'

'Ik kom eraan,' riep Peter. Hij trok aan de hendel en het water borrelde uit de ouderwetse stortbak naar beneden. Het water spatte in de wc-pot omhoog, op de grond. Hij haalde diep adem en stapte de wc uit. Metin stond in de deuropening en wachtte totdat de jongens hun jassen hadden aangetrokken.

'Bedankt,' riep Danny en hij stak zijn hand naar de barkeeper omhoog. De man groette terug. Metin hield de deur van de taxi open en de jongens schoven op de achterbank. Frits nam op de passagiersstoel plaats en de taxi trok op. Metin stuurde de auto door het verkeer en draaide na tien minuten het parkeerterrein van een hotel op. 'Ik pak even jullie spullen uit de achterbak.'

Steef had zijn trillende handen tussen zijn benen geklemd en zat wat stilletjes tussen zijn vrienden in. Hij had kramp in zijn maag en zijn voeten waren praktisch gevoelloos geworden. Metin gooide de sporttassen naar binnen en liet zich weer achter het stuur zakken.

'Ik rij de snelweg op. Verkleed je alvast, want binnen een halfuurtje zijn we daar.' Hij duwde de versnellingspook in de versnelling en schoot het parkeerterrein af. Peter ritste de tas open en duwde een broek en trui in Frits' handen. Onhandig wisselden de jongens van kleding en staken de wapens tussen hun broekriem. De bivakmuts werd in de broekzak weggefrommeld. 'Laat je persoonlijke spullen in de taxi achter. Dan kun je ze ook niet verliezen.'

Metin wees op het emmertje dat voor Frits op de grond stond. Frits gooide zijn sleutelbos en zijn ID-kaart in de emmer en gaf die toen naar achteren door. Zijn telefoon hield hij bij zich. De jongens leegden hun zakken en zetten toen de emmer achter de bijrijderstoel op de grond.

Metin reed de snelweg af en minderde gas. Het was ondertussen gaan regenen. Terwijl de taxi bij het verkeerslicht stopte, keek Metin in zijn achteruitkijkspiegel naar de drie jongens op de achterbank. Rusteloos en zwijgend zaten ze tegen elkaar aan geplakt. Metin reed de taxi naar een verlaten parkeerterrein en parkeerde naast de glascontainer. Hij wees naar een fietspad dat tussen twee woningen naar voren liep.

'Aan het eind direct links. Je kunt het niet missen,' zei hij. Hij stak een sigaret in zijn mond en pakte de aansteker uit de houder. 'Ik blijf hier op jullie wachten. Schiet een beetje op.' Hij gooide zijn portier open, zoog ondertussen de rook van zijn sigaret naar binnen en stapte uit. Hij wachtte totdat de jongens het fietspad waren afgelopen voordat hij zijn mobiel uit zijn zak viste. Zijn vingers schoten rap over de toetsen op het glazen toetsenbord.

Sami voelde zijn mobiel trillen in zijn zak en hij haalde het toestel tevoorschijn. Hij glimlachte naar het schermpje voordat hij de telefoon weer in zijn zak liet glijden.

'De vogels zijn binnen,' zei hij tegen Hazan.

Steef voelde het zuur in zijn maag omhoogborrelen. Kokhalzend probeerde hij de smaak weg te slikken, maar dat had weinig effect. Hij zakte door zijn knieën en begon te kotsen. Hij hoorde gevloek en kwam zo snel hij kon weer overeind.

'Het gaat alweer,' stelde hij zijn vrienden gerust. Peter kwam de bocht door en liep met grote passen op hen af. Hij was poolshoogte gaan nemen en was een klein stukje de straat in gelopen, langs het casino en weer terug. 'Volgens mij is het niet druk binnen,' zei hij om Steef gerust te stellen. 'Zullen we dan maar?'

Danny knikte en trok zijn bivakmuts uit zijn binnenzak. 'Kom op! We hebben genoeg geoefend. Het is zo gepiept.'

Frits trok zijn bivakmuts over zijn hoofd en klapte de capuchon naar voren. Hij stak zijn duim op en wachtte tot Steef ook zijn gezicht had afgedekt. Peter liep voorop, half rennend door de straat. Hij keek over zijn schouder om er zeker van te zijn dat zijn vrienden hem waren gevolgd.

Een man aan de overkant van de straat, verscholen in het donker van een portiek, keek de jongens fronsend na. Hij schoot zijn half opgerookte sigaret de straat op en ging zijn huis in.

Ron Verbrugge bestelde een biertje en keek met een schuin oog naar de roulettetafel waar een man was aangeschoven. De man die twee krukken verder zat, knikte alsof hij Rons gedachten kon lezen.

'Er is niet veel volk,' zei de man terwijl hij met een afkeurend gezicht aan zijn glas whisky nipte. 'Alles wordt duurder en dat houdt de mensen weg. Vroeger zat het hier altijd gezellig vol, maar kijk nou zelf...' Hij draaide zich half om in zijn stoel en seinde met zijn hoofd naar de speeltafels in de aangrenzende ruimte. 'Je kunt een kanonskogel afvuren en dan heb je nog geen gewonde. Totaal uitgestorven. Het is de schuld van de politiek.' Zijn vinger hing bestraffend in de lucht. 'Ze maken iedereen bang met hun praatjes over recessie en bezuinigingen. Dan krijg je dit. De mensen zitten boven op hun geld en geven niets meer uit. Het zou beter zijn als het kabinet met hun doempraat opstapte.'

Ron trok een grijns op zijn gezicht en gaf brommend antwoord. Na een week van hard werken had hij geen trek om de economische misère met de man te bespreken. Als hij daar behoefte aan had, ging hij wel bij zijn vader langs. Die klaagde al jaren over de maatschappelijke verloedering en de kwakkelende economie.

De brompot keek naar de lege kruk tussen hen in en maakte aanstalten om van plaats te wisselen. 'Het wordt tijd dat er een rechtse wind gaat waaien.' Hij had zijn hand al bezitterig op de zitting gelegd en was gaan staan.

Snel liet Ron zich van zijn kruk glijden. 'U hebt gelijk. We moeten het geld laten rollen. Laat ik dat maar eens gaan doen.' Met een verontschuldigend gebaar liep Ron met het glas bier in zijn hand naar een van de gokautomaten in de hoek. Hij grabbelde een handje munten uit zijn broekzak en duwde er een door de gleuf.

Ron was achtentwintig jaar en huurde na een gestrande relatie een tweekamerflatje in de binnenstad. Voor het eerst sinds zes jaar was hij weer alleen. De eerste twee weken ging het redelijk goed. Hij had het druk met het opknappen en inrichten van zijn nieuwe flat. Maar na drie maanden vloog hij tegen de muren op en uiteindelijk vluchtte hij naar buiten, de donkere nacht in. Hij maakte doelloze wandelingen door lege straten en op een gegeven moment had hij aan de Buitenweg het casino ontdekt. De donkere ramen en de zwarte, glimmende gevel gaven het pand iets mysterieus en avontuurlijks. Ron had een tijdlang voor de deur staan twijfelen of hij naar binnen zou gaan. Hij had nog nooit een casino bezocht. Misschien gaf het hem de afleiding waarnaar hij op zoek was. Elke dag spookte zijn ex door zijn hoofd en krampachtig probeerde hij haar uit zijn gedachten te bannen. Op een avond was hij naar binnen gestapt en had wat onwennig een biertje aan de bar gedronken. Hij had wat munten in de gokautomaat gegooid en daarna zijn geluk aan de roulettetafel beproefd.

De croupier die het spel beheerde heette Mariska. Bruin, kort haar, lichtbruine ogen en een glimlach die hem deed smelten.

Op zaterdagavond had ze altijd dienst en dan schoof Ron bij haar aan. Inmiddels was dit zijn zesde bezoek aan het casino en hij hoopte dat hij op een gegeven moment genoeg moed had verzameld om Mariska mee uit te vragen. Hij wist dat ze vierentwintig was en geen vaste vriend had. Bij binnenkomst had Ron twee biljetten van twintig euro omgewisseld voor munten. Hij legde een rij munten op de rand van de gokautomaat terwijl de machine ratelend in beweging kwam. Met een bijna nonchalant gebaar drukte Ron op de knoppen. Ongeduldig keek hij of er zich al wat meer mensen rond de roulettetafel hadden verzameld.

Een tweede man was aangeschoven en dat leek Ron genoeg. De gokkast maakte een hoop lawaai en telde veertig punten op bij het totaal. De winst had zijn aandacht getrokken. Hij drukte op de knoppen en liet het apparaat weer tot leven komen.

Er klonk plotseling geschreeuw achter hem, een schreeuw van angst en verbazing. Een knal echode door de ruimte. Geschrokken keek Ron om en zag dat de mannen bij de roulettetafel op de grond lagen. Mariska zat op haar knieën en hield haar handen voor haar ogen. De hand van Ron zweefde doelloos boven de knoppen.

'Hé, jij!'

Ron voelde iets hards tegen zijn bovenarm tikken. Hij draaide zich om en keek recht in de loop van een vuurwapen.

33

Het gezicht van Ron trok wit weg en met een onderdrukte vloek liet hij zich van zijn kruk glijden. Als versteend staarde hij naar de bruinkleurige ogen in de bivakmuts.

'Liggen jij en geen geintjes, anders schiet ik je kop eraf. Dit is een overval.' Met gestrekte arm stak de overvaller het wapen naar voren en blafte: 'Plat liggen, op je buik, snel...' Met het wapen begeleidde hij zijn woorden en wees met het gevaarte naar de grond en toen weer naar het hoofd van Ron. 'Liggen. Ben je doof? Eikel!'

Snel liet Ron zich op zijn knieën vallen en zag in een flits nog drie personen met zwarte bivakmutsen bij de roulettetafel staan. Ze waren gekleed in een zwarte joggingbroek en een donkere sweater met capuchon.

'Liggen, liggen. Nu!' begonnen ook zij te schreeuwen. De overvallers liepen met grote stappen door de zaal en wezen dreigend met hun wapen naar de gasten. 'Op je buik, snel. Koppen dicht. Liggen! Kijk naar de grond,' blafte een stem en Ron voelde een trap tegen zijn bovenbeen. 'Geld, geld, kassa!'

De bedrijfsleider, Harold Zwink, die midden in het vertrek op de grond lag, werd door een van de gemaskerde mannen aan zijn arm omhooggesleurd.

'Waar is het geld? Schiet op. Wij willen geld. Waar is de kassa?'

'We hebben geen kassa,' hakkelde de bedrijfsleider. Hij wilde uitleggen dat ze met munten werkten, maar kreeg de kans niet. De overvaller haalde uit en sloeg met de achterkant van zijn wapen tegen de schouder van de man.

'Je liegt.'

De bedrijfsleider schudde zijn hoofd en keek angstig naar de gasten op de grond, hopend dat een van hen zijn bewering zou bevestigen. Maar niemand schoot hem te hulp. 'Echt niet, ik zweer het je...'

De langste van de drie overvallers liep met driftige passen naar de bar en begon de lades en kasten te doorzoeken. Hij smeet de glazen op de grond, veegde met een wild gebaar de flessen van de bar en gooide de inhoud uit de la.

Ron hoorde het glas breken en tilde zijn hoofd iets omhoog. Hij zag de overvaller vanachter de bar vandaan komen. Witheet greep de knaap de bedrijfsleider bij zijn shirt vast en boorde zijn wapen in de schouder van de bange man.

'Wat is dit voor een ballentent? Neem je ons in de zeik? Denk je dat dit een grap is? Ik schiet je schouder kapot als je niet vertelt waar het geld is. Wil jij een arm kwijt? Dat is zo geregeld.'

Hij stak het wapen omhoog en haalde de trekker over om zijn bedreiging kracht bij te zetten. Het schot ging af en Zwink greep naar zijn oren.

'Waar is het geld?'

De bedrijfsleider wees naar het kantoor, achter in de zaak. 'De kluis is daar... Je hebt een code en een sleutel nodig.'

'Een code en...' Nijdig gaf de jongen de bedrijfsleider een zet.

'Lul niet! Openmaken! Schiet op!' Dreigend porde hij het wapen bij het slachtoffer in zijn nek. De bedrijfsleider deinsde bang naar achteren en probeerde het wapen weg te duwen.

'Poten thuis,' schreeuwde de jongen met de bivakmuts. Hij gaf Zwink met zijn platte hand een klap op het achterhoofd. 'Als je stoer gaat doen, jaag ik een kogel door je strot. Begrepen? Maak die kluis open en als je een verkeerde code gebruikt ben je er geweest.'

Harold schudde angstig met zijn hoofd om aan te geven dat hij niet van plan was om zijn leven op het spel te zetten.

De jongen trok hem aan zijn shirt en Harold strompelde achter hem aan, het kantoortje binnen.

'Maak dat kloteding open.' De stem klonk ongeduldig.

Harold knikte en zijn trillende vingers gleden over het toetsenpaneel. Vier, twee, zeven, acht, drie, acht. Nadat Harold de cijfercode had ingetikt deed hij een stap achteruit.

'We moeten wachten,' liet hij de jongen met de bruine ogen weten en deed toen angstvallig een schietgebedje. 'Er zit een vertraging van zesminuten op de kluis.'

Zwink hield zijn adem in. De kans was groot dat de kerel zijn geduld verloor en de trekker alsnog zou overhalen. Hij dacht aan zijn twee zoons van zes en acht en aan zijn vrouw Liesbeth van wie hij zielsveel hield. Morgen was ze jarig. Waarschijnlijk zou hij haar verjaardag niet meer meemaken.

Vloekend greep de knaap Harold vast en duwde hem ruw het kantoor uit. Harold viel met zijn rug tegen de muur en bleef daar roerloos staan.

De overvaller schreeuwde naar zijn kompanen dat ze moesten wachten. 'Er zit een vertraging op dat klote ding. Nog vijf minuten. Geen paniek. We hebben de tijd. Het alarm is niet afgegaan.'

Een van de knapen ijsbeerde vloekend door de ruimte.

'Dat is dan mooi klote! Jij en je vrienden met hun mooie praatjes. Ze hebben ons genaaid,' schreeuwde de een tegen de ander.

Ron hoorde voetstappen naderen en strak hield hij zijn blik op de grond gericht. Hij realiseerde zich maar al te goed dat er nog weinig voor nodig was om de overvallers nog verder over de rooie te krijgen. Een verkeerde beweging of opmerking zou fataal kunnen zijn.

'Gewoon rustig blijven. Kom...'

Een van de overvallers wenkte en het viertal ging in een hoek staan smoezen. 'Verdomme... We zijn de lul. We hadden het moeten checken. Er is niet eens een kassa! Wat nou rustig? Die lul van een...'

Voorzichtig draaide Ron zijn hoofd naar de stemmen. Hij staarde naar de schoenen van zijn belagers. Een van hen droeg opvallende sportschoenen in twee kleuren: zwart met lichtblauw. Op de zijkant stond in fel roze het logo van Nike. Ron was zelf een liefhebber van sportschoenen en had thuis een aardige verzameling. Het waren dure schoenen zag Ron. Nike Air Max. De schoenen kwamen zijn richting op en snel draaide hij zijn hoofd weg.

'Opstaan. Lopen, naar achteren.' Ron kreeg een trap tegen zijn voet. 'Schiet op, mietje. Lopen!' Snel kwam Ron omhoog.

Langs de muur stonden nu ook de acht klanten en vier personeelsleden, arm tegen arm. Ron sloot zich bij hen aan en wachtte op wat komen ging. De telefoon in het kantoor begon te rinkelen en geschrokken keken de overvallers elkaar aan, even niet wetend wat ze moesten doen. Ze vloekten en een van hen posteerde zich bij het raam en gluurde naar buiten.

'Relax,' zei de langste. 'Jij...' Het zilverkleurige vuurwapen zwenkte naar opzij. De agressor richtte zich tot de bedrijfsleider. 'Neem de telefoon op en geen trucjes. Ik sta naast je. Gewoon normaal antwoorden.'

Harold knikte en liep samen met de overvaller het kantoor binnen. Na een knik van de knaap tilde de bedrijfsleider de hoorn van het toestel.

'Casino Jackpot, met Harold Zwink, bedrijfsleider.' Zijn ogen bleven gebiologeerd naar het wapen staren terwijl hij naar de stem aan de andere kant van de lijn luisterde.

'Dit is de politie. Er is een melding binnengekomen van een mogelijke overval. De buren hebben mannen met bivakmutsen uw pand binnen zien gaan. Kunt u vrijuit praten?'

Harold beet op zijn onderlip. Hij was geen heldhaftige man, maar als hij niets deed... De overvallers waren overduidelijk amateurs. Ze vroegen naar een kassa en ze hadden geen idee dat er een vertraging op de kluisdeur zat. Wat als de inhoud van de kluis in hun ogen tegenviel? De kans was groot dat een van die overspannen idioten de trekker overhaalde. De politie zou hun redding kunnen zijn. Hij waagde het erop. 'Nee.'

Het wapen porde irritant in zijn borst. 'Politie,' liet hij de overvaller weten. Hij had gehoopt dat de knaap in paniek het kantoor uit zou rennen, maar helaas... Het wapen kwam iets omhoog en wees naar zijn gezicht.

'Hoeveel personen?' wilde de politieman weten. 'Een, twee, drie...' Hij sprak langzaam de getallen uit. Bij vier reageerde Harold. 'Dat klopt.'

'Poeier ze af,' siste de overvaller venijnig en hij drukte de loop van het vuurwapen dieper in het vlees. De knaap boog naar voren en hield zijn oor naast de hoorn zodat hij het gesprek kon volgen.

'Zijn ze gewapend?' vroeg de politieman.

De achterkant van het wapen raakte Harold hard in de nek. Kreunend kromp Harold ineen.

'Ophangen...'

'Ja,' antwoordde Harold nog snel in de hoorn. 'Er is hier niks aan de hand. Goedenavond.'

De overvaller graaide de telefoon uit Harolds hand en siste dreigend door zijn tanden. 'Jij krijgt hier spijt van, eikel! Jij gaat het heel slecht krijgen.' Hij duwde Harold ruw voor zich uit, terwijl hij zijn vrienden luidkeels liet weten dat het de politie was die had gebeld. De knaap liet Harold los en beende naar het raam terwijl zijn kompanen hem volgden.

Harold stond nog steeds verstijfd naast de deur van zijn kantoor. Het waren hooguit vier grote stappen naar de overvalknop onder zijn bureau. Zou hij het wagen? De overvallers stonden met de rug naar hem toe en zochten de straat af.

Harold hield zijn adem in en schuifelde voetje voor voetje de drempel over. De beveiligingscomputer stond aan en filmde de overvallers bij het raam. Harold schoot naar voren en zijn hand zocht naar de overvalknop onder het bureaublad. Zenuwachtig drukte hij de knop twee, drie, vier keer in terwijl hij naar de beelden op de monitor keek. De overvallers hadden de lamellen iets opzijgeschoven en waren druk in overleg.

Harold siste naar de mensen die nog steeds langs de muur in het gelid stonden opgesteld. Hij gebaarde dat ze zachtjes moesten doen en wenkte dat de kust veilig was. De brompot schudde met een benauwd gezicht het hoofd, maar Ron gaf hem een duw. Zachtjes schoof de rij zo onopvallend mogelijk richting het kantoor. Nog zes meter, nog vijf, nog vier. Ron was de laatste in de rij en hij hield de ruggen van de belagers goed in het oog. Als ze zich omdraaiden was hij een gemakkelijke schietschijf.

'Vlug, sluit zachtjes de deur,' fluisterde Harold tegen Ron.

Langzaam sloot Ron de deur en draaide de sleutel in het slot om. De sleutel knarste en verontschuldigend trok Ron een benauwd gezicht.

Een plotselinge vloek en geschreeuw klonk er vanachter de deur. De deurklink bewoog driftig op en neer en er werd tegen de deur getrapt. Er werd een schot gelost en nog een.

Mariska begon paniekerig te jammeren. 'Ze schieten het slot eruit.'

'Help, vlug!' Harold had zijn schouders tegen de kast gezet en hij duwde met al zijn kracht. Samen met Ron en de brompot schoof hij een stalen archiefkast voor de deur. Het geschreeuw en gebonk werd minder. Er klonk opnieuw een schot en toen werd het stil.

Hijgend haalde Harold zijn mobiele telefoon uit zijn broekzak en drukte het alarmnummer van de politie in. De beltoon ging twee keer over en een vrouwenstem liet hem uiteindelijk weten dat hij verbonden was met alarmnummer 112. 'We zijn overvallen. Het casino aan de Buitenweg is overvallen,' legde hij gejaagd uit. 'De overvallers zijn nog binnen. Gewapend!'

'Een moment,' zei de vrouwenstem. 'Ik verbind u door.' En nog voordat Harold kon protesteren, hoorde hij een zoemtoon. Toen werd het stil aan de andere kant. 'Hallo? Hallo...' De verbinding was verbroken. Verbouwereerd staarde hij de anderen aan. 'Ze hebben opgehangen,' stamelde hij.

'Bel het bewakingsbedrijf,' opperde Mariska. Ze was al naar het bureau gelopen een zocht met trillende handen in de telefoonklapper naar het nummer. Ze las het nummer op terwijl

Harold het intoetste. Ongeduldig wachtte Harold tot iemand de telefoon zou opnemen, maar het was tevergeefs.

34

Steef had vreselijke spijt. Spijt dat hij zich had laten overhalen tot zoiets stoms. Toen ze begonnen was het spannend. De brand, de inbraak en dat met Bianca. Maar het liep op een gegeven moment uit de hand. Ze waanden zich onoverwinnelijk alsof ze superhelden waren. Toen leek het stoer, maar nu stond het huilen hem nader dan het lachen. Het liefst had hij de bivakmuts van zijn hoofd getrokken en was hij gewoon naar buiten gelopen. Naar huis waar zijn moeder en vader waarschijnlijk met een glas rode wijn en wat toast tv zaten te kijken, zich er totaal niet van bewust wat hun zestienjarige zoon uitspookte.

Maar voor spijt was het nu te laat. De politie kon elk moment voor de deur staan, misschien hadden ze het pand al omsingeld. Steef had een documentaire gezien over het arrestatieteam van de politie, dat snel en doeltreffend een pand vol met dealers binnendrong. Dat ging er niet zachtzinnig aan toe en binnen een paar minuten was de klus geklaard. Hij had de lamellen op een kier geschoven en controleerde de omgeving. De straatlantaarn schuin tegenover het pand verlichtte de straat. Het was gestopt met regenen en het water op de weg schitterde in het licht.

'Zie je iets?' Zijn twee vrienden kwamen achter hem staan en hij kon hun angst bijna ruiken. Hij schudde met zijn hoofd en probeerde zijn zenuwen de baas te blijven.

'Het ziet er buiten rustig uit. Weet je wel zeker dat de politie aan de lijn was?'

'Ik ben toch niet achterlijk? Laat mij eens kijken.' Frits werd opzijgeduwd.

'Ik vertrouw het niet. We kunnen beter via de achterdeur vluchten. Als we een gijzelaar mee naar buiten nemen en...'

'Een gijzelaar? Ben je wel goed bij je hoofd? Je maakt de boel alleen maar erger met je cowboy-ideeën,' snauwde Steef.

'Heb jij een beter idee? Een gijzelaar is onze enige troef om weg te komen. We moeten...' Peter had zich omgedraaid en wilde de vrouw aanwijzen, die hem geschikt leek als gijzelaar. Hij zag nog net de deur van het kantoor dichtvallen en met een vloek schoot hij naar voren.

'Houd ze tegen. Ze sluiten zich op...' Vloekend gooide hij zijn gewicht tegen de deur, maar hij was te laat. 'Maak open anders schiet ik door de deur. Ik knal jullie allemaal dood.' Hij drukte de deurklink herhaaldelijk op en neer. 'Doe open, verdomme, verdomme, verdomme...' Woedend trapte hij tegen het houtwerk en zijn gevloek veranderde in een hopeloos gejammer.

Danny strekte zijn arm, draaide zijn gezicht weg en haalde de trekker over.

'We kunnen beter maken dat we wegkomen,' riep Frits nu ook in paniek. 'Is er geen achterom?'

Verslagen en wat radeloos keek het viertal elkaar aan. Ze hadden er nooit bij stilgestaan dat het fout kon gaan. Dat er een plan B moest zijn voor het geval dat. Ze wisten niet of er een achteruitgang was of een raam dat uitkwam in de zijstraat. Ze hadden blind gevaren op de informatie die Sami hen had gegeven. Het leek allemaal zo kinderlijk eenvoudig.

Steef keek naar het wapen in zijn hand. Totaal onbruikbaar, waardeloos speelgoed. Dachten ze nou echt dat ze gangsters waren? Onoverwinnelijk? Hij onderdrukte een nerveuze snik en zocht opnieuw de straat af. Misschien konden ze via de hoofdingang naar buiten. Er was niemand te zien. Zijn hart sloeg over toen hij een schim langs de geparkeerde auto's zag sluipen. Had hij het goed gezien of kreeg zijn overspannen brein nu de overhand? Geconcentreerd keek hij het donker in. Bij het voorwiel van een geparkeerde auto zag hij iets bewegen. Was het een hond of...

'Politie, politie.' Steef deed een stap naar achteren en liet de lamellen los. Met zijn wapen wenkte hij naar zijn vrienden. Ze renden naar het raam.

Op dat moment kwam met hoge snelheid een donkerkleurige bestelbus op het pand af rijden. Met piepende remmen kwam deze een paar meter voor de ingang tot stilstand. De voordeur van het casino werd door de komplampen in een zee van licht gezet.

'Shit!'

Er sprongen twee mannen in donkere kleding naar buiten en één zocht dekking achter het portier terwijl de andere naar de achterkant van de bus snelde. Hij opende de deuren en er sprong een herdershond uit.

Een tweede politieauto stopte en een derde. Een mannenstem schalde over straat en de politiemensen vlogen verschillende richtingen uit.

Verstijfd van angst bekeken de jongens vanachter het raam

het tafereel dat zich op straat afspeelde. Zo was het niet gegaan in de film. Daar liep het goed af.

'Ik laat me toch echt niet pakken. We bluffen ons eruit,' schreeuwde Peter en hij kwam in beweging. Hij trok de deur open, week even achteruit, verzamelde al zijn moed en rende toen door het licht van de koplampen naar buiten. Zigzaggend stak hij de straat over.

'Halt, politie. Staan blijven of ik stuur de hond.' De man met de aangelijnde hond deed een stap naar voren en scheen met zijn zaklamp op de rug van de vluchtende jongen.

De diensthond trok ongeduldig aan de riem en wilde maar al te graag in actie komen. Peter leek de waarschuwing niet te horen. Hij rende zo snel zijn voeten hem konden dragen richting het fietspad vanwaar ze gekomen waren. Als hij snel genoeg was, maakte hij nog een kans om te ontsnappen. De agent met zijn hond zette de achtervolging in.

'Stop, ik stuur de hond. Stop!' Halverwege het fietspad bleef de agent staan en haakte de hond los van zijn riem. 'Nero, stellen.'

De hond schoot als een speer vooruit, achter de jongen aan.

Er galmde een schot door de lucht en de diender spurtte zijn viervoeter achterna, terwijl de lichtbundel van zijn zaklamp over de grond danste.

Binnen een paar seconden had de hond Peter ingehaald. Het dier nam een sprong en hapte. Zijn scherpe tanden boorden zich in het rechterbeen, iets boven de knie. Peter gilde, zwaaide met zijn lichaam een kwartslag in het rond en belandde languit op zijn rug.

Het wapen stuiterde op de grond en brak in twee stukken. In paniek probeerde Peter de hond van zich af te slaan, maar Nero hield het been stevig tussen zijn kaken geklemd.

De agent haalde zijn dienstwapen tevoorschijn en liep met het wapen in de aanslag op de verdachte af. 'Handen spreiden,' riep hij naar de spartelende jongen. Toen de diender zag dat Peter ongewapend was, greep hij Nero aan zijn halsband vast. 'Los!'

Maar Peter probeerde zijn been tussen de kaken van de hond uit te trekken, waardoor de hond zich vaster in het vlees vastbeet. Het bloed sijpelde langs zijn onderbeen omlaag.

'Niet bewegen, anders laat de hond niet los.' De man trok de hond nogmaals aan de halsband en commandeerde los te laten. De hond gehoorzaamde, zijn machtige kaken klapten open. Peter kreunde van opluchting en zijn tranen werden opgezogen in de bivakmuts.

'Verdachte is aangehouden. Assistentie graag,' brulde de hondenbegeleider door de portofoon. 'Met spoed assistentie.'

Het achtergebleven drietal zag twee politiemensen met getrokken wapens richting het fietspad rennen. 'We kunnen beter naar buiten gaan,' opperde er één.

De ander knikte wat onzeker. Hij trok zijn capuchon over de bivakmuts, alsof het enigszins bescherming zou geven. 'Jij eerst,' zei hij en ze keken elkaar afwachtend aan.

'Ik ga wel eerst.' Met zijn speelgoedpistool dreigend voor zich uitgestoken gooide de jonge overvaller de deur open en waagde een stap naar buiten. Bang keek hij om zich heen en wist niet goed wat hij moest doen. Stemmen waaiden zijn richting op, maar hij verstond ze niet. Nerveus knipperde hij met zijn ogen, verblind door het licht van de koplampen.

'Politie. Laat vallen dat wapen, laat vallen.'

Gedesoriënteerd staarde de jongen in het licht. Hadden ze het tegen hem of...

'Laat vallen dat wapen. Laat vallen.'

De jongen tilde zijn hand met daarin het wapen omhoog. 'Kijk,' wilde hij roepen, 'het is een nepper.' Maar de woorden bleven in zijn keel steken. Een zielige snik borrelde omhoog.

Er volgde opnieuw een waarschuwing: 'Laat het wapen vallen.'

Het antwoord was schril, onduidelijk en rauw van klank. De jongen kneep in het handvat, zijn knokkels in de latexhandschoenen kleurden wit. Het was geen onwil, hij was in shock. Die lampen, de stemmen, de spanning... Het werd hem te veel.

Een paar meter van hem vandaan zat een agent achter het portier verscholen. Dat de man een wapen op hem gericht hield, leek hij niet te zien. Hij wilde op hem afstappen en uitleggen dat het een grote fout was geweest. Dat hij morgen een repetitie Engels had en dat hij vanavond voor halftwaalf thuis moest zijn. Hij wilde naar huis, naar zijn moeder die hem troostend in haar armen zou nemen.

De man schreeuwde tegen hem maar het drong niet tot hem door. Hij deed nog een stap naar voren en plotseling klonk er een knal uit het duister. De lucht werd gevuld met een geur van kruit.

De jongen kreunde toen de kogel zijn vlees doorboorde en hij wankelde. Het wapen zwaaide door de lucht en een tweede schot werd gelost. De benen sloegen onder de jongen vandaan en met een doffe klap viel hij op de grond. Moeizaam vocht hij tegen de pijn en het donker die hem de afgrond in zogen.

Twee van de overvallers stonden nog in het casino, naast het raam, totaal in shock. Halfverscholen in de schaduw keken ze naar het geweld op straat. Ze hoorden hun vriend buiten praten en toen klonk het schot.

Verbaasd keken ze hoe het lichaam als een lappenpop ineenzakte en roerloos in het licht van de koplampen bleef liggen. Een van de jongens liet zich langzaam op de grond zakken. Zijn maag draaide zich om en het pistool gleed uit zijn vingers. De ander stond met zijn hoofd tegen het glas geleund. Hij was nog nooit zo bang geweest. De urine sijpelde langs zijn benen omlaag, terwijl hij als verdoofd zijn mobiele telefoon uit zijn zak haalde. Hij drukte zijn rug tegen de muur en begon te huilen.

'Hallo? Hallo...'

Langzaam legde de jongen de telefoon tegen zijn oor.

'Mama,' jammerde hij, 'ik ben bang.'

35

De bedrijfsleider had zich samen met zijn medewerkers en gasten rond de monitor geschaard. Nerveus keken ze naar de beelden die via de drie bewakingscamera's binnenkwamen. De zwart-wit opnames waren van slechte kwaliteit, maar omdat het kantoor geen ramen had, was het de enige informatie die ze binnenkregen. Gebiologeerd keek Harold Zwink naar beelden waarop de vier overvallers te zien waren. Een klein deel van de casinoruimte was zichtbaar en het was Zwink pijnlijk duidelijk geworden dat de camera's niet juist waren opgehangen.

De mannen met de bivakmutsen stonden bij het raam en het leek erop dat ze enigszins in paniek waren. De lange zwaaide met zijn wapen door de lucht, gaf een van zijn kameraden een duw en gooide toen de voordeur open. Er scheen licht van buiten naar binnen en je zag hem twijfelen. Met zijn hand schermde de overvaller zijn ogen af tegen het felle licht. Hij schreeuwde iets over zijn schouder naar de achterblijvers en rende toen naar buiten.

'Er is iets mis,' merkte Ron op. 'Kunnen we de camera's niet draaien zodat we beter zicht hebben op de deur?'

'Nee, ze kunnen niet bewegen. Waardeloos spul,' antwoordde Zwink.

'Waarschijnlijk staat de politie voor de deur.'

De man naast Ron, gekleed in een driedelig kostuum en met een zuidelijk accent, schudde bedenkelijk zijn hoofd. 'Dan ga je toch niet naar buiten? Als er politie was, dan hadden de overvallers deze deur wel geforceerd en ons als schild gebruikt. Ik denk eerder dat de vluchtauto is voorgereden en er paniek is omdat er nog geen cent buit gemaakt is. Dit duurt allemaal veel te lang, hun tijd is om. Ze moeten wel vluchten.'

'Ik hoop het zo, ik hoop het...' prevelde Mariska terwijl ze haar handen krampachtig tot vuisten had gebald.

'Kijk... de tweede gaat nu ook.' De man met de bril en een wilde bos met krullen wees naar het beeld.

'Volgens mij hebt u gelijk. Ze vluchten...'

'Maar is de kust veilig? Staan ze nog voor het pand of zijn ze echt vertrokken? Probeer nog een keer de politie te bellen,' opperde de man in kostuum.

'Dat heeft toch geen nut. Ze nemen niet op, de hufters,' bemoeide de brompot zich met het plan. Met een zuinig mondje keek hij naar de manager. 'Misschien moet u buiten poolshoogte gaan nemen. U bent tenslotte verantwoordelijk voor wat hier gebeurt.'

'Waarom ben ik verantwoordelijk? Ik heb de mannen niet uitgenodigd, als u dat soms denkt,' riep Zwink opstandig. 'Ik ga mijn leven niet riskeren voor die paar roteuro's die ik hier verdien.'

'Een fijne mentaliteit hebt u,' beet de brompot de manager toe. 'U bent een aanwinst voor de maatschappij.'

'Nee, u bent een aanwinst...'

'Mannen!' kwam Ron tussenbeide. 'Er gaat niemand naar buiten. Het is niet veilig. Er staan nog twee overvallers bij het raam. Kijk, een van hen haalt een mobiel uit zijn broekzak, hij belt... Waarschijnlijk overlegt hij met zijn vrienden.'

'Misschien komen ze alsnog terug voor het geld. Misschien halen ze een of ander zwaar geschut uit de auto,' piepte een van de klanten. 'Dit gaat fout, vreselijk fout. Ze komen ons halen. Ze maken ons af.'

'Verman je, kerel,' riep een ander. 'Ze moeten eerst door de barricade voor de deur zien te komen en dat is niet een-twee-drie gebeurd. Let op! Wat doet die kerel bij het raam nou?' De jongen bij het raam zakte door zijn knieën. Een plotselinge witte mist vulde de ruimte, er klonk een knal en geschreeuw. Het beeld op de monitor werd grijs.

'Dynamiet. Ze blazen de boel op met dynamiet,' meende de pieper.

De paniek onder de gasten kreeg de overhand. Mariska gilde en de pieper begon nerveus door de kamer te ijsberen. 'We gaan dood. We gaan allemaal dood.'

De man in het driedelige kostuum had zijn mobiel uit zijn broekzak gevist en was net van plan om zijn vrouw te bellen, toen plotseling de telefoon op het bureau tot leven kwam. Versteend staarden ze naar het toestel, dat met zijn irritante beltoon de ruimte doorsneed.

Zwink schoot naar voren en graaide de hoorn van het apparaat. 'Help! We worden overvallen. Help ons.'

'U spreekt met de politie. We hebben een rookgranaat het pand in geschoten. Waar bent u op dit moment?'

'We hebben ons opgesloten in het kantoor, achter in het gebouw. Het is de politie,' liet hij de anderen weten. De mededeling werd door de groep met een zucht van opluchting ontvangen.

'Zijn er overvallers bij u in het kantoor aanwezig?' wilde de agent weten.

'Nee, er zijn hier alleen maar klanten en personeelsleden. De overvallers zijn buiten of ergens in het gebouw. Het zijn vier mannen en ze zijn gewapend. U...'

Er werd op de deur gebonkt en Zwink viel stil. Langzaam liet hij de telefoon zakken. 'We zijn van de politie,' riep een mannenstem. 'Jullie zijn veilig. Doet u open...'

'Misschien is het een list,' siste de pieper terwijl hij achter het bureau bescherming zocht. Ron gooide zijn lichaam tegen de archiefkast die de doorgang versperde.

'Kom mannen, help duwen.'

De deuren van de hoofdingang stonden wagenwijd open en Ron keek vanuit de hal naar het lichaam dat bewegingloos op straat lag. Hij lag op zijn zij, zijn arm vreemd naar achter gebogen en hij miste een schoen. Het vuurwapen lag op het asfalt, enkele meters verderop in het licht van de koplampen.

Ron slikte toen hij zich realiseerde dat het voor hem ook anders had kunnen uitpakken. Hij had daar in een plas van bloed kunnen liggen, of Zwink, of Mariska of...

Met een schuin oog keek hij naar de mannen bij het raam, die met gebogen hoofden en geboeid op hun knieën zaten. Ruw werden de overvallers door de agenten aan hun arm omhooggetrokken. De bivakmutsen waren van hun hoofd gegrist en hun haar stak verwilderd alle kanten op.

De hufters! Ron verbeet zijn groeiende boosheid. Waar haalde het tuig het gore lef vandaan om onschuldige, hardwerkende mensen, met de dood te bedreigen. Met welk recht...

De agent duwde er een voor zich uit.

Ron deed een stap opzij zodat het tweetal kon passeren. Hij was van plan om de hufters de huid vol te schelden. Bij het passeren was er even een vluchtig oogcontact. Verbaasd gaapte Ron de knaap na. Hij had een man verwacht, een stoere gangster met tatoeages en gouden tanden. Maar dit was een kind van hooguit vijftien, zestien jaar. Automatisch gleed zijn blik over het hoopje mens op de weg.

Van Buren was rond elven zijn bed in gekropen en nog maar net ingedommeld toen zijn diensttelefoon hem uit zijn slaap rukte.

Het was Jonas Verbiest, die in zijn oor tetterde. 'Ik geloof dat onze verdachten weer actief zijn geweest.'

Met een vloek zat Van Buren rechtop in bed. 'Wat bedoel je?'

'Ik heb nachtdienst en sta op de plaats delict. Vier jonge knullen hebben vannacht geprobeerd het casino aan de Buitenweg in Zaltbommel te overvallen. Er is geschoten en twee overvallers zijn gewond, van wie een ernstig. Mogelijk zijn het de jongens uit ons onderzoek. Het signalement komt overeen. Je wilde direct weten als we iets nieuws hadden ontdekt. Het lijkt mij verstandig als je even komt kijken.' Hij zei het met een nauwverholen trots.

Van Buren stond binnen een paar seconden naast zijn bed, kleedde zich zo snel mogelijk aan en sprong met zijn pantoffels aan de auto in. Hij parkeerde de Volkswagen half op de stoep, enkele meters van het casino, waar het ondertussen krioelde van politie in uniform. Niet echt verwonderlijk als er vier straten verderop een politiebureau was met agenten die zich de hele avond hadden rotverveeld.

Met veel moeite hees Van Buren zich uit de veel te krappe stoel omhoog en knalde het portier achter zich in het slot. Met een zucht sjorde hij zijn broek over zijn heupen en stopte zijn aantekeningenboekje in de zak van zijn regenjas. Hij fronste zijn voorhoofd en bekeek de roerigheid op de plaats delict.

Vijf surveillanceauto's met zwaailichten blokkeerden aan weerzijden de straat. Een blauwe politiehondengeleidersbus stond, samen met een surveillanceauto, enkele meters van het casino schuingeparkeerd. De hond zat achter in zijn bench en zijn aanhoudend geblaf kwam boven het tumult uit.

Mensen in uniform met fluorescerende, gele hesjes liepen elkaar voor de voeten en tot overmaat van ramp had er zich een groep van twintig nieuwsgierige toeschouwers voor het pand verzameld. Een jongen werd geboeid een surveillanceauto in geduwd en een van de toeschouwers ging met de agent in discussie.

Van Buren schudde geïrriteerd het hoofd. 'Dit kan toch niet waar zijn...'

Hij spotte Jonas Verbiest tussen een groep agenten en beende op hem af. 'Goedenavond, Jonas. Heb je de leiding over deze chaos?'

Verongelijkt keek Verbiest de rechercheur aan. Hij was anders wel degene die de link naar de plofkraak had gelegd. Wat meer dankbaarheid was op zijn plaats. 'Wij hebben alles onder controle,' antwoordde Verbiest gepikeerd. 'Dat kan ik niet van iedereen zeggen.' Afkeurend keek hij naar de geruite pantoffels aan Van Burens voeten. 'Misschien gaat de leeftijd toch parten spelen?'

Van Buren deed alsof hij de opmerking niet gehoord had. 'Ik vraag me echt af wat jullie tegenwoordig op de politieschool leren. De logica ontgaat mij totaal, maar ik ben nog van de oude stempel. In mijn tijd werd een plaats delict met een lint afgezet, zodat nieuwsgierige buren het onderzoek niet konden verstoren. Maar ik zie dat jij de buurtbewoners bij het korps hebt ingelijfd.'

Hij seinde met zijn hoofd naar een groepje omwonenden dat in de deuropening van het casino de politie observeerde. 'Zijn dat de technische coaches die onze collega's in uniform adviseren? En de dames rechts? Zijn die belast met de catering?'

Verbiest gromde iets onverstaanbaars, graaide een mobiel uit zijn broekzak en zocht contact met een van zijn mensen. 'Joost, houd die burgers op afstand en zet de boel met een lint af.' Met een neutraal gezicht borg hij zijn mobiel weer op. 'Henk de Koning van de technische recherche is gebeld,' pakte hij onverstoorbaar zijn uitleg weer op. 'Hij is over een kwartier op locatie om een sporenonderzoek te doen.'

'Je kunt je afvragen of dat nog nodig is. Volgens mij zijn alle sporen al vertrapt. Ik heb nog nooit zo veel blauw op straat gezien.'

'Er is een schietpartij geweest,' verdedigde Verbiest de aantijging. 'In een dergelijke situatie neem je geen risico. Al het dienstdoende personeel is uitgerukt.'

Van Buren gaf geen antwoord.

'Een overvaller is neergeschoten.' Verbiest seinde met zijn hoofd naar een agent die verderop op het muurtje zat en de hele tijd naar zijn handen staarde. 'Hij heeft het er moeilijk mee. Maar niemand had kunnen weten dat de daders zo jong waren.'

'Hadden ze bivakmutsen op?'

Jonas knikte. 'Ja en dan wordt het moeilijk om aan de hand van het postuur de leeftijd in te schatten. De diensthond heeft er ook een te grazen genomen.'

'Met hoeveel man waren ze?'

'Met zijn vieren. Ze zijn rond de vijftien, zestien jaar.'

De twee speurders liepen gezamenlijk richting het casino.

Van Buren wees naar een geparkeerde auto die klaarblijkelijk in de vuurlinie had gestaan. Aan de rechterzijde was een plek van een schot te zien en de achterband was plat. 'Vergeet de eigenaar van de auto niet te bellen. Dit voertuig moet voor onderzoek naar het politiebureau worden overgebracht.'

'Dat staat al in de planning,' loog Jonas terwijl hij om zich heen zocht naar een van zijn mensen die die opdracht kon uitvoeren. 'Een moment...' Jonas snelde naar de agent die bezig was met het uitrollen van het afzetlint.

Ondertussen werd het groepje nieuwsgierige toeschouwers onder protest naar achteren gedirigeerd.

Rob van Buren stapte het casino binnen en bleef in de hal even staan. Zijn oog viel op de bewakingscamera's aan het plafond en hij wenkte naar een man in uniform. 'Rechercheur Van Buren.' Hij toonde zijn recherchepas. 'Zoek even uit hoeveel bewakingscamera's er hangen en neem het beeldmateriaal in beslag.'

De man knikte en verdween. Van Buren liep naar het raam en boog zich over het zilverkleurige vuurwapen op de grond.

'Een replica van een Magnum 9 mm,' zei Verbiest die achter de rechercheur was komen staan. 'Een alarmpistool, maar niet van echt te onderscheiden. Er zit nog een knalpatroon in.'

Met een zucht kwam Van Buren omhoog. Alsof hij na al die jaren niet zag dat het een replica betrof. 'Heb je in de zijstraten rond het casino gezocht naar de fietsen of de scooters?' Verbiest beet op de binnenkant van zijn lip.

'De jongens zijn niet komen lopen,' merkte Van Buren droogjes op. 'En met een zak geld op je rug de tram of bus nemen, lijkt mij uitgesloten.'

Verbiest had zich omgedraaid. De houding van de rechercheur en zijn zogenaamde adviezen werkten hem op zijn zenuwen. Hij was ervan overtuigd dat Van Buren hem wilde kleineren, omdat de man overduidelijk jaloers was dat hij, de nieuweling in het onderzoek, de aanrandingszaak en de plofkraak waarschijnlijk had opgelost. Hij had natuurlijk gedacht dat hij alleen met de eer zou gaan strijken.

Knarsetandend ging hij op zoek naar een paar collega's om ze op onderzoek uit te sturen. Die betweter pakte hij wel een andere keer terug.

Hij beende de zaal door en hoorde Van Buren roepen: 'Jonas, neem een kop koffie voor mij mee.'

'Jij zult ook nooit veranderen.' Rechercheur Van Buren draaide zich om en keek in het opgewekte gezicht van Henk de Koning. De technisch rechercheur zette zijn sporenkoffer op de grond en stak zijn hand uit.

'Verbiest, maak er twee koffie van,' brulde Van Buren met een grijns op zijn gezicht.

36

Rechercheur Van Buren leunde met zijn arm tegen het koffiezetapparaat en staarde naar het bruine vocht dat in het plastic bekertje sijpelde. Het moest hem wat extra energie geven om nog even door te gaan. Na achtentwintig dienstjaren zou je denken dat hij eraan gewend was om midden in de nacht zijn bed uit te komen voor een of ander onderzoek. Maar dat was niet het geval. Naarmate hij ouder werd, moest hij steeds meer vechten tegen de vermoeidheid en de slaap.

Het was iets over enen en hij had net zijn bevindingen op papier gezet. Na een kop koffie zou hij zo snel mogelijk terug naar huis gaan en voor een paar uurtjes zijn bed weer inkruipen. De machine sloeg af en hij wilde het bekertje uit de houder tillen, toen zijn telefoon ging. Een telefoontje op dit tijdstip voorspelde niet veel goeds.

Mopperend viste hij zijn mobiel uit zijn broekzak en bromde zijn naam in het apparaat.

'Van Buren, ben jij nog op het bureau?'

Van Buren herkende de stem van zijn recherchechef en trok een donker gezicht. 'Ik wilde net vertrekken.'

'Je zult nog even moeten blijven. Ik kreeg een telefoontje van het politiebureau in Nijmegen. Er heeft zich een taxichauffeur gemeld, die rond tienen vier jonge knapen naar een parkeerterrein achter het casino heeft gebracht. Hij hoorde van de overval en denkt dat het viertal iets met de zaak te maken heeft. De taxichauffeur komt jouw richting op voor een verhoor. Vergeet niet zijn auto in beslag te nemen voor een sporenonderzoek.'

'Kan Verbiest de zaak niet afhandelen? Hij heeft toch nachtdienst?'

'Ik heb contact met Verbiest gehad. Hij heeft het te druk met de coördinatie op de plaats delict.'

Van Buren rolde meewarig met zijn ogen.

'Ik heb uit het verhaal van Verbiest begrepen, dat het waarschijnlijk dezelfde dadergroep is als van de plofkraak en de aanrandingszaak. Ik heb je gezegd dat jullie het onderzoek 'samen' moesten klaren en aangezien jij op het bureau bent...'

Zuchtend ging Van Buren akkoord en drukte het gesprek weg. Hij graaide het plastic bekertje onder de machine vandaan en vloekte toen de hete koffie over de rand gutste en langs zijn hand naar beneden droop. Boos beende hij zijn kantoor binnen, trok de bovenste lade van het bureau open en veegde met een snel gebaar de papieren van het bureau in de la. De bureaula knalde dicht. De administratie kon hem gestolen worden, die lag daar goed.

Hij liep de afdeling af en nam de trap naar de begane grond. In een van de verhoorkamers knipte hij het licht aan en liet zich op een stoel achter het bureau zakken. Terwijl hij de klok aan de muur in de gaten hield, nipte hij van zijn koffie. Hij had zich voorgenomen dat het een zeer kort verhoor ging worden. Hij nam zelfs niet de moeite om de computer te starten voor een proces-verbaal. Een paar steekwoorden op papier was voldoende. De wijzers kropen tergend langzaam vooruit.

Tien voor twee wandelde een breedgeschouderde jongeman het politiebureau binnen. De eerste drie knoopjes van zijn merkoverhemd waren losgeknoopt en een zilverkleurige schakelketting glinsterde tussen zijn borsthaar. Hij droeg donkerbruine leren instappers en een spijkerbroek die aan zijn bovenbenen leek vastgezogen. Een verschijning die menig vrouwenhart op hol deed slaan.

Van Buren voelde even een steek van jaloezie toen de man met een soepele tred op hem af kwam. Ondanks al zijn lijnpogingen was het de rechercheur nog nooit gelukt om zijn gewicht onder de honderd kilo te krijgen. De man stelde zich voor als Metin Petamaz en hij lachte daarbij een rij witte tanden bloot. Van Buren schudde hem de hand en wees uitnodigend naar de deur. 'Hebt u trek in een kop koffie?'

'Graag,' zei Metin. 'Ik heb net mijn dienst afgesloten en ik lust wel een bakkie.'

'Dan nemen we op weg naar de verhoorkamer twee koffie mee. Ik zal u niet te lang ophouden, u zult wel naar huis willen.'

'Doet u maar rustig aan. Ik ben gewend aan lange dagen. Dat brengt het werk met zich mee.' Van Buren knikte. Hij wist er alles van. 'Suiker en melk?'

'Graag. Ik ben een dure klant.' Hij glimlachte vriendelijk toen hij de koffie van de rechercheur overnam.

'We nemen de verhoorkamer tegenover de pantry. Gaat u maar voor.'

Metin liep de kamer binnen en zette zijn koffie op het bureau. Hij wees naar een stoel. 'Mag ik gaan zitten?'

'Natuurlijk, daar staan ze voor.' De rechercheur volgde zijn voorbeeld. Hij nam een slok van zijn koffie en klapte zijn aantekeningenboekje open. 'Ik schrijf het een en ander op. Mijn geheugen is helaas niet meer wat het geweest is.'

Metin grijnsde.

'U bent taxichauffeur?'

'Ja, al ruim vijf jaar.' De man schoof zijn visitekaartje naar voren.

'Vijf jaar! Was je zestien toen je je rijbewijs had?'

Metin schoot in de lach en vertelde met trots dat hij vierentwintig was. 'Het bedrijf is van mijn vader en dan is het bijna vanzelfsprekend dat je op jonge leeftijd het vak in gaat. Misschien niet slim om het tegen een politieagent te vertellen, maar ik was inderdaad zestien toen ik achter het stuur kroop. Ik vind het een ideaal beroep. Ik heb een mooie auto onder mijn kont, ik rij de hele dag op de weg en er is niemand die aan mijn hoofd zeurt.'

'Dat klinkt inderdaad aanlokkelijk. En u maakt soms ook spannende dingen mee? Zoals vandaag? U hebt vier jongens op een parkeerterrein achter het casino afgezet? Wat kunt u mij vertellen over het viertal?'

Metin viste een verkreukelde rittenstaat uit zijn achterzak en streek het papier met zijn handen glad. 'Ik werd om kwart voor tien gebeld door een van de jongens. Ik moest ze bij café De Harlekijn in de stad ophalen. En dat heb ik gedaan.'

'Kunt u de jongens omschrijven?'

De taxichauffeur dacht even na, maar schudde uiteindelijk zijn hoofd. 'Het waren gewone jongens. Niet te groot en niet te klein. Niet dik, niet dun... gewoon. Een van de jongens is naast mij komen zitten. Ik schat hem rond de zestien jaar. Donkerblond haar, spits gezicht en hij droeg een gekleurd poloshirt. Hij deed ook het woord. Ze wilden een rit naar Zaltbommel en de blonde knul vroeg wat de kosten waren. Ik heb gezegd dat het bedrag rond de honderd euro zou liggen. Ik vroeg nog waar ze precies heen wilden, maar ze wisten de naam van de straat niet. Ze zouden mij de weg wijzen.'

'Hadden ze bagage bij zich?'

'Ja, een plastic tas met kleding en een donkere rugtas.'

'Hoe weet u dat er kleding in de tas zat?'

'Zeg maar gewoon je. Door dat ge-u is het net alsof je tegen mijn pa praat. Ik heb de kleren gezien, want terwijl ik de snelweg opreed, hebben ze in de auto een andere trui en andere schoenen aangetrokken.'

'Vond je het niet raar dat ze zich in de auto omkleedden?'

Metin haalde zijn schouders op. 'Ik maak wel vaker vreemde dingen mee tijdens mijn ritten. Natuurlijk vind ik het wel raar, maar de klant is koning. Zolang ze niet in mijn auto pissen, vind ik het allemaal goed.'

'Wat voor kleding trokken ze aan?'

'Daar heb ik niet echt op gelet. Donkere kleding in ieder geval. Ik dacht een trui met een capuchon. De tas staat nog in mijn auto. Die lieten ze achter, samen met een sleutelbos en een legitimatiekaart.'

Van Buren veerde achterover. 'Een legitimatiekaart en een sleutelbos?'

'Ja. Dat had ik als onderpand geëist. De kloothommels bleken geen geld bij zich te hebben. Ik was pisnijdig. Ze moesten een pakje en geld bij familie ophalen en wilden daarna direct terug naar Tiel. Eenmaal in Tiel zou het totaalbedrag worden betaald. Ze hebben me richting het centrum gedirigeerd en op een parkeerterrein moest ik op hen wachten. Binnen een kwartiertje zouden ze terug zijn.'

'En dat heb je gedaan?'

'Ja, dat klopt. Ik had de politie kunnen bellen of een pak slaag kunnen uitdelen, maar dan was ik sowieso die honderd euro kwijt. Ik gaf ze het voordeel van de twijfel. Ze zagen er niet uit alsof ze de boel wilden flessen. Het waren stuk voor stuk nette, aardige jongens. Van die hockeyknullen. Geen branieschoppers met een grote bek. Ik schatte de kans op vijftig procent dat ze met het geld terug zouden komen. En zo niet... Ik had een legitimatiekaart... Ik had ze echt wel gevonden en dan ben ik minder coulant, geloof me.'

'U hebt niets gemerkt van een overval?'

'Ik wist niet eens dat er een casino in de buurt was. Ik werk meestal in Tiel en omgeving. Zaltbommel is voor mij onbekend terrein. De jongens liepen heel gemoedelijk het fietspad op en ze zagen er niet nerveus uit. Ze waren nog hartstikke jong, dan denk ik toch niet aan een overval? En dan met een taxi?'

'Hoe laat heb je ze afgezet?'

'Twintig minuten over tien. Ik heb de tijd genoteerd op de rittenstaat.' Hij wees met zijn vinger de regel aan. 'Op een gegeven moment kreeg ik het gevoel dat ik bedonderd was en uiteindelijk ben ik iets voor elven weggereden. Ik heb geen politie of sirenes gehoord.'

'En u bent ook niet het fietspad op gelopen om te kijken waar ze bleven?'

'Nee, zo dom ben ik niet. Ik loop geen donkere steegjes in met een volle portemonnee op zak. Ik was van plan om ze samen met mijn neef een keer op te zoeken. Ik laat me geen honderd euro door de neus boren.' Er gleed een cynische grijns over zijn gezicht. 'Het is wel duidelijk dat mijn mensenkennis behoorlijk heeft gefaald. Het waren klaarblijkelijk geen lieverdjes, zoals ik dacht. Een overval...' Hij schudde misprijzend zijn hoofd. 'Misschien heb ik nog geluk gehad?'

'Misschien wel.'

'Hebben jullie ze kunnen aanhouden?'

Van Buren knikte. 'Helaas is de arrestatie niet vlekkeloos verlopen.' Hij klapte zijn aantekenboekje dicht. 'Ik werk morgen uw verklaring uit. Het is laat en ik wil naar bed.'

'Kan ik u een lift aanbieden?'

Met een handgebaar wees Van Buren het voorstel af. 'Ik denk dat ik u een lift mag aanbieden.'

Verbaasd keek Metin hem aan. 'Mij? Ik ben met mijn taxi gekomen.'

'Die moet ik helaas in beslag nemen in verband met het sporenonderzoek. Dat zijn de procedures. Sorry.'

'Dat meent u niet? Ik heb u toch verteld dat ze bij mij in de auto hebben gezeten, waarom dan nog een onderzoek?'

'Ik snap de verwarring en voor u is het een vervelende maatregel, want de auto is uw broodwinning. We hebben de sporen nodig om bij de rechter aan te kunnen tonen, dat ze in uw taxi hebben gezeten. De jongens kunnen uw verklaring ontkennen en dat gaat moeilijk als we kunnen bewijzen dat ze liegen.'

Metin liet verslagen zijn schouders zakken.

'Liggen de kledingstukken van de jongens nog in de auto?'

'Ja, ik heb ze in de achterbak gelegd.' Hij haalde een mobiele telefoon tevoorschijn. 'Mag ik mijn neef even bellen. We zouden samen gaan stappen in Arnhem. Hij komt mij wel halen, dan kunt u door naar huis.'

'Dat zou mij goed uitkomen. Wilt u nog een kop koffie terwijl we op uw neef wachten?'

'Ja, doet u maar.'

Toen Van Buren met twee bekertjes koffie terugkwam was het telefoontje al gepleegd. 'Mijn neef is bij zijn broer, vijftien kilometer hier vandaan. Binnen een paar minuten is hij hier.'

Hij legde zijn autosleutels op het bureau. 'Geen krassen op de lak maken want ik ben zuinig op mijn auto. Het is een zilverkleurige Audi. Je kunt hem niet missen. Hij staat rechts voor het politiebureau geparkeerd. Het taxibord staat nog op het dak.'

'Ik zorg dat je de auto ongeschonden en zo snel mogelijk terugkrijgt.'

'In wat voor auto rijden jullie van de recherche eigenlijk? Een BMW of een Volvo?'

'Nee, in een Volkswagen Polo, de standaarduitvoering.' Van Buren schoot in de lach toen hij het verbaasde gezicht van Metin zag. 'Die valt niet onder de categorie: snelle bolide.'

'Wat een afknapper! Een Polo! Ik dacht dat jullie van die stoere bakken hadden. Zo een die met gemak tweehonderdtwintig kilometer aankan. Is dat niet erg klein voor iemand van jouw formaat?'

'Je bent niet erg complimenteus, maar je hebt wel gelijk: de auto is wat aan de krappe kant.'

Metin siste afkeurend tussen zijn tanden. 'Jij hoort in een Volvo of een Mercedes en niet in een kinderwagen.'

'Leg dat mijn baas maar eens uit.' De rechercheur had zijn jas gepakt en hield uitnodigend de deur voor de man open. 'Zullen we alvast naar buiten gaan. Je neef kan elk moment voorrijden.'

Ze waren nog maar net buiten toen een zwarte Mercedes het parkeerterrein opdraaide. Metin drukte de naar hem uitgestoken hand. 'Je hebt mijn kaartje,' zei hij. 'Als je me nog nodig hebt, dan bel je maar. En je kunt altijd nog bij ons komen werken, dan rij je tenminste in een echte auto.'

Hij sloeg de rechercheur amicaal op de schouder en stapte toen bij zijn neef in de auto. Van Buren stak zijn hand op en keek toen op zijn horloge. Het was negentien minuten over drie toen hij met zijn Polo achteruit het parkeerterrein af reed.

37

Frits lag verstopt onder zijn deken toen de sleutel in het slot werd omgedraaid. Hij luisterde naar het ontgrendelen van de deurhendel, het opendraaien van de ijzeren deur.

'Jongeman...' Frits sloot zijn ogen en verstijfde toen een hand zijn schouder aanraakte. Hij deed alsof hij sliep, in de hoop dat ze hem met rust zouden laten.

'Sta op. Kom! In de benen.'

De dekens werden van hem afgetrokken en er torende een man boven hem uit.

'Ik ben rechercheur Van Buren. Wij gaan praten. Loop maar even met mij mee.'

'Ik voel me niet goed,' sputterde Frits tegen en hij probeerde de dekens naar zich toe te trekken.

'Dat kan ik me heel goed voorstellen. Als ik een gewapende overval zou plegen, zou ik me de volgende dag ook knap beroerd voelen. Maar je was toen een stoere vent en nu dus ook.' Hij greep Frits bij zijn arm vast en trok hem overeind.

'U doet mij pijn.'

'Je stelt je aan. Lopen!' gromde Van Buren. Hij gaf Frits een zet richting de deur en volgde met driftige stappen. Hij had slecht geslapen en zijn geduld was tot het vriespunt gedaald. Bij de deur van de verhoorkamer draaide de jongen zich om.

'Zijn mijn ouders al gebeld? Als mijn vader te horen krijgt wat jullie met mij hebben gedaan… De politie heeft mij gisteravond mishandeld. Kijk…' Hij wees naar de blauwkleurige plek op zijn voorhoofd. 'Ik heb een gigantisch ei op mijn kop en het doet behoorlijk pijn.' Tranen vulden zijn ogen.

'Ik ben gisteravond laat nog bij je ouders langsgereden en ze waren behoorlijk de weg kwijt toen ze hoorden wat jij en je vrienden hebben uitgespookt. Ik denk dat die blauwe plek weinig indruk maakt op je ouders. Ze komen je in ieder geval vanmiddag even bezoeken.'

Frits slikte zijn tranen weg. 'Vanmiddag pas?'

'Wil je misschien een glaasje water?' vroeg de rechercheur. Frits had dapper geweigerd. De rechercheur had hem uitgelegd dat hij niet verplicht was om antwoord te geven op de vragen die hem gesteld werden. En dat was hij dan ook niet van plan. Hij had zich schrap gezet voor wat komen ging.

'Het is geen kattenpis…' begon de rechercheur met zijn verhoor. 'Op je zestiende een gewapende overval plegen. Het is eigenlijk te krankzinnig voor woorden. Vind je zelf niet?'

Frits had zijn lippen stijf op elkaar geknepen en had alleen geknikt. 'Wanneer komen mijn ouders nou?' informeerde hij voor de tweede keer.

Van Buren checkte zijn horloge. 'Ik verwacht ze in de middag, over drie uurtjes.'

Er viel een korte stilte. 'U bent toch bij mijn ouders thuis geweest?'

'Ja, ze lagen nietsvermoedend te slapen.'

'Hoe reageerde mijn vader eigenlijk?'

Van Buren zocht naar woorden om de waarheid iets te verzachten. 'Je vader was behoorlijk teleurgesteld en geschokt. Je moeder was... licht in paniek en overstuur. Ze hadden maar één vraag: waarom?'

De vader had Van Buren in werkelijkheid een paar minuten perplex aangestaard en was uiteindelijk verdoofd naast zijn vrouw op de bank gezakt. Toen hij vertrok hadden ze zich als twee kleine kinderen huilend aan elkaar vastgeklampt. Een treurig tafereel dat zelfs Van Buren niet onberoerd had gelaten.

De rechercheur leunde achterover in zijn stoel en keek de jongen een tijdlang zwijgend aan. 'Ik vraag me ook af waarom jullie het hebben gedaan? Het leven zag er voor jullie toch niet slecht uit?'

Frits haalde zijn schouders op. 'Gewoon, omdat we dachten dat we ermee weg zouden komen.'

'Dat is behoorlijk onderschat. Een van je vrienden ligt zwaar gewond in het ziekenhuis. Hij had wel dood kunnen zijn.' Met gebogen hoofd staarde Frits naar de handen in zijn schoot.

'Zit je nog op school?'

'Ja, ik zit in de examenklas van het vwo.'

'Hoe sta je ervoor?'

'Ik heb nog geen onvoldoendes.' Hij bewoog zijn lippen amper.

'Werk je na schooltijd?'

'Nee, zolang ik voldoendes heb, hoef ik niet te werken van mijn ouders. Ik krijg zakgeld.'

'Hoeveel krijg je per maand?'

'Tachtig euro.'

'Dat is niet slecht voor een zestienjarige. Hou je daar maandelijks nog iets aan over?'

‘Nee, meestal kom ik tekort.’ Er verscheen een voorzichtige glimlach op het bleke gezicht.

‘Ga je vaak stappen?’

‘Niet echt. Mijn vrienden komen elk weekend bij mij thuis en dan drinken we bier en kijken een filmpje. Dat kost ook geld.’ Hij merkte dat als hij sprak de spanning wat afnam. Het waren onschuldige vragen, het kon geen kwaad.

‘En dat zijn dezelfde vrienden met wie je de overval hebt gepleegd?’

‘Ja. Danny, Peter, Maurice, Steef en ik.’

‘Zijn dat je vaste vrienden? Zijn jullie altijd samen?’

Frits knikte. ‘Maar Maurice was er niet bij.’

‘Had dat een reden?’

Frits beet op zijn lip en knipperde een fractie van een seconde met zijn ogen. Maar het was de rechercheur niet ontgaan. ‘Niet echt. We vonden hem niet geschikt voor de klus. Hij is nogal een eitje.’

‘En was hij wel op de hoogte van jullie...’ Van Buren stopte even om het woord wat aan te dikken. ‘Klus?’

‘Nee, hij wist van niets.’

‘Wat is de achternaam van dat eitje?’

‘Ik hoef daar geen antwoord op te geven.’ Opstandig schoof Frits over de zitting van de stoel.

‘Als Maurice van niets weet, dan heeft hij toch ook niets te vrezen?’

Het been van Frits wiebelde nerveus onder de tafel op en neer. Hoe meer tegengas hij gaf, hoe nieuwsgieriger de dienstklopper werd. Hij kon er beter heel luchtig over doen, dat was minder verdacht. Ze kwamen er zonder zijn hulp ook wel achter.

'Maurice Beemster. Zijn moeder heeft een fysiopraktijk aan de Lindelaan.'

'Zitten je vrienden allemaal bij jou op school?'

'Nee, we kennen elkaar van de hockeyclub. We spelen in hetzelfde team.'

'Wie kwam met het idee om het casino te overvallen?'

Weer een minuscule aarzeling voordat Frits zijn schouders optrok. 'Dat weet ik niet meer. We waren een film aan het kijken en toen kwam het idee vanzelf.'

'Zomaar, spontaan?' De vraag werd bevestigd met een knikje. 'Hoe komen jullie aan de bivakmutsen?'

'Gekocht bij een kraampje ergens op de markt. Daar hebben we ook de truien en de sportbroeken gekocht.'

'Wanneer hebben jullie de spullen gekocht?'

Frits dacht na. 'Vier, misschien wel vijf maanden terug.'

'Waar hebben jullie de wapens vandaan?'

'Ook gekocht.'

'Van wie hebben jullie de wapens gekocht?'

Shit! Hij kon zijn woorden niet meer terugnemen. 'Van een Duitser. Ik weet alleen zijn voornaam: Ulrich. We kwamen hem toevallig tegen in het park vlak bij het winkelcentrum De Zevensprong in de wijk Molensloot-Oost. Ulrich is ongeveer veertig jaar en heeft rood krullend haar.'

Frits was niet van plan om Sami erbij te lappen. Hij had liever een probleem met de politie dan met Sami en zijn jongens.

'Wat hebben jullie voor de vuurwapens betaald?'

'Tweehonderd euro per stuk.' Frits had zijn handen onder de tafel verstopt en kneep ze tot vuisten.

'Hoe komen jullie aan het geld?'

'Gespaard.'

'Je vertelde net dat je weinig van je zakgeld overhield. Tweehonderd euro is nogal wat.'

Het been onder de tafel ging sneller op en neer. 'We hebben ze op de pof gekocht.'

'Van een Duitser van wie je alleen de voornaam kent.' Met een cynische grijns schudde de rechercheur zijn hoofd. 'Dat lijkt mij onwaarschijnlijk.'

'Toch is het zo,' hield Frits stug vol. Hij deed zijn best om de rechercheur strak in de ogen te kijken.

'Ben je eerder bij het casino binnen geweest?'

'Nee, nooit. We hebben alleen een week van tevoren de omgeving verkend.'

'Het is ongeveer dertig kilometer van jullie woonplaats. Hoe zijn jullie daar gekomen?'

'Met een taxi.'

'En daar hadden jullie geld voor?'

'Ja. We deelden de kosten.'

'Wat moesten jullie voor de rit betalen?'

Frits beet op zijn lip en deed een gok. 'Zestig euro.'

'Vertel eens hoe jullie de overval georganiseerd hebben.'

'We hebben in café De Harlekijn eerst iets gedronken en toen besloten we om een taxi te bellen.'

'Wie heeft er gebeld?'

'Ik heb gebeld met mijn mobiel. Die hebben jullie in beslag genomen.'

'Hoe laat kwam de taxi jullie halen?'

Frits dacht even na en probeerde zo tijd te rekken. De vragen kwamen zo snel dat ze voelden als zweepslagen op zijn huid. Misschien was het beter als hij aan het woord bleef zodat de rechercheur geen kans kreeg om zijn vragen op hem af te vuren.

'Kwart over tien en tien voor elf heeft hij ons afgezet op het parkeerterrein achter het casino.'

'Kende je de chauffeur?'

'Nee, nog nooit eerder gezien. Volgens mij was het een buitenlandse man. Een Turk of zo… We hebben zestig euro betaald en gevraagd of hij wilde wachten. Als we terugkwamen kreeg hij vijftig euro extra. We zijn over het fietspad naar de voorkant van het pand gelopen. Danny ging met Peter als eerste naar binnen, daarna Steef en ik. We hebben om de kassa gevraagd, maar die was er niet en toen heeft Peter de manager beetgepakt en naar het kantoor gesleurd. Ik en Steef hielden de klanten onder schot en Danny controleerde de kasten. Op een gegeven moment werd er gebeld en dat bleek de politie te zijn. Daarna weet ik het niet zo goed meer. Er was paniek. Peter is als eerste naar buiten gerend en later volgde Steef. Steef wilde zich overgeven, maar er werd geschoten. En toen… toen… Hij viel gewoon neer.' Frits draaide zijn hoofd en veegde de tranen met de mouw van zijn trui weg. 'Hij blijft toch wel leven?'

'Waarschijnlijk wel. Hij is in de maag geraakt. Gisteravond hebben ze hem geopereerd en vanmorgen kreeg ik van het ziekenhuis te horen dat hij stabiel is.' Van Buren strengelde zijn vingers in elkaar en gaf de jongen wat tijd om de informatie te verwerken.

'Hadden jullie de kleding voor de overval al aan?'

Het gezicht van de jongen kwam moeizaam omhoog. Dit keer veegde hij zijn tranen niet weg. 'Ja. Die hadden we thuis aangetrokken.'

Iemand klopte zacht en de deur ging open voordat Van Buren zich kon omdraaien. Heleen Resmann stak haar hoofd om de deur en vroeg of de rechercheur even wilde meekomen.

Van Buren stond op, klopte de jongen vriendelijk op de schouder en zei dat hij zo weer terugwam.

Er hing een dichte laag mist om hem heen en in de verte hoorde hij een vreemd schrapend geluid. Het leek alsof hij zweefde. Een verdoofd, licht gevoel deinde door zijn lijf. Er galmde een schot ergens ver weg. Steef hoorde stemmen: laat vallen dat wapen. Laat vallen! Hadden ze het tegen hem? Hij zag door de witte brij geen hand voor ogen. Het leek op sneeuw, maar hij had het niet koud. Weer een knal en direct daarop een helse pijn in zijn onderbuik. Hij zweefde als een veertje, opgetild door de wind. Maar het was windstil. Hij meende muziek te horen. Voorzichtig bewoog hij zijn hand. Hij lag op de grond, of nee... Hij klauwde zijn vingers in het onderlaken. Weer een stem. Zijn tong was opgezet en leek van rubber. Hij slikte het speeksel weg dat zich in zijn keel had opgehoopt.

'Laat vallen dat wapen!' Zijn ademhaling werd onregelmatig en angst greep hem bij de keel. Er sijpelde bloed uit zijn buik en het drupte op de grond. Was hij dood?

'Ik heb geen wapen,' wilde hij schreeuwen, maar hij had de kracht niet. Een vrouw stapte door de mist op hem af. Pas toen ze over hem heen boog, herkende hij haar.

'Mam!' Ze leek op een engel met al dat wit om zich heen. Liefkozend streelde ze met haar hand langs zijn wang. 'Ssst.'

Een penetrante lucht vulde zijn neus en hij probeerde zijn hoofd weg te draaien.

'Laat vallen. We schieten.'

Een scherpe pijnscheut schoot door zijn lijf en kreunend knipperde hij met zijn ogen. Zijn moeder was verdwenen in de mist en hij was weer alleen.

'Steef!' Hij bewoog zijn vingers. 'Steef!'

'Politie, niet bewegen...' Een sirene kwam tot leven en de kogels boorden zich in zijn lijf. Hij schreeuwde en rolde met zijn hoofd over het kussen. Er gleden tranen uit zijn ooghoek omlaag, over zijn wang zijn nek in. De tranen werden opgezogen door het laken onder hem.

'We geven je iets tegen de pijn,' zei een stem dicht bij zijn oor.

Woordeloos bewogen zijn lippen terwijl de pijn wegebde en het donker hem langzaam opslokte.

38

Heleen dempte haar stem, ook al waren Van Buren en zij de enigen in de gang.

'Ik heb koffie in de achterste kamer staan. Loop even mee. Ik heb de anderen er ook bij geroepen.' Ze zag er opgewonden uit. Nieuwsgierig volgde Van Buren Heleen door de witgekalkte gang.

'Je houdt de spanning er goed in.' Ze lachte en opende de deur van de kamer waar de teamleden op hem zaten te wachten.

Rob liep rechtstreeks naar de koffiekan en schonk voor zichzelf een koffie in.

'Hoe gaat het verhoor?' vroeg hij aan Sera.

'Wij zijn Danny aan het horen. Hij is een fel kereltje, een lefgozertje. Soms een tikkeltje bijdehand. Hij geeft tot nu toe alleen antwoord op algemene vragen. Als we dieper op de materie ingaan, slaat hij dicht.'

Mick, die samen met Sera het verhoor deed, knikte bevestigend.

'En Peter? Hoe is het met zijn been?'

Jonas nam automatisch het woord en gaf Jacob geen ruimte om de vraag te beantwoorden. 'De dokter heeft vanmorgen de wond verschoond. De diensthond heeft hem aardig te pakken gehad. Hij beweert dat hij erg last heeft van zijn verwondingen, maar het verhoor gaat verder prima. Hij weegt zijn woorden grondig af, maar er komt uiteindelijk wel een antwoord.'

'Wat heb jij voor ons, Heleen?'

Heleen pakte haar aantekeningen van het bureau. 'Ik heb wat nieuwe informatie binnengekregen. Danny Bisguet heeft zich een dag na de plofkraak in het ziekenhuis laten behandelen aan een snijwond in zijn hand. Volgens de verklaring die hij in het ziekenhuis heeft afgegeven, had hij zich opengehaald aan een spijker.'

Van Buren liet zijn beker zakken. 'Neem straks wat wangslijm af en stuur het door naar het NFI,' beval hij zijn Turkse collega. Hij knikte dat Heleen verder kon met haar verhaal.

'Wat betreft de aanrandingszaak: in de verklaring van het slachtoffer staat dat een van de jongens op een damesfiets reed. De fiets had een mand voorop, waarin een bloemenkrans door het riet was geregen. Ik heb met dit gegeven door het politiesysteem gezocht en vond een melding van een mishandeling, waarbij mogelijk eenzelfde damesfiets werd gebruikt. Het ging hier ook om een jongeman. Er is een goed signalement van de dader en het zou Danny kunnen zijn.'

Van Buren gooide hoofdschuddend de laatste slok koffie achterover. 'De lamstralen.'

'Maar er is meer... De heren hebben de afgelopen maanden beslist niet stilgezeten.'

Heleen sloeg haar aantekeningen om. 'Nadat de arts was vertrokken is onze vriend Adeler terug naar zijn cel gestrompeld en kwam in de gang Henk de Koning tegen. En Henk de Koning herkende hem. Enkele weken geleden is Henk voor een inbraak in de woning van Peters vader geweest. Henk gaf mij het advies om het dossier door te nemen. De vader van Peter is hertrouwd en heeft een kind bij deze vrouw. Even voor de duidelijkheid: Peter woont bij zijn moeder. Pa is een weekendje weg en zijn woning wordt overhoopgehaald. De meubels zijn onnodig beschadigd. De inbraak moet gepleegd zijn door een insider, want de daders wisten de code van het alarm. Tevens hebben ze met een code de kluis geopend en een verzameling dure klokjes en een groot geldbedrag meegenomen. Gezien de schade in huis leek het op een actie van een stel pubers.'

De rechercheur liet zich op de punt van het bureau zakken en wreef met zijn vingers door zijn baard.

'En...'

Ze keken Heleen met ogenschijnlijke verbazing en afkeur aan. 'Is er nog meer?'

'We hebben een tweede inbraak in een bakkerij, waar de schade praktisch overeenkomt met de inbraak bij de vader van Peter. Volgens Henk gaat het hier met grote waarschijnlijkheid om dezelfde dadergroep.'

Het was even stil. Van Buren wreef vermoeid over zijn gezicht en ging staan. 'Dit wordt nog een leuke klus. We concentreren ons vandaag alleen op de overval. Probeer zoveel mogelijk informatie over de wapens en de voorbereiding bij de jongens los te peuteren. Wie had de leiding over de groep? Hoe kwamen ze aan het geld? Vervoersmiddelen, telefoon enzovoort. We geven de knapen onder geen beding signalen dat we iets weten over hun andere uitspattingen. Heleen, wil jij de telefoon van Frits uitlezen? Gisteravond tussen halftien en halfelf heeft hij een taxi gebeld. Ik wil de exacte tijd weten en met welk nummer hij contact heeft gezocht.'

'Prima,' zei Heleen al schrijvend.

'Op mijn bureau ligt een visitekaartje van de taxichauffeur. Hij heet Metin. Haal zijn naam door het systeem en kijk of hij voorkomt.'

Peter keek op toen de twee rechercheurs de verhoorkamer weer binnenkwamen. Ze hadden hem even alleen gelaten en dat had hem tijd gegeven om zijn gedachten te ordenen. Het was hem wel duidelijk dat er weinig te ontkennen viel. Ze waren op heterdaad betrapt, met het wapen nog in de hand. In de een of andere stomme opwelling had hij gedacht dat hij nog kon vluchten. Hij hoorde de man wel iets over een hond roepen, maar hij dacht dat hij genoeg voorsprong had om de taxi te halen. De hond had hem echter binnen een paar seconden ingehaald en gevloerd. Het mormel had met zijn kaken bijna zijn been verbrijzeld.

Hij moest aan zijn moeder denken en maakte zich ongerust. Buiten hem had ze niemand. Hij was haar steun en toeverlaat. Hij beurde haar op als ze in de put zat na een mislukte relatie. Als ze het even niet zag zitten kon hij haar aan het lachen krijgen. Wat als hij er niet meer voor haar was? Misschien greep ze naar de fles, ging ze de verkeerde medicijnen slikken of nog erger... Het zweet brak hem uit. Hij moest koste wat het kost zorgen dat hij zo min mogelijk celstraf kreeg. Wellicht kreeg hij strafvermindering als hij ging bekennen. Hij kon daar beter snel mee zijn voordat Frits of Danny op hetzelfde idee kwam. En wat deed Steef als hij bijkwam en ging praten? Hij en Frits waren beslist niet te vertrouwen.

Een van de rechercheurs had een blikje frisdrank meegenomen en schoof het naar hem toe. 'We dachten dat je wel trek zou hebben in wat zoetigheid.'

Het stel had vriendelijk geglimlacht en Jacob was achter de computer gekropen. Hij veerde achterover in zijn stoel en wachtte totdat Verbiest klaar was met zijn ritueel. De pen en het notitieblok werden demonstratief op tafel gelegd, aan de rechterkant zette hij zijn bekertje met water neer, waarna hij uiterst langzaam zijn jas over de leuning van de stoel drapeerde. Uit zijn borstzak kwam een leesbril en hij zette die op.

Peter mocht hem niet. Hij opende het blikje en dronk met kleine slokjes. Hij vroeg zich af hoe hij het beste met het tweetal kon onderhandelen. Het mocht beslist niet te gretig overkomen.

'Peter, we willen graag nog even terugkomen op de rangorde in de groep,' zei Verbiest. Hij klapte zijn notitieblok open en hield zijn pen in de aanslag.

Peter keek wat moeilijk en knikte.

'Wie van jullie was de leider van de groep?'

'Frits,' antwoordde Peter resoluut. 'Hij organiseerde alles: de wapens, de kleding, het vervoer. Bij hem thuis, achter in de tuin, staat een chalet en daar werd alles besproken. De overval was zijn idee. Volgens hem kon er niets misgaan. Hij had alles uitgedacht.'

Verbiest noteerde de verklaring in een keurig handschrift.

'Hoe komen jullie aan de wapens?'

Peter staarde naar het blikje Sinas in zijn handen. 'Frits heeft een bepaald soort vrienden...'

'Wat voor soort vrienden bedoel je?'

'Vrienden met wie je liever geen ruzie wil krijgen.' De jongen perste zijn lippen op elkaar, alsof hij al meer had gezegd dan hij van plan was geweest.

'Wat zijn hun namen?' Minachtend snoof Peter door zijn neus.

'Waarom zou ik hun namen geven. Ik wil ook liever geen ruzie met dat soort.'

De pen werd driftig op het bureaublad gelegd. 'Luister, jongeman... ik verwacht antwoorden. Jullie flauwekul heeft al genoeg schade aangericht. Of denk je dat we achterlijk zijn?' Verbiest deed zijn best om zijn irritaties binnen te houden. Hij was teleurgesteld over de gekozen onderzoekslijn. Het liefst had hij de jongen met de feiten om de oren geslagen. Hij wist zeker dat hij de knaap had kunnen breken met de informatie over de inbraak en de aanranding. Peter had rode vlekken op zijn wangen en was duidelijk geschrokken van de uitval. Met een subtiel handgebaar nam Jacob het verhoor over.

'Kun je misschien wel vertellen wat jullie voor de wapens hebben betaald?'

Peter haalde zijn schouders op, nog steeds wat beduusd. 'Ik geloof iets van duizend euro. Zeker weet ik het niet, Frits heeft het geregeld. Met het geld van de overval zouden we zijn vrienden betalen.'

'Regelden die vrienden wel vaker iets voor jullie?'

Peter keek de man weifelend aan. Hij kreeg het gevoel dat ze meer wisten. 'Als ik jullie namen geef... kunnen jullie mij dan matsen?'

'Hoe bedoel je?'

Jacob leek geïnteresseerd en Peter greep zijn kans. 'Krijg ik strafvermindering als ik jullie alles vertel?'

Om halfeen werd Danny terug naar zijn cel gebracht. Hij was volkomen murw en uitgeput. Zijn hersenen werkten nog wel, maar dan wel in slow motion. Ze hadden hem twee uur lang aan een kruisverhoor onderworpen. Het was heel anders dan in de film, waarin de gangsters het hoofd koel hielden en de rechercheurs spottend werden afgesnauwd. Hij had nauwelijks op de vragen gereageerd en had voortdurend naar een plek op de muur gekeken. Het was verdomd moeilijk om bij de pennenlikkers net te doen of dit alles hem niet raakte.

Hij ging op bed zitten, met de ellebogen op zijn knieën en zijn hoofd steunend in zijn handen. Hij dacht aan thuis, aan zijn moeder, en negeerde de boterham met kaas die de arrestantenwacht voor hem had neergezet. Zijn moeder had uiteindelijk gelijk gekregen: hij was geen knip voor de neus waard. Hij was een loser, een eikel van de bovenste plank. Het kon hem eigenlijk weinig schelen wat ze van hem dacht. Zijn vader zou wel enorm teleurgesteld in hem zijn en dat stak hem wel. Dit viel niet meer recht te praten, het was gebeurd.

Echt spijt had hij niet. Misschien alleen over het feit dat hij het niet net als Peter op een rennen had gezet. Jezelf overgeven was meer iets voor watjes. Hij wist zeker dat de gangsterbaas Teddy Clens in *The Bandits of Z* het nooit had gedaan. Het was in een moment van zwakte geweest. Hij moest zich snel herpakken voor als ze hem weer kwamen halen. Teddy Clens zou niet zwichten voor de harde en meedogenloze verhoormethodes van de politie.

Van Buren was met een vol dienblad achter zijn bureau geschoven. Met zijn tanden scheurde hij het zakje mosterd open en spoot de inhoud leeg over zijn gehaktbal.

'Eet smakelijk.' Heleen legde een stapeltje papier op de hoek van zijn bureau, de enige plek waar nog wat ruimte was. Ze deed haar jas dicht en maakte zich gereed om naar huis te gaan. 'Hier is een uitdraai van de gegevens uit de telefoon van Frits

Ouwekerk. Hij heeft om 10.17 uur gebeld met Metin Petamaz. Het gebelde nummer heb ik gearceerd. De taxichauffeur heeft de nodige bekeuringen op zijn naam staan. Hij is in 2012 aangehouden voor geweldpleging en oplichting.'

Van Buren knikte tevreden. 'Ben je moe?'

'Ja. Ik ga thuis een paar uurtjes op de bank liggen totdat de kinderen thuiskomen.' Ze zwaaide en viste haar tas van de grond. 'Ik zie je morgen,' riep ze over haar schouder.

Van Buren bladerde door de gegevens, mompelde iets en viste het visitekaartje van Metin uit de rotzooi naar boven. Hij pakte de papieren weer op en vergeleek het telefoonnummer op de uitdraai met dat op het kaartje. Hij legde de spullen weer neer en dacht even na. Hij propte de laatste hap naar binnen, veegde zijn vingers schoon aan een servet en toetste toen het nummer in. Metin nam met zijn achternaam op.

'Goedemiddag Metin. Je spreekt hier met rechercheur Van Buren. Ik wilde je even laten weten dat je morgen de taxi kunt komen ophalen.'

'Dat is fijn,' antwoordde Metin opgewekt. 'Hebben jullie gevonden wat jullie zochten?'

'Niet meer dan wat jij mij verteld hebt. Kun je rond halfelf langskomen?'

'Prima.' De verbinding werd verbroken. Van Buren drukte zijn pen open. Woensdag 09 juli 10.30 uur: aanhouding Metin Petamaz. Hij trok de post-it los en kwam overeind.

39

'De ouders zijn bij de jongens,' zei Van Buren, terwijl hij zijn jas dichtknoopte en zijn notitieblok van zijn bureau pakte. 'Sera en Jonas blijven binnen om het verhoor uit te werken en houden meteen een oogje in het zeil. Mike en Jacob gaan bij De Harlekijn langs om de verklaring van de jongens te controleren. Rijden jullie daarna langs bakkerij De Knip en vraag of de bakker een van de knapen kent. Ik ben rond vieren weer terug op het bureau,' zei hij met een blik op zijn horloge. Hij liep langs de administratie en pakte een sleutel van een dienstauto uit het sleutelkastje. Op het parkeerterrein liet hij zijn blik langs de kentekenplaten glijden en ontdekte zijn vervoermiddel achterin op het terrein.

Mopperend stak hij het parkeerterrein over, opende de auto en liet zich achter het stuur zakken. Hij startte de motor en begon toen hardop te vloeken. De naald van de brandstofmeter zakte het rode gedeelte in. 'Reserve?' Kwaad dreunde hij met zijn vuist op het stuur. Dat moest hem natuurlijk weer overkomen. Welke asociale hufter had de auto na gebruik niet volgetankt? Hij weifelde of hij weer naar boven zou lopen om de sleutel om te ruilen. Maar het idee dat hij de trappen op moest klimmen hield hem tegen. Gefrustreerd schakelde hij naar de eerste versnelling en reed het parkeerterrein af, naar het eerste de beste tankstation in de buurt.

Met een reep chocola in zijn mond draaide hij een halfuur later de villawijk in. Stapvoets reed hij door de wijk en parkeerde de Volkswagen naast de notariswoning op het erf. Hij bleef een paar minuten in de auto zitten en liet de omgeving op zich inwerken. Deze mensen hadden klaarblijkelijk alles voor elkaar en dan dit...

Hij gooide het portier open en slingerde zijn benen naar buiten. Aan de deurstijl trok hij zich omhoog en knalde toen het portier in het slot. Hij zag de vrouw staan bij het raam en hij stak zijn hand omhoog bij wijze van groet. Ze kwam in beweging. De sloten bij de voordeur schoven open en de vrouw verscheen in de deuropening.

'Mevrouw Beemster?' De rechercheur stak zijn badge naar voren. 'Mijn naam is Rob van Buren, recherche Gelderland-Zuid. Ik ben bezig met een onderzoek en ik zou graag uw zoon Maurice willen spreken. Is hij thuis?'

De vrouw knikte beduusd terwijl ze naar de identiteitskaart van de kolossale man staarde. 'Komt u binnen. Het is toch niets ernstigs, hoop ik?' Voordat ze de deur sloot, keek ze vluchtig om zich heen om er zeker van te zijn dat de buren haar ongenode gast niet hadden gezien.

'Ik heb wat vragen over een groepje vrienden van hem.'

Er verscheen een fronsrimpel tussen haar wenkbrauwen. 'Hij is boven. Ik roep hem even voor u.' Ze liet de rechercheur in de gang staan en liep de trap op. Maurice keek op van zijn wiskundeboek toen zijn moeder de deur van zijn slaapkamer opende.

'Er staat beneden iemand van de politie,' zei ze gejaagd en

half-fluisterend. Ze zag zijn gezicht wit wegtrekken, terwijl hij zich langzaam met zijn handen op de leuning uit zijn stoel omhoogdrukte. Ze meende angst in zijn ogen te bespeuren.

'Voor mij?' stamelde hij.

'Hij wil met je praten over je vrienden. Jullie hebben toch geen rottigheid uitgehaald?' vroeg ze fel. Met een onschuldig, maar angstig gezicht schudde hij zijn hoofd en liep de gang op. Zijn voeten leken van lood.

De rechercheur stond hem glimlachend op te wachten. Ze schudden elkaar de hand, terwijl Eva de woonkamerdeur opende en hem uitnodigde om plaats te nemen in de ruime bank voor de zandstenen haard.

De kamer met zijn eiken vloerdelen en de lichtgrijze muren, straalde een zelfverzekerde goede smaak uit. Maurice nam op een halve meter van de rechercheur plaats en ontweek elk vorm van oogcontact. Eva bleef nieuwsgierig en een beetje uitdagend met haar armen over elkaar geslagen aan de zijkant van de bank staan.

'Wij hebben een paar van je vrienden aangehouden voor een gewapende overval op een casino.'

De mond van de moeder viel open en langzaam liet ze zich op de bankleuning zakken.

'Weet je over wie ik het heb?' vroeg Van Buren, terwijl hij de jongen aandachtig gadesloeg. Maurice schudde zijn hoofd en liet op geen enkele manier blijken, nog niet door met zijn ogen te knipperen, dat hij van iets wist. Van Buren schraapte zijn keel en sloeg zijn notitieblok open. 'Frits Ouwekerk, Steef Vermeer, Danny Bisquet en Peter Adeler. Je kent ze?'

De moeder gaf een klein gilletje.

'Ja.' Maurice begon te stotteren. 'We spelen in hetzelfde

hockeyteam. Ik heb niets met die overval te maken,' liet hij er snel op volgen.

'Dat snap ik. De heren zijn op heterdaad betrapt. Het liep allemaal anders dan ze hadden gepland. Wanneer heb jij je vrienden voor het laatst gezien?'

'Een paar weken geleden.'

'Je bent zaterdagmiddag nog bij Frits langs geweest,' bemoeide zijn moeder zich met het gesprek. Ze keek hem donker aan.

Maurice knipperde nerveus met zijn ogen en een rode kleur trok vanuit zijn nek naar boven. 'Nee, mam. Ik heb gelogen. We hebben al een tijdje ruzie en om van een hoop gezeik af te zijn zei ik dat ik naar Frits ging. In werkelijkheid verstopte ik me op de zolder van de garage.'

'Waarover hadden jullie ruzie?' Van Buren schoof naar voren en keek de jongen van opzij aan. De blauwe ogen werden neergeslagen. Hij was zo slecht in liegen. Het zweet liep in straaltjes langs zijn rug en grote natte plekken verschenen onder zijn armen.

'Ze hebben mij uit de groep gegooid. Ik had teveel commentaar zeiden ze.'

'Waarom was dat? Was je het ergens niet mee eens? Met de overval misschien?'

Zijn onderlip begon te trillen en zijn ogen werden vochtig.

'Of kreeg je wroeging? Nadat jullie Bianca... Ik kan me daar iets bij voorstellen.'

Maurice wreef beschaamd over zijn gezicht en begon te huilen. 'Ze zeiden dat ze me zouden afmaken als ik praatte. Ze hebben wapens en die shit.' Hij kromp in elkaar en was oprecht bang.

'Wie gaan je afmaken?' Van Buren raakte de jongen even vluchtig aan.

'Danny was hier laatst. Hij zei dat ze desnoods iemand zouden inhuren om... om...'

Ontsteld was zijn moeder gaan staan.

'Het werd steeds gekker, ze waren niet meer te stoppen. Ik wilde niet meer. De wapens... het ging me gewoon te ver.' Paniekerig hapte de jongen naar lucht en veegde met zijn handpalm de tranen weg. 'Sami en zijn bende... ik vond het veel te gevaarlijk, maar Danny niet. Nee, hij kickte erop. Peter ook en toen riep Steef dat ik kon oprotten. Nou, graag. Het was gewoon debiel zoals ze over alles spraken. Ik kan er niet meer van slapen. Elke avond spookt het door mijn hoofd. Maar ik heb de overval niet gepleegd en ook niet de inbraak bij de vader van Peter. Daarvoor was ik al gestopt.'

'Gestopt? Waar was je mee gestopt?' Eva had eindelijk de kracht gevonden om te reageren.

De rechercheur bestudeerde zijn aantekeningen en deed of hij de moeder niet hoorde. 'Bij welke zaken was je wel betrokken?'

De jongen zweeg even. Hij keek zijn moeder aan en de moed zonk hem in de schoenen. 'Het spijt me, mam.'

Ze schudde verdoofd met haar hoofd, omdat ze het gevoel kreeg dat hij iets ernstigs ging bekennen.

'Wij hebben de auto van Nijsen in de fik gestoken en... en...' De tranen rolden opnieuw over zijn bleke wangen. 'We hebben bij De Knip ingebroken...' Hij beet spijtig zijn lippen op elkaar en staarde naar zijn sokken.

'Was je ook betrokken bij de aanranding op het Kruksepad?'

Hij knikte en zijn moeder slaakte een gekwelde kreet.

'De kraak op de pinautomaat?'

Weer een zielig knikje.

Van Buren had zijn aantekeningen dichtgeslagen. 'Ik neem je mee naar het bureau voor verhoor.' Hij wendde zich tot de moeder. 'Kunt u wat kleding, ondergoed en toiletartikelen inpakken? Maurice is bij dezen aangehouden.'

Woensdagochtend 09 juli 08.40 uur. Van Buren kwam met een beker koffie de vergaderruimte binnenlopen en gooide zijn map met aantekeningen op tafel. 'Goedemorgen, mijn excuus dat ik wat laat ben, maar ik kon vanmorgen mijn autosleutel niet vinden. Mijn vrouw houdt van opruimen.' Hij nam naast Verbiest plaats en ontdekte Harrie Linthorn tussen zijn teamleden.'

'Fijn dat je even bent aangeschoven. Er zijn nogal wat ontwikkelingen geweest. Laten we geen tijd verspillen…' Hij nam een slok van zijn koffie en sloeg zijn map open. 'Ik begin met Steef Vermeer. Hij kan helaas nog niet gehoord worden. Ik heb vanmorgen contact gehad met het ziekenhuis en zijn toestand is verslechterd. Er zijn complicaties opgetreden en ze houden hem voorlopig slapende. Het goede nieuws is dat Maurice Beemster gistermiddag een volledige verklaring heeft afgelegd met betrekking tot de brandstichting, inbraak en aanranding. Hij wist ook te vertellen dat ze de wapens kregen aangeboden door ene Sami. Hij kon ons geen achternaam vertellen en wist ook niet waar de man woonde. Deze man heeft hun ook het explosief voor de plofkraak geleverd. Jonas en Jacob hebben Peter geconfronteerd met de verklaring van Maurice. Vertel even hoe het gegaan is met jullie verhoor.'

'Peter was behoorlijk van slag toen hij te horen kreeg dat we op de hoogte waren van de overige zaken. Vooral toen we begonnen over de inbraak bij zijn vader thuis.' Jonas haalde zijn bril uit de koker en pakte de verklaring van Peter erbij. 'Hij wilde het op een akkoordje gooien, maar ik heb hem uitgelegd dat het zo niet werkt. Het eerste halfuur van het verhoor ging wat moeizaam, maar uiteindelijk heeft ook hij bekend. Frits had als eerste contact met ene Sami. Van deze man heeft hij een explosief gekocht voor de plofkraak. Sami en ene Asrin verschenen plotseling langs de zijlijn op het hockeyveld. Ze boden de jongens wapens, geld en explosieven aan. Na de inbraak bij pa thuis hebben ze weer contact met Sami gezocht, in de hoop dat hij de gestolen horloges zou overnemen. Een aandachtspuntje is dat Peter en zijn kornuiten geen geld hebben meegenomen. Hij denkt dat zijn vader de verzekering probeert op te lichten. Peter vertelde ook dat Sami met het idee kwam om het casino te beroven. Hij sprak over een groep buitenlandse jongens en Sami had de leiding. Ze hebben de jongens min of meer onder druk gezet. Eigenlijk meer gechanteerd en bedreigd. De wapens hadden ze in bruikleen en ze moesten dertig procent van de winst inleveren. Peter heeft een paar namen genoemd: Hazan en Asrin. Meer kon hij zich er niet herinneren. Achternamen wist hij niet. Ook geen adres.' Jonas trok zijn bril van zijn gezicht en keek even snel in de richting van de recherchechef om te peilen of de man onder de indruk was van zijn relaas.

Jacob nam het woord. 'Mick en ik zijn gistermiddag bij café De Harlekijn geweest en hebben daar gesproken met Jan de Graaf, de kastelein. Hij kon zich de vier jongens nog goed herinneren, omdat ze nogal wat heisa maakten over het feit dat hij hun geen alcohol wilde schenken. Ze zijn rond tienen door een taxi opgehaald.'

'Heleen heeft de telefoon van Frits Ouwekerk uitgelezen en hij heeft inderdaad om 10.17 uur contact gehad met Metin Petamaz. Metin is de taxichauffeur die de jongens naar het casino heeft gebracht,' vulde Van Buren aan. 'We gaan naar de verklaring van Danny Bisquet.'

Sera wees naar Mike en liet hem het woord doen. 'Meneer Bisquet had weinig zin om mee te werken. Hij heeft het grootste deel van de tijd onderuitgezakt naar de muur gekeken en ons totaal genegeerd. Meer dan zijn naam, leeftijd en woonadres is er niet uit gekomen. We hebben hem de verklaring van Frits, Peter en Maurice voorgehouden, maar zijn enige reactie was: 'mietjes' en 'ik beroep me op mijn zwijgplicht', wat natuurlijk zwijgrecht moet zijn. Hij had nog nooit gehoord van ene Sami of Asrin. De wapens hadden ze gevonden en van brandstichting, inbraak, enzovoort kon hij zich niets herinneren. Wij hebben hem geconfronteerd met zijn DNA, dat is aangetroffen op de kleding van Bianca en bij de plofkraak. Zijn enige respons was dat hij nonchalant zijn schouders ophaalde.'

Van Buren liet het laatste bodempje van zijn koffie rondwalsen in het plastic bekertje en dacht na. 'Jacob en Sera... neem Peter mee in de auto en rijd met hem door de buurt. Blijf net zo lang rijden tot hij de woning van Sami heeft aangewezen. We hebben dat adres zo snel mogelijk nodig, zodat we een inval kunnen doen. Over een uurtje wil ik Metin Petamaz aanhouden. Verbiest en ik doen het verhoor.'

40

Metin Petamaz meldde zich keurig op tijd aan de balie van het politiebureau. Hij begroette de rechercheur amicaal en volgde hem naar een verhoorkamer waar Verbiest al achter het bureau op hem zat te wachten. De sleutels van de taxi lagen op tafel en nietsvermoedend nam Metin plaats aan de andere kant van het bureau. Hij bedankte beleefd voor de koffie, zei dat hij geen tijd had en keek wat verbaasd toen Van Buren zich op een stoel liet zakken. 'Ik heb nog wat vragen,' zei de rechercheur.

'Brand los.' Metin veerde belangstellend naar voren.

'De jongens hebben een taxi besteld en jij hebt ze opgehaald bij De Harlekijn.'

'Ja, dat klopt.'

'Jij had ze nog nooit eerder ontmoet?'

'Nee! Ik had die gasten nooit eerder gezien.' De Turkse man schudde resoluut het hoofd.

'Nog nooit?'

'Nee!' Metin begon te lachen. 'Wat wil je nou van me?'

'Dat je de waarheid vertelt. Dat hele verhaal over de rit naar het casino rammelt aan alle kanten.'

Metin verstarde een fractie van een seconde. Zijn ogen kregen een harde uitstraling, zijn gezicht vertrok. 'Wat lul je nou?' Zijn beleefdheid was op slag verdwenen.

'Uit de telefoongegevens van Frits, de jongen die de rit heeft besteld, blijkt dat hij jou wel degelijk kende. Hij heeft niet gebeld naar de centrale, zoals elk normaal mens doet als hij een taxi wil bestellen. Nee, hij belt jouw mobiele nummer. Een privénummer. Hij heeft jouw naam 'Metin' in zijn bestand staan.'

Metin had zich snel hersteld. 'Wat bewijst dat? Toch helemaal niks. Misschien heeft de klootzak mijn nummer van een of andere louche vriend.'

'Van Sami, bedoel je?'

Er bewoog een spiertje in Metins hoekige kaak.

'Of Asrin of...' De rechercheur zette zijn leesbril af en begon de glazen met de mouw van zijn overhemd schoon te poetsen. 'Je denkt toch niet dat wij dat verhaal van jou serieus nemen. Een klant die niet betaalt? Alsof een kerel als jij je laat ringeloren door een stel jochies van zestien. Je bent gewoon medeplichtig. Jij bestuurde de vluchtauto.'

'Wat denk je nou, malloot. Dat ik me dan zelf kom aangeven. Ik ben naar het bureau gekomen om mijn verhaal te doen.'

Van Buren vroeg zich af hoe ver hij zou moeten gaan voordat de man zou ontploffen. Hij zat er overduidelijk dicht tegen aan. 'Ik denk eerder dat je er rekening mee hield dat iemand jou daar op het parkeerterrein met een draaiende motor had zien staan. Je was bang dat de jongens tijdens het verhoor jouw naam zouden noemen. Je wilde de verdenkingen afzwakken door zelf met een verhaal te komen.'

'Gelul!' Metin sloeg met zijn vuist op tafel en kwam dreigend naar voren. 'Noem jij jezelf een rechercheur? Probeer je mij soms de schuld in de schoenen te schuiven. Mafkees! Jullie willen mij een oor aan naaien omdat ik een buitenlander ben. Dat is wel zo makkelijk. Kijk, daar rijdt een bruine... oppakken de sul. Vuile racisten. Die vier gasten gaan zeker vrijuit? Die zijn blank. Of hebben die teringlijers mijn naam genoemd? Die vuile leugenachtige ratten. Het is allemaal gelogen. Ik ga naar huis, stelletje malloten.' Hij graaide zijn autosleutels van het bureau. 'En als er ook maar een kras op mijn auto zit, dan klaag ik jullie nazi's aan.'

'Ik denk niet dat je ver komt. Je bent aangehouden voor...'

De man schoot briesend uit zijn stoel omhoog. De twee dienstkloppers volgden zijn voorbeeld, maar waren veel te traag. De bril vloog door de lucht. Metin had Van Buren aan zijn shirt vast en trok hem uit de stoel. Het gewicht van de rechercheur was zelfs voor de spierbundel te veel, want hij verloor zijn evenwicht en smakte samen met zijn prooi op de grond.

'Vieze gluiperd, vetklep.'

Van Buren voelde iets knappen in zijn rug. Hij lag met zijn bovenlichaam tegen de muur en met zijn voeten bekneld onder de stoel. Hij wist nog net op tijd met zijn armen een vuistslag te weren en de vuist schampte zijn kin.

'Genoeg!' Verbiest had zijn arm om de nek van Metin geslagen en probeerde de man met een houdgreep in bedwang te houden. Woest graaide Metin naar de ballast op zijn rug en kwam moeizaam overeind, met Verbiest als een rodeorijder bungelend op zijn rug. Het rumoer was tot in de wachtruimte te horen.

Collega's kwamen aansnellen en wierpen zich boven op Metin, die brullend en spuwend om zich heen sloeg. Binnen een paar minuten lag de taxichauffeur hijgend op zijn buik, boven op het bureau, met zijn handen geboeid achter op zijn rug.

Twee agenten sleurden hem de kamer uit, terwijl een ander Van Buren een hand toestak en hem voorzichtig overeind hielp.

Met een pijnlijk gezicht ondersteunde Van Buren zijn rug. 'Ik word te oud voor die onzin,' mompelde hij.

Ontzet staarde Heleen naar de roodblauwe kaak van Van Buren, die net deed alsof er niets was voorgevallen. Hij schoof wat ongemakkelijk op zijn stoel en probeerde de pijn in zijn rug daarmee iets te verlichten. Hij drukte zijn telefoon voorzichtig tegen zijn oor en wachtte tot hij contact kreeg.

Paul Hoogeboom, commandant van het observatieteam, nam na een tweede poging uiteindelijk dan toch zijn telefoon op.

'Paul, met Van Buren. Ik heb een paar jongens van je nodig voor een observatieklus. Ja, vandaag nog. Mijn mensen proberen een adres te achterhalen. Gaat dat lukken? Fijn. Dan bel ik je terug zodra ik meer weet.' Hij verbrak de verbinding en kwam met een moeilijk gezicht traag omhoog. 'Heleen...' Hij schoof voetje voor voetje door de kamer en knalde toen een telefoon bij haar op tafel. 'Wil jij deze telefoon leegtrekken. Hij is van die taxichauffeur. Kijk of hij ene Sami of Asrin in zijn adressenbestand heeft staan. Als dat zo is, dan zet je de heren met spoed onder de tap.' Hij strompelde weer terug.

'Heb je een pijnstiller nodig?'

Hij knikte, terwijl hij voorzichtig weer op zijn stoel plaatsnam. 'Waar is Jonas?'

'Jonas is naar de EHBO van het ziekenhuis. Zijn vinger was uit de kom geschoten.' Mompelend graaide Heleen haar tas van de grond en zocht tussen haar spullen naar de pijnstillers. Ze stond op en haalde een glas water voor hem.

Toen ze terugkwam waren ook Sera en Jacob weer terug van hun missie. Het was gelukt. Na een uur doelloos rond het centrum gereden te hebben, gaf de jongen zich gewonnen en dirigeerde de rechercheurs naar de flat van Sami.

Ondanks de pijn verscheen er een brede grijns op het gezicht van Van Buren. Hij grabbelde de pillen van het bureau en spoelde ze met een paar flinke slokken weg.

'Zoek eens uit wie er op dat adres staat ingeschreven,' zei hij tussen twee slokken door.

Sera knikte en nam achter haar computer plaats. Haar vlugge vingers ratelden over het toetsenbord. Ze opende het gemeentebestand en tikte het adres in. Binnen een paar seconden verschenen de gevraagde gegevens in beeld:

Annabel Huizen, geboren 12 oktober 1991. Ongehuwd.

Van Buren belde Paul Hoogeboom en gaf het adres en het signalement van Sami door. 'Wees voorzichtig,' had hij nog gezegd. 'De knaap is vuurwapengevaarlijk.'

Van Buren was van plan om de avond op het bureau door te brengen, zodat hij de vorderingen van het observatieteam op de voet kon volgen. Maar rond zeven uur had hij zijn jas aangetrokken en de leiding overgedragen aan Sera. De pijn in zijn onderrug werd hem te veel. Hij was naar zijn auto gestrompeld en was puffend en kreunend naar huis gereden, waar hij met de nodige pijnstillers en twee warme kruiken in bed was gekropen.

Voor Sera was een nachtdienst geen probleem. Ze sliep de laatste tijd slecht en om haar man niet te verontrusten bleef ze stilletjes naast hem liggen, starend in het donker, terwijl haar hersenen overuren maakten. 's Ochtends was ze opgelucht als de wekker afging en ze haar bed uit kon. Samen met Jacob zou ze het observatieteam van informatie voorzien.

Jacob had net de kant-en-klaar stoommaaltijden uit de magnetron gehaald toen de telefoon overging. Paul Hoogeboom liet weten dat zijn jongens hun positie rond de flat hadden ingenomen. Op de galerij, voor de woning, stond een jonge vrouw te roken. Ze hing over de balustrade en bemoeide zich met een groep jongens die beneden in het plantsoen aan het voetballen waren. Hij gaf een tiental kentekennummers op van auto's die voor de flat geparkeerd stonden, met de vraag of deze door het systeem gehaald konden worden. Daarna hing hij op.

Het duurde bijna drie uur voordat hij weer iets van zich liet horen. Dit keer had hij een foto van twee mannen die op de galerij met elkaar stonden te praten. Een van hen was in een donkerkleurige BMW gearriveerd. Of ook dit nummer gecheckt kon worden. Hij stuurde de foto's van de mannen naar Sera's diensttelefoon door.

Haar bord was nog voor de helft gevuld toen Sera met de uitgeprinte foto's naar de cellengang snelde. Samen met de arrestantenwacht ging ze de cel van Maurice binnen. Hij lag op het bed, starend naar de muren en biddend dat als hij wakker werd alles een nachtmerrie bleek te zijn. Zijn ogen waren gezwollen en vochtig, maar hij huilde niet. Hij leek moe en zielig. Sera liet hem de foto's van de mannen zien en zonder aarzelen wees hij Sami aan. De tweede man had hij nog nooit gezien.

Om er zeker van te zijn dat Maurice de waarheid sprak, werd ook Peter met de foto's geconfronteerd. Schoorvoetend gaf hij aan dat de lange man op de foto Sami heette. De tweede man was Hazan.

Op het moment dat Jacob het observatieteam liet weten dat ze de juiste man hadden gevonden, was er weer beweging op de galerij waargenomen. Sami liep met twee mannen over de galerij naar de lift.

'We geven hem een staartje,' gromde een van de teamleden door de telefoon en verbrak toen abrupt de verbinding.

'Ze gaan hem volgen,' riep Jacob naar zijn collega.

De volgende ochtend acht uur schuifelde Van Buren voetje voor voetje over de afdeling naar de vergaderruimte. Hij zocht even steun aan de deurpost voordat hij de ruimte binnenstapte.

Harrie Linthorn was ook vandaag bij het teamoverleg aangeschoven. Iets wat hij vaker deed als het einde van een onderzoek in zicht kwam. Hij zat tegenover Van Buren, met zijn handen om een beker koffie gevouwen. Met een frons had hij de teamleden geobserveerd. Hij maakte zich zorgen. De een zag er nog beroerder uit dan de ander. Hij had Jacob niets anders zien doen dan geeuwen en Sera zat wat stilletjes achter de tafel. Ze had donkere kringen onder haar ogen en frunnikte wat afwezig aan een suikerzakje. Heleen zag wat witjes, wat in haar situatie te verklaren was.

Niet veel later kwam Jonas binnen met zijn hand in het verband. Ondanks zijn blessure zag hij er voor de rest nog monter uit. Ook Mick leek nog enigszins fit. Hij was druk in de weer met de koffie en thee.

'We gaan beginnen,' zei Van Buren, om aan te geven dat Mick moest gaan zitten. 'Het observatieteam heeft zijn werk prima gedaan. We kunnen de zaak gaan afronden. Het arrestatieteam staat klaar om onze vriend Sami Yamiz met een bezoekje te vereren. Zijn woonadres is bekend, zo ook dat van Hazan en Asrin. Zodra de heren zijn opgepakt gaan we daar een huiszoeking doen. Sami woont bij zijn ouders. Hij heeft twee zussen en een broer. De woning van Annabel Huizen wordt waarschijnlijk gebruikt als opslagplaats voor drugs en wapens. Het gebeurt wel vaker dat ze de woning van bijvoorbeeld een drugsverslaafde omtoveren tot een soort "safe house".' De junk krijgt in ruil daarvoor wat drugs of geld en de heren lopen zelf geen risico bij een eventuele politie-inval. Je snapt dat Sami zijn handel niet thuis kon opslaan. Heleen heeft voor elke pand waar we een inval doen een koffer klaarstaan met daarin het nodige materiaal, zoals breekijzers, kniptangen, handschoenen, zaklampen, stickers enzovoort. We splitsen ons in drie teams: Sera en Jacob doorzoeken de woning van Annabel Huizen. Jonas en Heleen nemen de woning van Sami voor hun rekening en Mick en ik beginnen bij Hazan. Het team dat als eerste klaar is, gaat door naar de woning van Asrin. Het is nu aan het arrestatieteam om in actie te komen.'

Een zwarte personenbus met geblindeerde ramen draaide de straat in. Hij minderde geen vaart, maar schoot met hoge snelheid langs de geparkeerde auto's op zijn doel af. Op het allerlaatste moment trapte de chauffeur op de rem en nog voordat de auto goed en wel stilstond vloog de achterdeur open. Gehelmde mannen in zwarte veiligheidsvesten en wapens in de aanslag sprongen naar buiten. Op de rug en de borst stond met grote letters 'politie' te lezen. Een man op een fiets remde af en bleef op afstand staan kijken. Er werd geseind en twee mannen in het zwart schoten de brandgang in. Op de tweede etage, aan de overkant van de straat, schoof een raam open en nieuwsgierig stak een kind het hoofd naar buiten.

De commandant stak zijn hand omhoog, drukte de spreeksleutel van de portofoon open en gaf het bevel. Een ijzeren ram beukte op het slot en met een knal vloog de deur open. De deurknop dreunde tegen de gestucte muur en het kalk spatte in het rond.

'Politie. Politie, niet bewegen…'

De mannen renden naar binnen, drie richting de woonkamer, twee naar de keuken en zes man naar de slaapkamers op de eerste etage. Twee mannen hielden bij de voordeur de wacht.

De vader in de woonkamer trok beschermend zijn twee dochters in zijn armen en staarde geschrokken naar de wapens die op hem werden gericht. De vrouw in de keuken gaf een gil en liet de fluitketel uit haar handen op de plavuizen vloer vallen. Op de bovenetage werd een deur ingetrapt en de jongen op bed kwam verschrikt omhoog.

'Niet bewegen. Politie!'

Het wapen priemde in het gezicht van de zestienjarige knaap. 'Sami!' schreeuwde hij naar zijn broer die net van plan was om onder de douche te stappen. De badkamerdeur werd opengegooid, maar nog voordat Sami een stap naar buiten kon doen lag hij languit op de badkamervloer en werd hij door twee mannen van het arrestatieteam in bedwang gehouden.

Van Buren gooide een stapel tijdschriften in een doos en viste zijn aantekeningen tussen de dossiers vandaan. Vluchtig liet hij zijn ogen langs de tekst glijden:

Steef Vermeer ontslagen uit het ziekenhuis. Aangehouden. Legt een bekennende verklaring af. Danny Bisquet heeft na herhaaldelijk aandringen van zijn ouders, zijn aandeel bekend. Aangetroffen bij huiszoeking woning Annabel Huizen: vier handvuurwapens, een vals paspoort, drugs, explosieven en een grote hoeveelheid contanten. Annabel Huizen heeft verklaard dat de spullen eigendom zijn van Sami

Yamiz. Hazan Gulun heeft een bekennende verklaring afgelegd.

Hoofdschuddend deed hij de aantekeningen samen met een opengescheurde zak winegums in de doos. Ondanks het feit dat Frits, Steef, Danny en Peter minderjarig waren, hing hen vijftien maanden jeugddetentie boven het hoofd, waarvan drie maanden voorwaardelijk. Voor Maurice zou de straf minder zwaar uitvallen. 'Zo zonde,' bromde de rechercheur.

'Koffie?' Jacob piepte met zijn hoofd om de deur. 'Of heb je het te druk?'

'Nee, kom binnen,' riep Van Buren vrolijk, blij dat hij een reden had om zijn opruimwerkzaamheden te staken.

'Doorlopen... de koffie wordt koud.' Jacob werd de kamer in geduwd en Mike zette een vol dienblad op het bureau. 'We hebben Heleen en Sera ook uitgenodigd. We willen niet zonder een fatsoenlijk afscheid vertrekken.'

'Is Jonas er niet bij?' vroeg Van Buren enigszins teleurgesteld. Hij gaf het niet graag toe maar in de afgelopen dagen was hij de pedante blaaskaak steeds meer gaan waarderen. Vooral toen hij tijdens het verhoor met onverschrokken moed boven op Metin was gesprongen.

'Jonas moest een boodschap doen, antwoordde Jacob op luchtige toon. 'Hoe is het met je rug?'

'Stukken beter. Volgens de arts mag ik volgende week weer volop gaan sporten.' Van Buren trok een benauwd gezicht. 'Het idee alleen al.'

'Is hier iets te vieren?' Jonas Verbiest stond breed grijnzend met een doos gebak in de deuropening.

Nawoord

Aangehouden en wat dan...

Er zijn regels waar de politie zich tijdens het verhoor aan moet houden. Een belangrijke regel is dat de politie aan het begin van een verhoor duidelijk moet vertellen dat je niet verplicht bent om antwoord te geven. Dat noemen we de cautie. De politie mag geen geweld gebruiken of een antwoord afdwingen.

Het verhoor

De politie heeft maximaal zes uur de tijd om je te verhoren (en zes uur extra als je weigert je naam en adres te vertellen). Na zes uur heb je recht op bezoek van je ouders of van een advocaat. De nacht (van 24 uur tot 9 uur) telt niet mee.

In verzekering

Als het onderzoek na die zes uur verhoor nog niet klaar is, kan de (hulp)officier van justitie besluiten dat je langer moet worden vastgehouden. Dan word je in het politiebureau in verzekering gesteld. De inverzekeringstelling duurt drie dagen (3 x 24 uur). Dit kan met maximaal drie dagen verlengd worden. Je verblijft in een cel op het politiebureau en je slaapt in een cellencomplex. De wet bepaalt dat iedereen die in voorarrest verblijft recht heeft op kostenloze rechtsbijstand. Je krijgt dus een (piket)advocaat toegewezen.

Voorgeleiden

Als het onderzoek in die drie dagen klaar is, dan word je weer in vrijheid gesteld en kunnen je ouders je ophalen van het politiebureau. Je krijgt dan later bericht van justitie wat er met jouw strafzaak zal gebeuren. Afhankelijk van bijvoorbeeld de ernst van het strafbare feit en of je al eerder met justitie in aanraking bent geweest, kun je ook blijven vastzitten. Je wordt dan overgeplaatst naar een jeugdinrichting.

Raad voor de Kinderbescherming

Ondertussen krijg je ook bezoek van een medewerker van de Raad voor de Kinderbescherming. Dat gebeurt bij iedere minderjarige verdachte. De Raad wil graag weten hoe het thuis en op school gaat en of je eerder met de politie in aanraking bent geweest. De Raad schrijft een rapport en adviseert de officier van justitie en de kinderrechter.

Zo blijf je anoniem

- Je telefoonnummer is niet te zien
- M. neemt geen telefoongesprekken op
- M. noteert geen naam, adres en andere persoonlijke gegevens
- Geef je per ongeluk toch prijs wie je bent? Dan noteert M. die informatie niet

M. is onafhankelijk en is geen politie.

Zo kun je M. bereiken

Bellen naar M. is gratis. Je kunt bellen in het Nederlands, Engels en Duits.
Maandag t/m vrijdag: van 08.00 tot 24.00 uur.
Kijk voor meer informatie over M. op de website
www.meldmisdaadanoniem.nl

De Landelijke StichtingTegenZinloosGeweld stimuleert en ondersteunt met haar visie Moed initiatieven voor verbetering van de woon-, werk- en leefomgeving en streeft naar een samenleving waarin iedereen zich bewust is van de oorzaken en gevolgen van pesten en geweld.
www.moed.nl